La voz de los susurros

Angelina Peraza

Editorial Mapalé

Angelina Peraza

La voz de los susurros

NOVELA

Art and Literature Mapalé & Publishing Inc.

Published in Canada by Art and Literature Mapalé & Publishing Inc.

Copyediting by Clara Alfaro

Cover's photograph: Fanny Yépez de Peraza (1958)
October 22 1930 - March 21 1998

Photograph on the back cover by Doxa Coates. A Picture in Time.

Cover and interior design by Silvia Alfaro

Library and Archives Canada Cataloguing in Publication

Peraza, Angelina, author
La voz de los susurros / Angelina Peraza.

ISBN 978-0-9949441-2-2 (paperback)

I. Title.

PS8631.E727V69 2016 C863'.7 C2016-901275-1

This is a work of fiction. While the author refers to historical figures and events, the characters are solely the creation of the author and any resemblance to actual persons is entirely coincidental.

www.editorialmapale.com

—Papá, ¿cómo hago para escribir un libro? —le pregunté cuando tenía veinte años.

—Hija, la escritura es un arte que toma mucho tiempo, requiere ingenio, disciplina y perseverancia. Comienza por leer muchos libros, y después, si te vas a embarcar en esa odisea, asegúrate de poner tu alma en las palabras —me respondió con una mezcla de asombro y satisfacción en la mirada, tal vez anticipando que la pregunta iba en serio y algún día lo escribiría.

Dedicado a la memoria de mi padre,
Gerardo Peraza Silva.

Ya son ocho años de tu desaparición física. Ocho años conectados espiritualmente y comunicándonos de una manera diferente.

Ahora te veo en un cielo bañado de estrellas y en un radiante amanecer. Te veo en el deseo de mi hijo Nicolás de proteger cada criatura viviente, en su amor por la naturaleza, su curiosidad por la ciencia, y cuando hace ese gesto tan tuyo al acomodarse la gorra. También te veo en mi cotidiano andar cuando la honestidad rige mis decisiones, y cuando tengo la oportunidad de ayudar a otra persona.

Te recuerdo en lo que tanto te gustaba: la familia y la alegría, los puentes y los trenes, los libros y los periódicos, la historia y el aprendizaje, el café y el ajedrez, el pintoresco Sanare con sus sauces llorones y suaves colinas.

Ahora escucho tu voz en los susurros que retumban en mi interior y me dicen «escribe, escribe, escribe…».

Ahora vives a mi lado, y siento tu presencia cuando una brisa cálida me abraza, y en los continuos milagros que se deshojan en mi vida, porque tus manos, y las de mi madre, están junto a Dios.

«Dios liberó a los hombres del temor a la muerte
dándoles quiméricas esperanzas».
Esquilo

Nota de la autora

Los hechos, nombres, personajes y algunos escenarios de esta novela son ficticios, cualquier parecido con la realidad es pura coincidencia.

PRÓLOGO

—¡Sofía Santo! —me llama mi subconsciente inquieto y afligido, mucho antes de que se levante el alba, y me ordena con un tono subido de capitán en pleno naufragio—: ¡Despierta!

Obedeciendo a cabalidad sus instrucciones, abro los ojos a las 2:50 de la mañana. Es cierto que esta vez tengo que hacerlo, y de hecho la alarma que programé la noche anterior, por si mi angustia decidía irse de farra, dispara su chillido ensordecedor a las tres en punto.

Es una costumbre para mí el despertar en la madrugada y quedarme por horas desvelada mirando el techo, mientras batallo con miles de pensamientos. La diferencia es que hoy, a mi habitual desasosiego, lo acompaña un fatal presagio.

Salgo de la cama en medio de la penumbra y arrastro los pies, y mi dolor, hasta el cuarto de baño. La imagen que me devuelve el espejo me asusta, mi tez está tan pálida que se ve azulada, y una sombra color violeta bordea mis ojos tristones. El crudo invierno de este año trasformó mis suaves líneas de expresión en marcadas arrugas, y dibujó en mi frente un gesto perenne de ceño fruncido. Al verme tan marchita, demacrada, y sobre todo, funesta con este halo sombrío que se ha convertido en mi paraguas, desearía correr y meterme de nuevo a la cama, esconderme bajo el edredón y no salir de allí por una semana. Pero mi subconsciente me grita:

—¡Ni lo pienses, tienes que ser fuerte!

Entonces, me sujeto al lavabo, respiro profundo y me repito a mí misma que tengo que ser fuerte.

Me cepillo los dientes con esmero y contengo el enjuague bucal un largo rato, para quitar el sabor amargo de la boca. Los minutos se han ido escurriendo, así que decido no ducharme, consciente de que pagaré el precio de sentirme incómoda con mi propia piel todo el trayecto. Me lavo el rostro, le coloco bastante rímel a las pestañas con el anhelo de encubrir la mirada lánguida que, de un tiempo para acá, no me desampara. Me delineo los labios de color piel y me paso un cepillo por el cabello dejándolo que caiga suelto sobre los hombros.

Me visto de prisa, confiada en que los pantalones negros que escogí, combinados con una blusa de seda de manga larga gris claro y unas cómodas botas a media pierna de piel negra, me van a hacer lucir medianamente presentable, y que bastarán para cubrir mi cuerpo delgado, atribulado y entumecido por la incertidumbre.

—Es hora de irnos —me anuncia Salvador desde la puerta de la habitación con Federico en los brazos.

—Vamos —acuerdo.

Tomo el abrigo de lana negro y salgo mirando de reojo lo que estoy dejando atrás.

CAPÍTULO I
LA PARTIDA

Y aquí voy, caminando por el ancho pasillo del aeropuerto Pearson de Toronto, a realizar un viaje impostergable. Hoy es 13 de marzo de 2007, y en este lado del continente, el sol se levantó desprovisto de fuerzas para derretir los parches de hielo sucio a finales del invierno. Sus tenues rayos de luz que se cuelan a través de los inmensos ventanales anuncian el día y me confirman que ha llegado el momento de partir.

Empujo el cochecito donde va mi hijo Federico, de un año recién cumplido, quien con sus ojos azules bien abiertos encara con gran emoción el recorrido. Está a punto de embarcarse en un avión y eso es todo lo que importa en su pequeño universo en este preciso momento.

En cambio, mi mente agitada ya ha ido a Venezuela y regresado un par de veces, y ha enfrentado diferentes situaciones durante el corto trecho que llevamos andado. Cuánto desearía tener la sabiduría de mi hijo y enfocarme solo en el momento que estoy viviendo, así podría lidiar con las cosas en la medida que se vayan presentando. Por el contrario, mi continuo vaivén entre el pasado y el futuro hace que me sienta extenuada en el presente. ¡Dios mío, cuánta pérdida de energía!

Mi marido, Salvador, camina a mi lado, lleva a cuestas mi equipaje y mi profunda tristeza. Una tristeza tan poderosa que lo arropa por completo, endurece sus facciones armoniosas y ensombrece su rostro, casi siempre sereno.

Estos dos seres componen mi familia inmediata. Me repito lo afortunada que soy de tenerlos, ambos incondicionales siguen mi andar y mi rumbo, mezclando sus destinos con el mío, tejiendo juntos un tapiz de múltiples colores en el cual hoy predominan los tonos grises y opacos.

Mis piernas dan pasos largos y firmes. Si alguien me está observando, podría pensar que soy una persona decidida. Ataviada con un antifaz de mujer segura de sí misma, que sabe con claridad a dónde va y a lo que va, continúo el recorrido por este ancho pasillo con el rostro erguido, disimulando detrás de mi aparente aplomo, la verdad de que por dentro, todo me tiembla, el corazón me galopa furioso y retumba en la garganta como un tambor tocado por los negros de la costa de mi país caribeño.

Me debato en una ambigüedad de sentimientos. Una parte de mí desea llegar rápido y poder despedirme de él. La otra, simplemente, no quiere ir a verlo morir. Pero una voz aguda y tormentosa grita desde mi interior que él va a necesitar de mi presencia en ese momento, y mi conciencia determina que es lo último que puedo hacer por este hombre a quien amo y le debo tanto.

Y pensar que hace apenas tres meses estaba en este aeropuerto y recorrí este mismo pasillo con una vida muy distinta entre las manos. Iba empujando el cochecito con Federico, de nueve meses para ese entonces. En mi vientre cargaba una niña de siete meses de gestación, a la cual pensábamos llamar Emma Sofía. Emma en honor a mi abuela paterna, quien falleció unos meses antes de que yo naciera, pero su historia narrada por mi padre me enseñó a quererla y admirarla; y Sofía por mi madre, a quien la Muerte se llevó muy pronto, cuando yo tenía tan solo quince años. Salvador iba a mi lado, con la sonrisa fresca sobre su hermoso rostro. Al otro lado del continente americano, en el aeropuerto de Maiquetía, nos esperaba mi padre Gustavo Adolfo Santo, exultante y aparentemente sano.

Llegamos a Venezuela entusiastas, a pasar un mes disfrutando de la familia y amigos, ir a la playa, bautizar a Federico como lo manda la Iglesia católica, celebrar las Navidades y el Año Nuevo al estilo venezolano, con largas parrandas familiares acompañadas de mucha comida, bebida, música bailable y de fuegos pirotécnicos que lanzan sin escatimar, con el afán de pintar el cielo de luces de diferentes colores, humo y estruendo.

Por desgracia, la alegría que había empacado para pasar un mes con nosotros, nos acompañó por tan solo una semana. La muy ingrata se marchó sin avisar, nos abandonó sin despedirse y se llevó, en un abrir y cerrar de ojos, su placer y su confort, dejándonos sumidos en otra realidad: la cruda realidad que hay que asimilar de un solo golpe.

Estaba disfrutando de una amena reunión familiar cuando sentí una fuerte puntada en el vientre. Fui al baño y allí estaban las manchas de sangre en mi ropa interior, indicando que algo andaba mal. Le dije a mi padre que estaba sangrando. *Ipso facto* su cara se transformó en un busto de acero y me ordenó que nos fuéramos a la clínica.

Eran las tres de la tarde y a pesar de ser diciembre, hacía un calor infernal. Nos montamos en el coche que era un hervidero. Papá iba al volante, Salvador de copiloto y yo en el asiento de atrás. Al ponernos en marcha, el aire acondicionado comenzó a soplar un aire espeso y caliente. Abrí la ventana y mi padre me pidió que la subiera para que el aire acondicionado pudiera enfriar. Obedecí de mala gana. Dejamos atrás la tranquilidad de la urbanización con sus árboles siempre verdes y frondosos, y nos internamos en las calles congestionadas y estrechas del centro de la ciudad.

Un sofoco intenso me recorría de pies a cabeza como si un tren a toda marcha circulara por mis venas. Mi piel transpiraba un sudor pegajoso que aglutinaba mi cuerpo a la blusa de lino azul claro que llevaba puesta. Abrí la ventana de nuevo. Afuera había un olor repugnante a cloaca tapada. El chillido incesante de las cornetas de los coches y el griterío de los transeúntes enfrascados en su propia jungla, hacían más denso el trayecto. La sangre apareció, turbia y escandalosa, a través de los pantalones blancos que vestía. El pavor se apoderó de mí, me mordí el labio inferior para no gritar, subí la ventana de nuevo y, callada, dejé que las lágrimas afloraran a su antojo.

Los vendedores ambulantes, con sus tarantines en las aceras, tapaban las fachadas de los almacenes de la Avenida 20. Los buhoneros sorteaban los coches con la agilidad de un torero y en cada semáforo en rojo, embestían para vender sus mercancías: frutas, flores, ropa, libros, CDs, películas de moda pirateadas y cualquier otra cosa que pudieran colgarse en los brazos y sujetar con las manos. Los indigentes también aparecían en las esquinas y aprovechaban la luz roja para pedir limosna. Una jovencita trigueña, de pelo lacio ennegrecido y despeinado, vestida con una bata harapienta, tocó el cristal de mi ventana con sus manos sucias y uñas mugrientas. La barriga muy abultada por un embarazo que debía estar llegando al final, capturó mi atención. Allí se clavaron mis ojos hasta que sentí que el coche retomaba la marcha. Subí al vuelo la vista hacia su rostro: su apariencia era un culto a la miseria, pero el vigor de la juventud y la fuerza de la vida que encerraba su vientre, brotaban a borbotones a través de sus pupilas negras. Entre las dos, ella era la aventajada, la ganadora. Iba a tener a su hijo, mientras a mí se me escurría entre las piernas.

Aterrada de moverme, me quedé sentada con la

espalda recta pegada al asiento. Me costaba respirar. El sudor se tornó frío y mis manos heladas. Los edificios comenzaron a agrandarse y a torcerse, las lonas de los puestos de la calle y sus mercancías giraban a mi alrededor, la gente corría en cámara rápida y, justo antes de desvanecerme, divisé la fachada de la clínica Razetti. Cuando abrí los ojos de nuevo, estaba acostada sobre una camilla.

Recuerdo con nitidez el rostro hermético y sudoroso del joven médico al tratar de encontrarle los latidos del corazón a la bebé. Recuerdo las lágrimas a punto de brotar en los ojos de mi padre, anticipando lo que me venía, y la mano fría de Salvador sujetando la mía.

Después de un largo silencio, el médico habló y con voz pausada nos informó que no había señales de vida. Todos estábamos enmudecidos. Salvador, incrédulo, tal vez con la esperanza de no haber entendido por su escaso dominio del castellano, preguntó en inglés si lo que había dicho significaba que la bebé estaba muerta, el médico le respondió con un inglés maltrecho que estaba en lo correcto y que lo sentía mucho. Pero mi marido quería que le explicara cuál había sido la causa, si el embarazo iba progresando muy bien, y él le dijo que teníamos que esperar a la autopsia, lo más seguro es que hubiese sido una muerte súbita. De repente, se interrumpía el proceso de formación del feto. Lo que decía sonaba tan sencillo como si gestar una vida fuese una producción en línea en la que, en cualquier momento, por una falla técnica, se paraliza el proceso. Pero lo que más me aterró fue cuando determinó que por lo avanzado que estaba el embarazo, me tenían que provocar el parto de inmediato.

Yo no salía de mi asombro. Todo me parecía una pesadilla. Lo que quería era levantarme de la camilla y salir corriendo. Me negaba a entender las palabras frías y aprendidas de ese muchacho de bata blanca impoluta, las cuales decía con tanta naturalidad porque no era su hija, no era su cuerpo y no era su sufrimiento. Comencé a gritar que eso no podía ser, y con la torre de Babel en la cabeza, les supliqué, tanto en inglés como en español y creo que hasta en italiano, que me sacaran de allí, que mi hija no estaba lista para nacer. Todos me miraban confundidos, como si hubiese enloquecido, pero yo insistía en que tenía que salir de allí, que mi hija no estaba lista para nacer. Hasta que mi padre, quien había permanecido mudo, me habló muy claramente:

—Sofía, la niña que está en tu vientre es mi nieta, el cuerpo que la alberga es el de mi hija. Todo esto es mi dolor multiplicado. Como médico, te digo que si no te provocan la expulsión ahora mismo, contraerás una infección y las consecuencias serán mortales —dijo con una firmeza absoluta. Pero a diferencia del joven médico, cada una de sus palabras estaban cargadas de dolor, de un dolor tan grande como el que habitaba en mi corazón.

Me prepararon en minutos. Me hicieron pujarla, parirla, con fórceps me la arrancaron de las entrañas y la apartaron de mí, sin dejar que la viera. Lo único que se escuchó fue el más atroz de los silencios.

Respiro hondo y exhalo con fuerza el aire por la boca. Trato de soltar el sufrimiento de ese pasado cuyo recuerdo aún me hiere muy hondo. Con determinación, enfoco el pensamiento en el presente y continúo con el caminar apresurado, mientras me abro paso entre el bullicio de centenares de viajeros. En eso, llegan a mis oídos unos susurros, que se van afinando hasta convertirse en voces que me llaman por mi nombre. Dios mío, ¿qué es esto?, debo de estar alucinando de nuevo. Pensé que este realismo mágico ya se había alejado de mí para siempre. Me detengo y sin darme tiempo de descifrar nada, mi entorno lo envuelve una luz brillante, tan intensa que me ciega y me transporta a otro espacio. En segundos, el concurrido aeropuerto ha quedado desolado, solo hay dos mujeres y yo. Les doy un vistazo, de edades muy diferentes, ambas son hermosas.

La primera mujer tiene la lozanía de la juventud, esa que todos deseamos atesorar por siempre. Si acaso llega a los veinte y pico de años. Lleva puestos unos vaqueros ajustados, blusa blanca suelta y translúcida, la cual deja entrever el sujetador de encaje blanco, el torso largo y figura estilizada, los pies están calzados con unas botas tejanas de piel marrón que le llegan hasta las rodillas. Unas pecas diminutas chispean su tez clara aniñando aún más su apariencia. El rostro despreocupado de sonrisa amplia lo enmarca una melena larga, ondulada y cobriza, que hace juego perfecto con unos ojos de color dorado como dos pepas de oro. La mirada encendida deja al descubierto un ser dispuesto a la aventura, a la pasión y al amor, es bella y fresca así como puede ser la vida.

Escudriño a la segunda mujer, aparenta sesenta años o tal vez esté en los setenta, en realidad es difícil adivinar su edad, los años se le notan en su aplomo más que en su apariencia física pero es una señora mayor. La piel es blanca y bien cuidada. El cabello color ceniza va peinado en un moño alto al estilo Grace Kelly, las facciones finas se levantan sobre un rostro maduro pero sin arrugas y me pregunto ¿cuántas veces se habrá inyectado bótox? O tal vez esta señora es una de esas escasas mujeres que nacen bendecidas con una extraordinaria genética. Tiene ojos de gato chispeantes y sagaces, semitransparentes como la gema aguamarina. Va vestida muy elegante toda de negro, con una blusa de seda de manga larga y una falda entubada que le llega hasta los tobillos, unos zapatos cerrados de un tacón mediano y una bufanda de piel de leopardo enrollada en su cuello espigado. Las manos de pianista culminan con unas uñas largas y ovaladas, pintadas de rojo sangre, el mismo color que lleva en los labios. De estatura alta y contextura gruesa, luce altiva, segura de sí misma, dominante y misteriosa. Lo único que no concuerda con la sofisticada apariencia es su fragancia, ¡huele a naftalina! Y un humo grisáceo, como el incienso que sueltan los monaguillos en las iglesias durante la Semana Santa, la rodea pero sin el aroma a flor de azahar.

Con premeditación inhalo su olor que al pasar por mis fosas nasales, me trae el recuerdo de… ¡Oh, no!… ¡Oh, no!… ¡Esta mujer yo la he visto antes! ¡Claro que es la misma!…

El recuerdo de ese día vuelve a mi memoria con nitidez y mi subconsciente me da una bofetada en la cara por despistada. ¡Sí! Esta mujer es nada más y nada menos que ¡la milenaria Muerte!

Está idéntica a como la vi por primera vez hace veinticinco años, cuando en mis sueños le tomó la mano a mi madre y se la llevó para siempre. Ese triste amanecer de finales de enero me desperté ahogada en llanto y bañada en un sudor frío, salí de mi cuarto espantada y corrí hacia la recámara de mis padres, me detuve al llegar a la puerta que estaba abierta, observé a mi madre tumbada sobre la cama y a mi padre llorando sobre su cuerpo dormido. La habitación estaba impregnada con el olor de esas bolas blancas, que la nana Matilde colocaba en los armarios y los cajones para combatir la polilla. Tuve que sacar valor para entrar, cerré los puños, contuve la respiración y dando suaves pasos me acerqué hasta ellos. Al verlo tan sumido en su dolor, abrí las manos y le acaricié la espalda. Al sentir mi tacto, se giró, me abrazó con fuerza y entre sollozos me dijo que mamá acababa de morir.

—Ya lo sé papá, se la llevó una señora muy bonita vestida de negro —le respondí con la respiración entrecortada.

Era la primera vez que veía a mi superhéroe tan deshecho, y a pesar de no poder entender la magnitud de su pérdida, porque a los quince años uno no sabe nada acerca del matrimonio, me juré cuidarlo y salvarlo de su inmenso desconsuelo. Ese día se me quedó grabado en el alma el llanto inconsolable de ambos y el fuerte olor a naftalina que emanaba la señora que se la llevó, el cual se quedó flotando en el aire de la casa por varios días.

Volviendo al presente, la que debe de haber muerto ¡soy yo! Pero Dios mío, ¿cómo sucedió? Si hace apenas unos minutos estaba en el aeropuerto de Toronto para tomar un avión hasta Venezuela.

Ahora me pregunto anonadada, ¿cómo se puede morir una persona sin estar enferma?, ¿cómo pasé de un lado al otro, sin sentir ningún dolor?, ¿cómo dejé esta existencia, sin ni siquiera ser consciente de haber tenido un accidente? ¡Sí!, aún tengo a las dos mujeres en frente de mí, pero no veo ningún túnel, ni la luz brillante y gloriosa que supuestamente ves cuando te mueres.

Las vuelvo a mirar con detenimiento, sin entender nada, lo único que sé es que la señora mayor es la Muerte. Pero ¿quién diablos es la jovencita que la acompaña?, ¿por qué ambas me escrutan con la mirada, pero no me hablan? Por desgracia, yo debo de haber muerto repentinamente, por eso la Muerte me trajo hasta aquí, y la otra, quien debe de ser algo así como un ángel de la Nueva Era, porque luce muy moderna para ser un ángel convencional, me va a mostrar el camino hacia el túnel…

Dios mío, y ¿qué pasó con mi hijo y mi marido? ¿Será que también ellos murieron? Sin más preámbulo, me acerco al par de enigmáticas mujeres para preguntarles por mi familia. Cuando estoy a punto de gesticular las palabras, escucho la voz de Salvador.

—Sofía, ¿qué pasa? ¿Por qué te quedas paralizada? Si no te apuras vas a perder el vuelo —me advierte.

Su voz cálida, tan conocida y tan mía, me trae de regreso al aeropuerto. Siento el corazón latir en la boca y con honestidad le digo que me alegra mucho estar aquí, a su lado, él me confiesa que no quisiera que me fuera, pero que tengo que tomar ese avión. Me rodea los hombros con las manos, posa sus ojos castaños en los míos, y me asegura, que todo va a salir bien y que tenemos que tener fe.

Vuelve el recuerdo de la pérdida de Emma Sofía, de la inminente muerte de mi padre, y siento cómo el dolor se ensancha y late con fuerza en mis entrañas. Le digo que ando muy molesta con Dios y no quiero hablar de fe en este momento. Pero Salvador me regala una mirada dulce y me asegura que lo digo de la boca para afuera.

—Yo te he visto agradecer por todo lo que te sucede y con una fe inquebrantable sabes mirar el otro lado de las cosas, aprendiendo de lo malo y disfrutando de lo bueno.

—Lo que estoy viviendo ahora es muy malo, tal vez el aprendizaje venga luego, pero en este momento solo siento mucho dolor y rabia —concluyo, con la misma dosis de amargura en las palabras.

Después de hacer una larga cola, llegamos al mostrador donde nos atiende una mujer de mediana edad, delgaducha con una apariencia soñolienta, robotizada en su desempeño, anestesiada de tanto chequear pasaportes, tiquetes y pesar maletas. La tarea adicional de revisar el papeleo relacionado con la salida del país de Federico sin su padre, asunto bien controlado por las autoridades canadienses, la despierta un poco de su letargo, nos hace unas cuantas preguntas, hasta que me entrega los pases de abordaje.

Le digo a Salvador que soy consciente que el viaje

que mi padre emprendió no tiene pasaje de vuelta, sé que le llegó el momento de dejar este mundo. Bueno, a estas alturas no estoy segura de nada, tal vez mi viaje tampoco tenga un pasaje de vuelta sí la misma Muerte me está rondando. Pero prefiero no mencionarlo y decido ignorar la reciente alucinación. Solo le confieso mi anhelo de encontrarlo vivo para poder despedirme y él me asegura que así será porque mi padre no va a permitir que sea de otra manera.

—Tú eres la niña de sus ojos y sin despedirse de ti no se irá a ninguna parte, incluyendo el más allá.

Siento en mi pecho el temor de un fatal desenlace, como si la Muerte y el ángel mujer de la Nueva Era me hubiesen advertido que a mí tampoco me queda mucho tiempo, y me brota la imperiosa necesidad de agradecerle por quererme tanto, le ratifico que a su lado he vivido los años más hermosos de mi vida, que es un hombre estupendo y que Federico es lo mejor de los dos. Veo cómo en su cara se dibuja una expresión perpleja, mis palabras suenan a un adiós y solo me voy por un par de semanas. Pero yo lo ignoro y continúo con mi urgencia de expresarme y le confieso que, por otro lado, intuyo que este viaje tiene también otro motivo, hay algo de mí que él no sabe y ahora no tengo tiempo para explicárselo, pero presiento que yo también voy en busca de algo.

—¿De qué hablas? ¿Qué es lo que no sé acerca de ti, después de cinco años de casados? Yo siempre he sido una persona abierta para escucharte y creí que en nuestra relación no había secretos —protesta sorprendido y contrariado.

—No te molestes conmigo. En este momento ni yo misma sé bien de qué se trata. Te prometo que a mi regreso hablaremos y para ese entonces espero haberle encontrado la lógica a todo esto —concluyo con la mayor convicción que encuentro en mi maraña de pensamientos, con la duda de si tendré la oportunidad de volver a verlo—. Por favor, jura que si algo me pasa vas a cuidar a Federico y lo vas a criar con mucho amor —y de solo pensar en ese escenario, comienzo a llorar.

Salvador, consternado, desliza con delicadeza sus dedos sobre mi rostro y limpia mis lágrimas. Me advierte que estoy pensando en muchas cosas al mismo tiempo. Con sus ojos puestos en los míos, me pide que me tranquilice, que si me hace sentir mejor, me jura que siempre va a cuidar a nuestro hijo.

Debo despedirme de él para cruzar la parte de seguridad y embarcar en el avión. Cuesta respirar el aire por su espesor, cargado de nostalgia e incertidumbre. Nos damos un abrazo cálido, sus manos me rodean el rostro y sus labios me plantan un beso en la frente. Luego, sus brazos recios cobijan de nuevo mi cuerpo tembloroso, me alza del piso y me aparta del mundo entero.

Le susurro en el oído que quisiera quedarme para siempre entre sus brazos.

—*Piccolina*, aquí te estaré esperando. Por favor, regresa pronto, los voy a extrañar demasiado —me dice en italiano, la lengua más romántica del mundo heredada de sus antepasados, el idioma en que me habló cuando lo conocí y el que más usamos para comunicarnos.

Por último, me asegura que quisiera acompañarnos, pero no puede, o mejor dicho, no debe ausentarse ahora del trabajo, y en todo caso, si necesito de su presencia, le avise y allí estará. Me pide le dé a papá un fuerte abrazo de su parte, junto con su afecto y su eterno agradecimiento, y que desea que este viaje me sirva para encontrar lo que busco.

Los dos sabemos de despedidas y cuanto más cortas menos dolorosas. Su boca se une a la mía y nos damos un beso, un beso que sabe distinto a los miles que me ha dado. Luego, se agacha y abraza a Federico, quien está sentado en el cochecito, sumido en su pequeño mundo y ajeno a todo lo que nos espera.

Me incorporo al tumulto de gente apresurada y entre el ruido escucho que pronuncia mi nombre, giro el rostro, y al encontrarse nuestros ojos de nuevo en la distancia, me grita:

—¡TE AMO!

Muevo la mano de un lado al otro en señal de adiós, mientras mis labios modulan un profundo y sentido te amo.

De aquí en adelante, mi hijo y yo seguiremos este vía crucis, acompañados de mi angustia, de mi dolor y de las alucinaciones que hoy reaparecieron en mi vida, después de varios años de ausencia y quietud.

Desde niña he sufrido de la privación del sueño, lo que en la adolescencia me sumergió en el mundo de las alucinaciones visuales y auditivas, y con lo que he tenido que batallar aun en la madurez. Nunca he consumido ningún tipo de drogas. En mi caso, los médicos determinaron que las alucinaciones eran producto de la falta de sueño. Por tener una mente muy inquieta me cuesta dormir bien y el agotamiento me hace ver imágenes y escuchar sonidos con tanta claridad, sin poder distinguir si son reales o imaginarios, viviendo en un constante dilema entre la cordura y la locura. Al principio, me medicaron una pastilla para regular el sueño pero mi cuerpo no la toleró. Cambiaron la fórmula. El mismo resultado... En fin, fue peor el remedio que la enfermedad, esas píldoras mágicas, cualquiera fuese su composición química, hacían que me levantara deprimida y ansiosa. Por otro lado, yo no quería hacerme dependiente de ellas, iba en contra de mi naturaleza de mujer fuerte. Un buen día decidí botarlas a la basura, callar y arreglármelas por mi cuenta. Salvador resultó ser la mejor medicina. Desde que lo conocí no había tenido alucinaciones, por eso pensé que ya me había curado y que tenía una vida normal. Pero lo que acababa de suceder derrumbaba la supuesta normalidad que disfruté durante los últimos cinco años.

Una vez sentada en la sala de espera, después de haberle dado de comer a Federico y de corretearlo de un lugar a otro, en su afán de explorar todo el entorno con sus principiantes pasos en el arte de caminar, me fijo en el rostro de las personas que me rodean y me pregunto: ¿cuál será el motivo de su viaje? ¿Quién irá de vacaciones? ¿Quién irá por negocio? ¿Quién estará regresando al país después de una larga ausencia? ¿Quién irá para conocer un nuevo amor? ¿Quién estará viajando con un dolor parecido al mío? En pocos momentos, todos nos sentaremos obedientemente en el avión, cargando con nuestras expectativas, batallando con nuestras decisiones, dejando atrás un pasado y encarando un nuevo reto que comenzará al momento de posar nuestros pies en otra parte del mundo.

Me llega a la boca la palabra «huérfana», la pronuncio despacio, y con desolación: HUÉR FA NA, y pensar que así regresaré cuando termine este viaje, cuya razón de ser es solo despedida, sin ni siquiera poder pasar por la alegría de la bienvenida. La Sofía que volverá a Canadá será otra, ya no podré llamar a mi padre para contarle cómo estuvo el vuelo de regreso, ni escucharé su voz dulce y vigorosa al otro lado del teléfono para darme la bendición y preguntar por su nieto. Ya no estarán a mi disposición esos brazos flácidos, arrugados y pecosos para brindarme el más protector de los abrazos, rodeándome siempre aunque me encontrara a miles de kilómetros de distancia.

Pero yo no soy la única. De una u otra forma, todos los que tomaremos este avión regresaremos cambiados, porque el vivir nos transforma a cada instante. A veces es tan mínimo que no lo percibimos y pasamos, día tras día, creyendo que todo está igual. Pero así como las estaciones modifican nuestro entorno despacio pero seguro, así el transcurrir del tiempo nos va cambiando, hoy no somos los mismos que éramos ayer, pues como rocas arcillosas nos vamos moldeando poco a poco.

Mi hijo empieza a llorar, esta vez es de sueño, él también se despertó muy temprano. Lo saco del cochecito, lo aprieto contra mi regazo, lo acurruco y lo mimo. Cuando se calma, lo siento frente a mí y me deleito con la inocencia que brota de sus pupilas. Me reconforto en la promesa que emana todo su ser y me lleno de esperanzas al respirar su olor puro de vida nueva, energizante a la primera bocanada, lo cual me hace sentir por un instante que, a pesar de todo, voy a tener un día grandioso.

CAPÍTULO II
LA ESTADÍA

—Señores pasajeros, abrochen sus cinturones que en breves momentos estaremos aterrizando en el aeropuerto internacional de Maiquetía Simón Bolívar de Venezuela. El capitán de la nave les da las gracias por habernos… —bla, bla, bla continúa la aeromoza de *Air Canada,* repitiendo el mismo discurso en inglés y en francés.

Qué gran alivio estar llegando. Llevo cinco horas y media con Federico sobre las piernas. Desde que nos embarcamos, las personas que nos rodean pusieron caras de descontentas, a nadie le gusta viajar al lado de un niño ajeno. El viaje ha sido un reto interminable de mantenerlo entretenido. Federico está más inquieto que de costumbre, tan solo durmió media hora y no hubo forma de que volviera a conciliar el sueño. A los juguetes que le empaqué para distraerlo, les prestó atención por pocos minutos. Su interés se ha centrado en inspeccionar el espacio, de escasos centímetros, del que disponemos alrededor del asiento: la bandeja plegable la ha abierto y cerrado un sinfín de veces. La luz de lectura la enciende y la apaga. Ha presionado tres veces el botón de llamar a la aeromoza, a quien ya le he pedido disculpas las mismas tres veces, por haberla hecho venir en vano.

Estamos sentados en el asiento del medio de una fila de tres puestos. Al costado derecho, tengo a un inglés cincuentón, quien por la vestimenta que porta debería estar viajando en primera clase. Pero está a mi lado, en la clase económica. Antes de despegar, le pidió a la aeromoza si podía cambiarlo de asiento, pero no fue posible porque el avión iba lleno. Un par de horas atrás, sacó un documento de su maletín y aún no lo ha leído; pienso que los diversos sonidos y movimientos de mi hijo le hacen perder la concentración. Las dos películas las vio con sobresalto porque Federico se empeñaba en jalarle uno de los audífonos. Tiene un sudor facial sobre el rostro enrojecido y la mandíbula tensada. Se pasa un pañuelo por la cara y suspira profundo. Si le dieran un paracaídas se lanzaría ahora mismo. No me ha dirigido la palabra en todo el vuelo y su desagrado ya no lo puede disimular más. A través de sus gafas de cristal nos mira de reojo y si un mago le concediera un deseo en este instante, estoy casi segura que le pediría ser el Rey Herodes. A mi izquierda está una muchacha estrenando la veintena, quien se las arregló con unos auriculares, una cobija larga que le cubre hasta el cabello y la despreocupación propia de la juventud, para dormir casi corrido. Se despertó a la hora de la comida y, desganada, me hizo el favor de sostener al bebé unos segundos mientras me levantaba del asiento y lo tomaba de nuevo para ir juntos al baño. Estos compañeros de viaje no tienen ni la menor idea de lo que es viajar con un niño de apenas un año en los brazos. El inglés tiene que ser un solterón, sin hijos, sin sobrinos y sin mascota; y para la «bella durmiente» Federico debe ser un marciano proveniente de otra galaxia.

Miro por la ventanilla el mar Caribe, mezclando en la profundidad de sus aguas saladas y revoltosas el zafiro imperial con el verde esmeralda. El sol de Suramérica, con su alegre brillo, se pasea por todo el avión. Nubes acolchadas esbozan miles de garabatos sobre el cielo celeste. Mi estómago siente un aleteo desenfrenado de mariposas al volver al lugar donde viví los treinta primeros años de mi existencia. Mi tierra querida, la que mis pies tocaron por primera vez cuando aprendí a caminar, la que raspó mis rodillas en las caídas de mi infancia, la que tiene las playas de arenas blancas donde crecí y me hice una mujer. Mi tierra, albergue de recuerdos y amores eternos.

Después de recoger el equipaje, y con una mano empujar el cochecito y con la otra jalar la maleta, salgo a encarar a un gran número de personas que esperan a los viajeros recién llegados. Miro a la gente a mi alrededor, unos se abrazan llenos de alegría, otros se van de prisa a tomar un taxi, otros aguardan sujetando unos carteles con nombres escritos, todo es bullicio y movimiento. Se me acercan hombres ofreciendo sus servicios de compra de dólares y de transporte a muy buen precio. Yo, observando todo lo que sucede a mi alrededor, sigo sin moverme, rígida como una estatua, solo mis ojos giran de un lado al otro, por último me doy cuenta de que esta vez, en este aeropuerto, nadie nos espera. De repente mi mano siente un jalón, un hombre de corta estatura me arranca la maleta y sin pedirme permiso, me dice que no me preocupe, que él me ayuda y que le dé la propina que quiera. Y se marcha sin darme tiempo ni de hablar, llevándose en una mano mi equipaje y secándose con la otra su rostro sudoroso.

—¡Señor! ¡Yo voy al aeropuerto Nacional! —grito apresurada, arrastrando el cochecito de Federico y sin ninguna otra alternativa que seguirlo.

—Mi amor, para el Nacional te llevo —me dice este hombre rechoncho mientras camina y a quien solo le bastó un instante para considerarme «su amor».

Me causa risa su trato, del cual uno se va desacostumbrando tras tantos años viviendo fuera.

—¡Bienvenida a Venezuela! —exclamo mientras aprieto el paso con firmeza y fijo la mirada en mi nuevo amor.

Llegamos al aeropuerto Nacional para tomar

la conexión hasta mi destino final, que es la ciudad de Barquisimeto, en donde vive mi padre y donde nací hace treinta y nueve años, el 2 de noviembre: Día de los Fieles Difuntos según el calendario católico, y que en México y en otros países de América Central llaman el Día de los Muertos, una celebración muy importante basada en la creencia de que ese día los muertos regresan a sus hogares en la Tierra. Aunque mi familia no lo celebra, la nana Matilde sí, y desde pequeña me hizo saber que yo llegué al mundo en una fecha muy especial: un día bastante transitado de almas en pena y congestionado de espíritus.

El señor Amor deja la maleta justo al lado del mostrador y me dice que si le doy la propina en dólares es mucho mejor. Saco del bolso de bebé mi monedero —desde que soy mamá ya no uso una buena cartera, sino esta mochila llena de pañales, compotas y juguetes —y le paso un billete de cinco dólares.

—¡Muchas gracias, mi amor!, y aquí estoy a tus órdenes. Un placer conocerte. Mi nombre es Rosendo Mesa, para servirte, mi reina —me dice con una sonrisa desdentada, mirada vivaracha y la espontaneidad característica de los venezolanos.

—Gracias a ti, mi amor —musito con cortesía y el «mi amor» por ironía —. Sofía Santo. —Y le extiendo la mano, la cual me estrecha entusiasmado.

—Feliz viaje, reina Sofía, y vete por la sombrita que eres muy bonita —balbucea mientras se aleja.

Lo que hacen cinco dólares en Venezuela.

Llegamos por fin a Barquisimeto. El avión se detiene en frente de la torre de control del aeropuerto, el capitán da la orden de desembarcar. Yo salgo por la puerta delantera y bajo las escaleras con Federico enganchado a la cadera. Mi ciudad natal nos recibe en traje de gala, envuelta por una brisa enamorada de un imponente crepúsculo que se posa ante ella, vestido en color fucsia y se va degradando en el horizonte en tonos amarillos y naranjas. La brisa quisiera retener al crepúsculo para siempre entre sus brazos, pero el sol ya no puede sostenerlo más y empieza a darle paso a la noche. Las estrellas permanecen discretas en el firmamento, formando entre todos un mosaico de amores, nostalgias y sueños…

—No hay atardeceres más bellos que los que pinta mi tierra larense —digo en voz alta, con todo el orgullo de haber nacido bajo este cielo.

Salgo a buscar un taxi para ir a la casa de mi padre. Se me acerca un hombre de mediana edad y con un tono amable me pregunta que a dónde voy.

—A la urbanización del Este—le respondo.

El hombre coloca el equipaje y el cochecito en el maletero. En el momento que estoy abriendo la puerta trasera del coche con mi hijo en los brazos, escucho una voz familiar que me llama.

—¡¡¡Sofíííaaa!!!

—¡Leonor!, no sabía que alguien vendría a buscarnos —le digo sorprendida.

Nos abrazamos y sin poder evitarlo las lágrimas brotan de nuestros ojos. Federico todavía enganchado a mi cadera juguetea con sus manitas y jala nuestros cabellos. Sentir el roce de las manos de mi hermana sobre mi espalda, hace que el dolor se alivie. Su tacto aligera mi carga a través del sentimiento compartido. Aún entrelazadas, aspiro su conocido perfume, el aroma discreto y dulce de la orquídea. Las lágrimas siguen brotando pero ahora son por la dicha de tener a mis dos hermanas, porque a Isabel, en este instante, también la abrazo en la distancia. El taxista, un poco descontento por haber perdido su cliente, saca mis pertenencias y las coloca a mi lado y se aleja sin decir una palabra, respetando nuestro emotivo encuentro.

Leonor toma a mi hijo en sus brazos y le llena la carita de besos. Federico le responde con más jalones de pelo. Contemplo sus ojos marrones acaramelados; están hundidos y enmarcados en unas ojeras azuladas que ni el corrector logra disimular. A pesar de todo, su mirada sigue emanando la paz inquebrantable que siempre la ha caracterizado. Su piel clara luce marchita por tantas horas acumuladas sin dormir y me entristece ver cómo el cansancio, aparejado con el dolor, le han robado frescura a su bello rostro.

Con ternura, mirándome a los ojos, me advierte que el estado de papá no se perfila para nada bien. Llena de incertidumbre le pregunto que si aún está vivo, y le confieso que el viaje ha sido una verdadera tortura al imaginarme que ya está muerto, y que no me lo han querido decir hasta que llegara, ya que esa llamada de Isabel pidiéndome que tomara el primer vuelo que encontrara, me daba un mal presagio...

—Papá aún está vivo, pero no está como tú lo dejaste —me interrumpe.

—¡Dios mío! Pero si solo lo he dejado de ver por un mes y ya no le iban a poner más radiaciones. Hace apenas una semana hablamos un buen rato por teléfono y se escuchaba bien —digo contrariada y rabiosa.

—El cáncer es muy traicionero —afirma con propiedad.

—¿Todavía reconoce? —pregunto con la voz quebrada.

—A veces..., y ya vamos, que tengo que pasar a buscar a Emilia por la academia de *ballet.*

Soy el jamón y el queso en este sándwich que formamos las hermanas Santo Tamayo. Los panes son mi hermana mayor llamada Isabel y Leonor, mi hermana menor. Entre las tres, hay una brecha cronológica de tan solo dos años de edad. Crecimos unidas y así nos hemos mantenido a través de los años, a pesar de los vaivenes de nuestras vidas y de lo diferentes que somos.

Isabel es la niña de la casa, quien juega todo el día a las princesas en su mundo acomodado, distante en sus afectos, caprichosa y egocéntrica como ninguna. La mayor parte del tiempo mantiene el dedo índice apuntando como un revólver. La nana Matilde sostiene satisfecha que su niña Isabel nació para mandar, y hasta cierto punto concuerdo con ella, pues a pesar de que dar órdenes es inherente a su carácter altanero, frente al marido se convierte en una mujer sumisa y su dedo levantado cede ante la gravedad del universo de Eduardo. Tiene un cuerpo que no se desgasta con el paso de los años; a los cuarenta y dos luce más regia y esbelta que nunca, con una musculatura definida y curvas equilibradas. Sobre su pecho se levantan un par de senos de silicona redondos y firmes, tiene una cintura de sesenta centímetros y las caderas se le ensanchan con unos glúteos pulposos. Yo siempre he sido floja para el ejercicio y lo único que me gusta es bailar. Mi hermana, por el contrario, va al gimnasio todos los días, juega al tenis y al golf con mucha frecuencia. Su rostro concuerda con su cuerpo de diosa. Heredó los ojos grandes y azules de mi madre, la nariz perfilada termina en una punta respingona que combina a la perfección con la altivez de su carácter, los labios voluminosos, resguardan una dentadura de catálogo, el cabello lacio cobrizo le cae en cascadas más abajo de los hombros. Su piel cuando niña era muy blanca; ahora, dorada por los continuos viajes a la playa. Desde muy joven ha estado obsesionada con la moda, siempre anda vestida impecable; ya sea que vaya a una gala o al gimnasio, luce un atuendo tan coordinado que parece una modelo de la revista *Vogue*. Una vez que culminó la universidad donde se recibió de abogada, profesión que nunca ha ejercido, se casó con el distinguido y mujeriego Eduardo Ortiz, dueño junto a su familia de uno de los bancos más sólidos del país. De rasgos finos y gestos medidos, tez blanca y cabello caoba. Tiene que vigilar de cerca su dieta para no llegar al sobrepeso, pero los trajes hechos a la medida, que usa la mayor parte del tiempo, lo hacen lucir muy bien. Con sus ojos grises mira a todo el mundo por encima del hombro, con la arrogancia propia de aquellos que, desde que nacieron, están acostumbrados a ser servidos y nunca se han tenido que agachar para recoger algo del suelo.

Aunque son tal para cual, no fue la fuerza del destino la que hizo que Eduardo y mi hermana se encontraran. Esto sucedió con premeditación y alevosía, por un plan que trazó Isabel con el objetivo de conocerlo y llevarlo al altar. Eduardo es una figura pública del mundo de las finanzas y era en ese entonces uno de los solteros más cotizados de la sociedad caraqueña. Isabel determinó, de tanto verlo en los periódicos, que era el partido perfecto para ella: seis años mayor, buen mozo y millonario, atraparlo sería la estocada final para Alejandro, su primer y apasionado amor, quien la traicionó. Así que, con sangre fría, se propuso conocer y pescar a Eduardo.

Tras un noviazgo de catorce meses, contrajeron matrimonio, y en cuanto la vi entrar del brazo de papá en la amplia iglesia Nuestra Señora de la Chiquinquirá, sentí que mi hermana estaba predestinada para participar en un plan divino, y que de ahí en adelante formaría parte de la mitología nórdica, porque la diosa Freya, famosa por su belleza, elegancia y riqueza, se había reencarnado en ella. Isabel lució un vestido blanco de ensueño, ceñido al torso con una falda amplia y vaporosa, creado por la famosa diseñadora venezolana Carolina Herrera. Una mantilla española larga, bordada de encaje artesanal hecha a mano con hilos de seda, cubría su rostro como la niebla cubre la tierra, y se extendía como una estela sin fin a lo largo de la nave central de la iglesia. «Lo sagrado es tapado» solía decir la abuela Emma, quien en su parroquia se encargaba de cubrir el crucifijo y las imágenes de los santos cada Semana Santa. Me imagino lo encantada que estaría en el firmamento cuando vio a su nieta caminar victoriosa, ante mil ojos embelesados.

Fue una boda apoteósica, la boda del año en ese momento, contó con una lista de más de quinientos invitados, donde se mezclaron, entre la champaña, el caviar y el *whisky* de dieciocho años, personajes del mundo político y empresarial, tanto nacional como internacional. Todos los salones del Country Club de Caracas se utilizaron y fueron decorados con elegancia combinando el color crema y el dorado. Las rosas en tonos pasteles importadas de Colombia predominaban en los arreglos florales, los cuales eran tan altos que, colocados en el centro de las mesas, parecían árboles frondosos cargados de flores. Enormes esculturas en hielo identificaban el tipo de comida que se servía en cada salón. Mi preferida fue la réplica de la torre Eiffel con su exquisita estación de crepas y finos bocadillos. Diferentes orquestas con música en vivo amenizaron la velada, la cual comenzó con los clásicos violines a la entrada y culminó en la madrugada con un grupo de tambores que hizo bailar a todos. Por supuesto, los gastos de semejante celebración corrieron por cuenta del novio. Isabel nunca ha sabido lo que significa trabajar para ganarse el sustento. Salió del techo protector de la casa de mi padre para la mansión de su marido. Tiene tres hijas adorables: Mariana, Máxima y Mercedes y una perra de raza dálmata llamada Coco. Pero a pesar de tenerlo todo, siempre vive descontenta, como si la vida que tuviera no la hubiese elegido ella.

Hace un par de años, en una conversación

telefónica, Isabel me dijo algo que nunca antes había escuchado decir a nadie. Me dijo textualmente que se le había agotado la vista.

—¿Cómo así? —le pregunté consternada—, tienes que ver a un oftalmólogo de inmediato.

—¡No, Sofía, no me entiendes! ¡Estoy cansada de ver! Todo el día me la paso mirando algo: las noticias, las revistas de moda, las calles mientras manejo, el espejo, al marido y a las hijas que entran y salen, las mismas reuniones de beneficencia, las cenas y fiestas donde se habla de lo mismo. Siento los ojos cansados —concluyó tajante.

—¡Isabel!, ¿qué disparate estás diciendo? Dile eso a un ciego a ver cómo te lincha y te arranca los ojos. —Pero en el fondo entendí a lo que se refería. Estaba cansada de ver una existencia que transcurría, mientras ella miraba a la distancia, como quien observa una obra de teatro—. Hermana, tienes que ocupar una parte de tu tiempo en algo que te apasione. Tienes que buscarte un sueño y procurar hacerlo realidad.

—Tú y tus sueños —sentenció con un tono tan agrio como el vinagre —. Hablamos otro día, ahora me voy a dormir, adiós.

—Isabel, despega de tu cuerpo esas colchas de resignación con las que te arropas cada noche… —Ya no me escuchaba, al otro lado la línea telefónica estaba muerta.

También recuerdo la última conversación, frente a frente, que tuvimos hace un mes:

—A veces me gustaría cambiar mi vida por la tuya —me dijo pensativa.

—A mí también me gustaría —le dije sonriendo—, así podría disfrutar de tu inmensa colección de zapatos. ¿Cuántos tienes ahora? Porque la última vez ibas por los quinientos pares.

—Son cuatrocientos cincuenta y cinco pares, ¡exagerada! —me corrigió exasperada.

—¡Te imaginas! ¡Podría usar un par de zapato diferente cada día del año y todavía no los usaría todos! Aparte de los zapatos, también me gustaría tener a mi disposición tu colección de bolsos *Gucci, Louis Vuitton, Cartier...* Pero sobre todo, me gustaría probar, por unos días, qué se siente al tener una vida de bonanza absoluta como la tuya —le confesé.

—Sofía, tú no naciste para esta clase de vida llena de certezas. En tres meses ya estarías muerta del aburrimiento. Tú eres una guerrera.

—Pero, Isabel, ¿cómo se puede aburrir una persona que lo tiene todo?, y cuando digo TODO, no solo me refiero a lo material, sino a la bella familia que has formado —pregunté confundida.

—Es cierto, pero no tengo tu coraje, tu autenticidad, ni tu libertad —dijo mostrando su inconformidad.

—Todo eso vive también dentro ti, solo tienes que dejarlo aflorar, parar de jugar a la niña protegida, tomar riesgos y correr con las consecuencias, porque todo tiene un precio. Mi vida no ha sido fácil y tú lo sabes, he vivido en los extremos. He tenido momentos llenos de felicidad y gozo, pero también he vivido muchos períodos de angustia, soledad infinita y carencias económicas —dije con mi tono más convincente.

—Tú eres la protagonista de tu vida. Yo siempre he representado un papel secundario. Sabes que me casé con Eduardo para olvidar a Alejandro —para Isabel, fue más cómodo casarse que luchar por lo que quería. Siempre se le ha hecho más fácil seguir que tomar el mando —A Eduardo lo quiero y con los años ha nacido otro tipo de amor, basado en los dieciocho años compartidos, y en mis tres hijas, que son la razón de mi existir. Pero en el fondo, me entristece ver que solo soy alguien por lo que mi marido representa. Soy solo un satélite girando alrededor de la órbita de su imperio. Mientras tú, puedes decir que eres una estrella con luz propia. A ti Salvador solo te complementa.

—Esa ha sido tu elección. Tú te propusiste casarte con Eduardo y lo lograste, pero luego te sumergiste y te acomodaste en su mundo de bonanza, olvidándote de crear tu propia historia. Estoy segura de que si de verdad quisieras hacer algo por ti misma, lo lograrías. Nada te impide luchar por lo que quieres. Ahora dime, ¿qué es lo que tanto añoras?

—Quiero ser escritora —masculló.

—¡Entonces, empieza a escribir! Es algo magnífico —respondí llena de emoción—. Para mí, un libro es una persona dormida, que al abrirlo se despierta y a través de sus páginas me cuenta su historia, conectando mi ser con mundos desconocidos y fascinantes.

—Me encanta lo que acabas de decir —se sonrío—, pero no es tan fácil. Eduardo piensa que es una ridiculez usar mi tiempo en eso, y con tantos compromisos sociales que tenemos, dime, ¿en qué momento escribo?

A pesar de su cuestionamiento, había un brillo en sus ojos que nunca antes había visto, lo cual me gustó.

—Despierta en la madrugada, vete a la cama más tarde, cancela algunos compromisos sociales. Pero si ese es tu sueño, trabaja un poco más por hacerlo realidad. Si a Eduardo le parece que es una pérdida de tiempo, ignora sus comentarios, o inventa un seudónimo para tus libros.

—Te quiero —dijo Isabel, con una nueva luz encendiendo su mirada.

—Yo también te quiero mucho.

Leonor, mi hermana menor, es uno de esos pocos seres que no se deslumbran con joyas ni diamantes, a quien la notoriedad y el poder no le interesan, y el hacer o tener dinero, no le quita el sueño. Tiene una belleza serena como su espíritu. Facciones delicadas sobre una piel blanca sedosa, de cabello largo castaño claro, con los mismos ojos soñadores de mi padre de color marrón. Su presencia es liviana, es diáfana en sus acciones, le cae bien a todo el mundo, se te cuela por los poros de la piel y se hace querer sin el mínimo esfuerzo. La nana Matilde siempre dice que amar a su niña Leonor es muy fácil, ya que es una persona generosa hasta con los que no conoce, y yo concuerdo con ella. La paz que transmite su presencia aquieta la premura de la vida y su sonrisa a flor de piel rocía el ambiente de esperanza. Es una amante del aprendizaje y del conocimiento, y su marido, Juan David Colmenares, es igual. Se conocieron en la universidad mientras estudiaban Ingeniería en Computación, se casaron después de recibirse de ingenieros. Su boda, al contrario de la de Isabel, fue en la más estricta intimidad de la familia. Tienen una casa pequeña y cómoda, dos hijas sanas y hermosas. Juan David trabaja ejerciendo su profesión; Leonor se dedicó a la docencia e imparte clases en la Universidad Lisandro Alvarado. Ambos sueldos les alcanzan para llevar una vida decente. Su propensión a la sencillez y el desapego a lo material es lo que más admiro en ellos, porque los hace libres, livianos y relajados. Son una pareja hermosa, hechos el uno para el otro, católicos practicantes y devotos de la Divina Pastora, la virgen más coqueta del reino celestial a la que cada 14 de enero sacan de procesión desde su parroquia en Santa Rosa hasta la catedral de Barquisimeto, usa un vestido nuevo diseñado para la ocasión y hasta tiene un museo en donde se exhibe su colección de trajes.

Desde que éramos niñas, he sentido a Leonor como si fuera un ser de otro planeta; a pesar de tener sus pies bien plantados sobre la tierra, parece que viviera en una dimensión más elevada de conciencia. Comparto con ella una conexión espiritual muy profunda. Nos gusta hablar de temas místicos y escudriñar recuerdos del pasado… Iba a cumplir tan solo trece años cuando nuestra madre murió, y siempre me ha pedido que le hable de ella, como si los dos años que le llevo en edad me hubiesen dando una ventaja enorme atesorando vivencias. Pero en este sentido, al que hay que darle crédito es a papá, a quien la fatalidad lo llevó a convertirse en un historiador de la vida de dos de sus grandes amores, el de su madre y el de su esposa, y con el objeto de mantener vivas sus memorias las involucraba en nuestro día a día con tanta naturalidad y creatividad que las sacaba del mundo de los muertos y las hacia vivir entre nosotras. El arroz con leche que hacía la abuela Emma, la nana lo aprendió a preparar con el toque exacto de canela. Siempre hemos recibido un regalo de parte de mi madre en los cumpleaños, y en Navidad no falta un detalle enviado por ella junto al pesebre.

No se me olvidará cuando Leonor, llena de nostalgia el día de su boda, me preguntó que cómo recordaba a mamá. Juntando mis recuerdos con las historias de mi padre, pude responderle que la recordaba bella como una reina, dueña de la seguridad que emana una verdadera soberana, quien no tiene que demostrar nada para que el mundo sepa lo mucho que vale. Tan segura de sí misma, que nunca le importó el qué dirán. Fue la mujer con el corazón más bondadoso que he conocido, quien trataba a todo el mundo por igual, sin importar clases sociales, razas, ni credos. Con una auténtica disposición para ayudar a los más necesitados, sin esperar recompensas, ni reconocimientos. Todo lo hacía por el simple gozo de servir.

Le volví a contar un hecho que yo misma presencié: fue una tarde en la que estaba estudiando en la casa con una compañera de clase. La madre la vino a buscar, pero como no habíamos terminado, se quedó un rato hablando con mamá. Cuando nos unimos a ellas, la señora le estaba contando de una operación que se tenía que hacer en un brazo, pero que aún no tenía el dinero completo. Sé que mamá la habría visto como mucho tres veces. Sin embargo, le pidió que esperara un momento. A los pocos minutos, llegó con un cuadro en las manos. Le dijo que se lo llevara, que era de un pintor reconocido y le darían un buen dinero, y eso la ayudaría para pagar la operación. Siempre recordaré los ojos de la señora bañados de lágrimas y todo su ser irradiando gratitud.

—Eso sí lo recuerdo —afirmó Leonor—. Así como también recuerdo su fragancia sutil a rosas.

—Su aroma es inolvidable —le aseguré.

También le conté que recordaba su actitud de no juzgar, ella practicó el significado de la palabra empatía, y al ponerse en los zapatos de los otros, los entendía y no juzgaba, por eso siempre tuvo un corazón abierto para el perdón y libre de rencores.

—En fin, fue una mujer extraordinaria y estoy segura de que hoy está muy contenta de verte tan hermosa, lista para casarte con el hombre que amas.

—Te faltó mencionar su gratitud por cada día que vivía —añadió —. ¿Cuál de nosotras se parece más a ella? —inquirió con añoranza.

—Eso se lo debes de preguntar a papá.

—Ya lo he hecho —me confesó enarcando la ceja izquierda, gesto característico en ella.

Me embargó la curiosidad, yo también ya le había hecho esa misma pregunta varias veces, y quise saber la respuesta de los labios de Leonor:

—Que las tres nos parecemos mucho. Físicamente Isabel es su fiel retrato, tú heredaste la fuerza de su espíritu, y yo su generosidad —sus palabras coincidían con lo que él me había dicho.

—Bueno, entonces pienso que tú heredaste lo

mejor. Su entrega sin condición se sembró en los corazones de todos los que tuvimos el privilegio de conocerla, y por eso siempre la recordaremos como una gran mujer que supo ayudar a mucha gente.

—¿Te acuerdas de su voz?

La pregunta me estremeció. La incapacidad de recordarla me dolía. Su tono se había escurrido por alguna rendija oxidada del túnel de la memoria. Muchas veces había cerrado los ojos y revivido momentos juntas, tratando con empeño de escucharla, pero por más que lo intentaba, su voz se había ahogado en el pozo hondo de los años transcurridos.

—No logro recordarla —le confesé—. Su voz es un susurro atascado en una parte de mi cerebro, y por mucho que lo intento, no llega hasta mis oídos, solo retumba en mi interior como un eco mudo.

De sus ojos brotaron lágrimas gruesas que descendieron despacio por sus mejillas. Me dijo que ella tampoco la recordaba, entre sollozos me aseguró que extrañaba mucho a mamá, y que había sido muy duro crecer sin ella. Yo le abracé y le dije que yo también la extrañaba mucho. El tiempo solo había hecho que me acostumbrara a vivir con el dolor, pero acrecentaba el vacío que dejó su partida.

—Pero Leonor, hoy es un día de alegría, en la iglesia te está esperando Juan David, y papá está feliz de llevarte al altar, porque conmigo creo que está perdiendo las esperanzas, así que mejor no los hagamos esperar más.

—¿Cómo me veo? —me preguntó mientras se secaba las mejillas con el dorso de las manos.

—¡Preciosa!

Llamaron a la puerta. Papá apareció vestido con un esmoquin negro; lucía muy bien a los sesenta y un años, ya que aún conservaba el cuerpo ágil y atlético. Su rostro estaba radiante. Sin embargo, se acercó a Leonor con una sonrisa ambigua que emanaba mucha alegría y mucha nostalgia, y cómo no, sí se casaba su hija menor. Le entregó una caja de terciopelo granate. Ella la abrió enmudecida y sacó con delicadeza una fina cadena de oro donde colgaba el crucifijo de brillantes de mamá.

—Tanto a tu madre como a Isabel, les lució hermoso el día que se casaron —afirmó, y se la colgó al cuello—. Ahora es tu turno, hija.

La joya destellaba sobre el pecho desnudo de la novia y le dio el toque final a su vestido.

Papá, con su tono jocoso, nos dijo que era la hora de irnos o llegaríamos tan tarde que el pobre novio iba a pensar que Leonor se había arrepentido.

Ella le pidió que le diera su bendición, él le dijo que la bendecía en el nombre de Dios y de nuestra madre, que deseaba que la nueva vida que emprendería al lado de Juan David fuese abundante en salud, amor, alegrías, prosperidad e hijos sanos. Le dibujó con el pulgar una cruz en la frente, y se abrazaron muy fuerte. Yo también me colé en el abrazo.

Luego, guiñándole el ojo a Leonor, inquirió que cuándo sería mi turno, que ya tenía veintiséis años y se me había adelantado mi hermana menor.

—Muchos pretendientes, pero no veo claro quién es el afortunado —continuó.

—¡Papá!, vamos a llegar tarde. Como dijiste, Juan David debe estar pensando que Leonor se arrepintió —cambié de tema.

—Lo bueno se hace esperar —afirmó ofreciendo su brazo a la novia.

—¡E-xac-to! —extendí la palabra hasta hacerla de tres sílabas bien sonadas—. Lo bueno se hace esperar, así que no me presiones —concluí, y le guiñé un ojo en señal de complicidad.

Él me respondió con el mismo gesto.

Y nos fuimos a la iglesia, donde a mi hermana la esperaba el hombre que había elegido como su compañero y del que estaba muy enamorada.

Coloco a Federico en la silla de bebé en la parte trasera del coche y me siento adelante. Leonor, después de guardar mi equipaje y el cochecito en el maletero, enciende el motor y, emprendemos el camino dejando atrás el aeropuerto y el crepúsculo que se desvanece al entrar la noche.

Empezamos a recorrer las calles de esta ciudad, conocida como la capital musical de Venezuela, por la gran cantidad de destacados cantantes y músicos nacidos en ella. Es la cuarta ciudad más poblada, después de Caracas, Maracaibo y Valencia. Es una urbe dinámica llena de comerciantes, estudiantes, profesionales, agricultores y turistas, debido a que está ubicada en la parte centro occidental del país y rodeada de ciudades y pueblos, siendo así un cruce importante en la región. Pujante en su desarrollo económico, pintoresca por su valle y río Turbio, frondosa por los árboles de chaguaramos, colorida por atardeceres que te dejan sin aliento y por las bellas flores trinitarias. Bordeamos uno de sus monumentos emblemáticos, el Obelisco. Lo contemplo con la dulzura de los recuerdos de mi infancia y con un sentido de pertenencia por el cordón umbilical que me ata a esta tierra donde nací. Fue construido en 1952 para conmemorar los cuatrocientos años de la fundación de la ciudad. Es una torre rectangular en concreto y acero con una altura de setenta y cinco metros. Blanco como la tiza, culmina con un gran reloj y siete ventanas que sirven de mirador. Después de recorrer unos cuantos kilómetros, pasamos frente a la hermosa Catedral Metropolitana, otro ícono de la ciudad, con una estructura hiperboloide que cae como los pétalos de una flor, llena de luz por el techo de cristal y sus vitrales maravillosos.

—¿Cómo están mis sobrinas? —le pregunto a Leonor, mientras observo la catedral desde la ventana del coche.

—Grandes y bellas. Emilia te está siguiendo los pasos en lo lunática. Te cuento que lleva varios días levantándose en la madrugada y medio sonámbula llega a nuestra habitación, unas veces nos dice que escuchó unos ruidos, otras veces nos asegura que unas voces la despertaron, así que entre una cosa y otra, no duerme bien. En la escuela los compañeros de clase la fastidian por andar en las nubes soñando despierta y la menosprecian por no ser rápida para terminar sus trabajos a tiempo; a pesar de que es una niña con un gran sentido de responsabilidad y con mucha madurez para todo lo demás, le ha costado integrarse a la rutina del segundo grado. En cambio, Daniela está muy bien plantada en la tierra y hace todas las travesuras propias de sus cuatro años y más, y presiento que cuando sea adulta continuará tomando muy en serio su papel de hija menor, es una manipuladora *summa cum laude.*

—Emilia es aún muy pequeña para entender que hasta los niños pueden llegar a ser malos.

—¿De dónde sale tanta maldad a tan corta edad? —pregunta desconcertada.

—Tal vez del desamor de los padres y la falta de compasión —respondo entristecida.

—Yo pienso que, por desgracia, nadie nace compasivo. La compasión es una virtud que te deja el sufrimiento y se adquiere con el paso de los años —concluye.

Me quedo callada, pero yo no concuerdo del todo con ella. Hay gente, tal vez poca, que nace dotada de compasión, y sé que su hija Emilia vino al mundo en ese pequeño lote.

Como si fuese ayer, recuerdo el día en que nació. Yo regresaba a Venezuela por primera vez después de tres largos años viviendo en Italia, y desde el aeropuerto de Barquisimeto tomé un taxi directo a la clínica. Allí encontré a mi padre, a la nana Matilde, a Juan David y a mi hermana sosteniendo en los brazos un ser diminuto envuelto en una cobija de algodón rosa pálido.

—Acaba de nacer —me anunció Leonor, resplandeciente de alegría, apenas me vio en la puerta—. Fue parto natural.

Me les acerqué despacio, con delicadeza besé en la frente a la madre sudorosa. Curiosa, posé la mirada sobre la niña envuelta como un tabaco dentro de la manta rosa. Un gorro blanco tejido le cubría la cabeza, lo único visible era su pequeño rostro azulado y arrugado, ya que acababa de participar en un combate agotador. Sin embargo, me recibió con los ojos bien abiertos, negros como el azabache. La luz y profundidad de su mirada me sedujeron de inmediato, sentí que era ella la que me estaba pasando revista, que ese pedacito de ser era el que me detallaba a mí, era ella la que observaba los rostros de la familia que había escogido, y lo hacía con la seguridad y serenidad que emanan las almas viejas, esas que llegan al mundo cargadas de sabiduría como si ya supieran de memoria todo este cuento de vivir, y trajeran consigo la compasión para entender a todos los mortales, por eso son incapaces de hacerle mal a nadie. Almas que vienen a darnos lecciones desde que nacen, y se toman su tiempo para hacer las cosas. Almas que vienen sin prisa y que no les interesa competir con nadie, eso se lo dejan a las almas jóvenes y agitadas que aún tienen mucho por aprender y demostrar. Emilia se toma su tiempo para realizar la tarea y sueña despierta, porque sus ojos místicos están puestos en lo espiritual más que en lo terrenal. No tengo la menor duda de que se adaptará a la escuela cuando ella decida hacerlo y será más fácil de lo que todos imaginan.

Confieso que amo a todas mis sobrinas y la existencia de cada una ha marcado una gran diferencia en mi vida, pero a Emilia le tengo que agradecer algo muy especial. Ella me liberó del temor de ser madre. Me llenó de valentía al trasmitirme la seguridad de que los hijos escogen de antemano a los padres y a sus familiares, de acuerdo al tipo de lecciones que vengan a experimentar, lo cual alivió mi analítica conciencia ante la maternidad y me dejó la certeza de que si algún día era bendecida con un hijo, mi anhelo de tenerlo se conjugaría con su deseo y elección de venir al mundo a través de mí.

Seguimos nuestro camino hacia el este de la ciudad. Me alegra ver el recinto que han reservado para reinstalar la Flor de Venezuela, diseñada por el renombrado arquitecto venezolano Fruto Vivas, y que participó en la Expo 2000 en la ciudad de Hannover, Alemania. La estructura de acero y vidrio combina, en un moderno diseño, la forma de los tepuyes que se levantan misteriosos en medio de la Gran Sabana, y la orquídea, que es la flor nacional de Venezuela: ocho pétalos de grandes dimensiones se abren o se cierran, de acuerdo a las condiciones climáticas, alrededor de un mástil central. Este pabellón dejó muy en alto a Venezuela en la exposición universal, y pronto nos deleitará con su belleza en Barquisimeto.

Al final de la avenida Libertador nos topamos con la redoma donde se levanta el monumento al Sol Naciente, diseñado por el artista plástico venezolano Carlos Cruz Díez. Esta obra se asemeja a un reloj gigantesco de ochenta metros de diámetro y treinta y dos paneles colocados de forma transversal, como si nacieran del suelo cubierto de hierba. El monumento le rinde homenaje a los famosos crepúsculos barquisimetanos. Lo bordeamos por la derecha y, después de pasar por la avenida Los Leones, llegamos a la urbanización del Este.

Leonor se parquea, se baja apresurada y cruza la carretera para buscar a mi sobrina. Yo me quedo en el coche con Federico, que finalmente viene durmiendo desde que dejamos el aeropuerto. Detallo la nueva sede de la academia, donde a la edad de cuatro años me inicié en el mundo del arte. Mis recuerdos me llevan a esa casa solariega de ventanas enrejadas, ubicada al frente del parque Ayacucho, donde vivió la pionera del *ballet* clásico en Barquisimeto. En el patio trasero había dos cuartos con pisos de madera, espejos de punta a punta y barras de metal sujetadas a las paredes. En esos salones envueltos en música clásica y zapatillas de puntas transcurrieron muchas tardes de mi infancia, bajo la mano de una mujer de vanguardia, una profesora estricta que con su rigor forjaba disciplina y pulcritud en cada una de sus bailarinas, y quien le dedicó su vida entera a la danza. Era Taormina Guevara, quien fue mi maestra de *ballet* y cuyo nombre aparece en la lista de personajes ilustres de la ciudad.

En la distancia veo venir corriendo a Emilia, delgaducha y frágil como un pitillo, vestida con una maya negra, falda rosada corta amarrada a la cintura y medias pantis rosadas, el pelo castaño oscuro lo lleva recogido en una cola y unas zapatillas negras calzan sus piececitos. Tengo la intuición de que va a cruzar la carretera sin mirar y me bajo del coche apresurada.

Súbitamente, mi entorno se torna plateado muy brillante, como si gigantes rocas de diamantes esparcieran su brillo por todas partes. Al cuerpecito de Emilia lo bordea un hilo dorado y viene de la mano de la Muerte y del ángel mujer de la Nueva Era. Corro a su encuentro, y cuando las tengo a las tres frente a mí, el ángel mujer me la entrega y una sonrisa genuina se dibuja sobre su cara y me asegura que la niña está bien.

Le tomo la mano y la jalo con fuerza para alejarnos de allí lo más rápido posible. Me angustia ver a la niña involucrada en este enredo sobrenatural. Mientras caminamos apresuradas, volteo el rostro para ver si nos siguen. Las dos mujeres están paradas al otro lado de la carretera. La Muerte me mira y me sonríe. Yo desvío la mirada con brusquedad.

Mi hermana viene a toda prisa, toma en sus brazos a Emilia y me grita:

—¡Ese coche casi las atropella!

Yo aún no comprendo lo que me dice. Lo último que recuerdo fue estar pensando en la escuela de *ballet,* hasta que vi a Emilia acercarse corriendo e intuí que iba a cruzar la carretera sin mirar… Leonor angustiada me cuenta que alcé a la niña justo cuando un coche nos frenaba en los pies y después me paré en la acera con Emilia de la mano.

—Sofía, ¿estás bien? —me pregunta con el rostro desencajado.

—Sí, estoy bien —respondo desconcertada y confundida.

¿Por qué se me presentan esas dos mujeres? ¿Qué quieren de mí o de mi familia? Sé que la Muerte quiere llevarse a mi padre, pero ¿por qué me atormenta con sus apariciones y desapariciones? ¿O será que a quien viene a buscar es a mí? Y me entra de nuevo la angustia de que me voy a morir.

—¿Seguro que estás bien? Te siento muy extraña —insiste nerviosa.

—Estoy cansada, es todo. Llevo todo un día viajando con un niño y aún no hemos llegado a la casa de papá.

Con mis brazos temblorosos rodeo a mi sobrina y le confieso que estoy muy feliz de verla. Emilia me devuelve el abrazo algo desganada. Se aparta de mi y lo primero que me pregunta es por su primito. Yo le respondo que está en el coche dormido. Vuelve la mirada hacia Leonor y le dice, con su dulce vocecita, que ella también se siente muy cansada.

—Bueno, ya vámonos para que ambas puedan descansar.

Emprendemos de nuevo nuestro camino. Me volteo y ojeo a Emilia, aún tengo la sensación de que algo no está bien. Tiene los ojos apagados y desde su asiento me dedica una mueca confusa, no distingo si es una sonrisa o un puchero. Le lanzo un beso para animarla y vuelvo la vista a la carretera.

—Mami, estoy mareada —asegura con un hilo de voz.

—Abre la ventana y toma aire —le sugiere mi hermana.

Un sonido gutural hace que me voltee y me sorprende verla con la cabeza fuera del coche, vomitando. De inmediato, parqueamos a la orilla de la carretera y ambas nos bajamos con premura. Saco toallas húmedas del bolso de Federico para asearla y Leonor le hace tomar unos sorbos de agua. Ella nos mira con su carita descompuesta y nos dice que tal vez fue la merienda que le cayó mal. A mí me preocupan sus ojos hundidos y su tez verdosa, atemorizada le pregunto si la niña está enferma, pero me asegura que no y que en la mañana se levantó perfecta.

—Sí, Emilia está bien y así va a seguir —digo en un tono imperativo, aunque estoy nerviosa, porque aún tengo fresca la alucinación con la Muerte de hace pocos minutos.

Seguimos rumbo a la casa de mi padre, y mientras más nos aproximamos, el corazón me late con más fuerza, hasta que por fin llegamos.

Me paro en frente de la casa donde nací y crecí, y

la detallo con la nostalgia del turista que sabe que por más que le guste el lugar, tarde o temprano tendrá que partir. Observo la entrada amplia en piedra caliza, amurallada por una reja de forja con puntas que terminan en flechas apuntado el cielo y un diseño central que de lejos parece encaje. Frondosas matas de mango rodean el exótico jardín tropical de la entrada, el cual plantó mi padre con sus propias manos, combinando el verde oscuro y el rojo profundo del bastón de emperador, flor voluptuosa de tallo grueso y largo y hojas anchas. La flor el ave del paraíso, que debe su nombre a la similitud que tiene con la cabeza de un ave, con un pico duro marrón y una cresta naranja y azul intenso. Los girasoles amarillos tienen la cabeza agachada, a la espera del sol de un nuevo día, y las rosas blancas también imponen su presencia y su fragancia. Respiro con ansia y los pulmones se me ensanchan con el perfume afrodisiaco del trópico, con la dulzura desparramada por los mangos maduros magullados contra el piso y el olor a coñac que desprende el árbol de jazmín que está floreado.

Al fondo se levanta la casa colonial de arquitectura española, de una sola planta en forma de U con un patio central, corredores anchos enmarcados con arcos y pilares blancos, techos de madera cubiertos de tejas rojas, pisos con mosaicos de placas de color granate, con puertas y ventanas de madera caoba, resguardadas por rejas de hierro forjado.

Veo venir a la nana Matilde. Luce igual que siempre, con el pañuelo blanco en la cabeza para cubrir los crespos negros, con el vestido floreado y el delantal blanco almidonado amarrado a la cintura, con su caminar lento por el sobrepeso y su aroma inconfundible a canela.

—¡Mi niña Sofía! —grita en la distancia, rebosante de alegría.

Corro a su encuentro y poso la cabeza sobre sus pechos grandes, que resguardan un corazón noble y maternal. La nana me abraza con sus macizos brazos negros, los cuales han llevado el peso de esta casa por años, y como una chiquilla, me pongo a llorar en su regazo porque estoy muy cansada y tengo mucho miedo. Me dice que ella daría lo que fuera para evitarme este dolor y se lo creo porque nos ha dado su vida entera mitigando el inmenso vacío que dejó mi madre cuando murió hace veinticinco años.

—Yo sé lo que significa su padre *pa* usted. Entre los dos hay una cosa muy especial. Recuerdo los ojos del doctor Gustavo Adolfo cada vez que la veía *llegá*. Era como si su presencia lo inflara de fuerza. Se sentaba en la cocina, me pedía un café y me decía que usted venía y que le cocinara todo lo que le gustaba, muy pendiente de que comiera bien, porque *pa* nosotros los padres, no hay nada que nos haga más felices que alimentar bien a nuestros hijos.

—Nana, ¿por qué hablas en pasado? Papá todavía está en la casa, está en su habitación, está acostado en su cama y verá que volví, que estoy aquí —repito cada palabra como un mantra de afirmación.

—Sí, mi niña, su papá la está esperando y yo le cociné todo lo que le gusta.

Mis padres me contaron que la nana Matilde llegó a esta casa con su hijo Jaime, de seis meses de nacido. Dijo que tenía diecisiete años, pero su apariencia no concordaba con esa edad. Parecía una vieja desnutrida, con la mirada opaca y perdida, la cabeza llena de piojos, despojada de todos sus sueños de juventud y el corazón magullado de tanto sufrir. Trajo de equipaje la fortaleza propia de su raza africana, la disposición al trabajo duro, a obedecer y guardar fidelidad. Mis padres la aceptaron por compasión y sin hacerle muchas preguntas la emplearon en la casa y le abrieron los brazos a Jaime. Los asearon, los vistieron, los alimentaron, los medicaron. Asignándole oficios mínimos, la ayudaron a sanar y a recuperar la apariencia de adolescente. La nana era una persona de muy pocas palabras, pero una noche, después que habían transcurrido un par de meses, les dijo que todo lo que estaban haciendo por ellos se los iba a pagar con su vida, y así lo ha hecho. Le ha entregado a mi familia su vida entera, dando sin esperar, sin preguntar, sin medir. Viviendo solo para cuidarnos, atendernos y amarnos, como si la misma sangre que corre por nuestras venas corriera duplicada en ella.

El dolor más desgarrador lo sufrió cuando Jaime, de apenas dos años, contrajo una infección en los pulmones. Mis padres se abocaron a cuidarlo y agotaron todos los recursos de la ciencia para salvarlo, pero no hubo forma de curar la neumonía y el niño murió como un pajarito indefenso. Después de esa terrible tragedia, la nana convirtió esta casa en su refugio, donde se protegía de un mundo exterior al cual temía, y que con los años, dejó de interesarle. Usó sus paredes para levantar una muralla ante la vida, la cual a los veinte años de existencia ya había sido tan dura y cruel, que por voluntad propia decidió tomar la casa por cárcel y transformarla en su terruño.

Mis padres trataron de enseñarle a leer y escribir, pero a ella no le interesaban esos garabatos llamados letras. Trataron de buscarle un pasatiempo, pero a ella lo que más le gustaba era cocinar para la familia. Trataron de que viajara con nosotros, pero eso no le llamaba la atención y nos advertía:

—A mí, ni a palo me meten en una de esas cosas que vuelan, ni que yo fuera un pájaro.

Hasta trataron de que se enamorara, y un día organizaron un encuentro para presentarle a un paciente, a quien mi padre había salvado de un infarto unos meses antes. Era un hombre sencillo y con muchas ganas de casarse, que aspiraba solo a una mujer buena y hogareña. Pero la nana tajante espantó al pobre hombre y prometió sacarlo a escobazos si volvía con intenciones de cortejarla. También trataron de darle el apellido, pero se negó. Dijo que ella no iba a hacer nada con eso.

Es sabia por naturaleza, intuitiva. Nos descubre las mentiras en los ojos. Cree en su Dios sin practicar ninguna religión y siente la presencia de sus muertos, pero no los puede ver. La nana siempre ha sabido de mis alucinaciones y sus ojos se tornan curiosos cuando presiente que algo del más allá me está rondando. Le parece que es un «don especial» con el cual nací y que es una enorme ventaja poder ver y escuchar las voces de esas almas errantes. Me ha pedido infinidad de veces que me ponga en contacto con su hijito muerto, a quien dice escuchar, pero que nunca ha podido volver a ver, y yo le aclaro que los espíritus que he visto yo no los he escogido, ellos aparecen ante mí. Además le recuerdo que he tratado muchas veces de ver a mi madre y nunca lo he logrado... Pero la nana insiste.

Esta mujer es una potra salvaje que se ha domado a sí misma. Curó su dolor a través del placer de servir a otros, suavizó su dureza a punta de la ternura con que crio a sus tres hijas, engendradas en el vientre de mi madre y amansó su terquedad con la resignación que deja el paso de los años.

Mi curiosidad de niña hacía que le preguntara a mi madre con frecuencia quién había traído a la nana Matilde a nuestra casa. Ella me respondía:

—La trajo un ángel.

Y debe de ser cierto porque ha sido una bendición en nuestras vidas. Nos vio nacer, nos lidió en la niñez y aún nos sigue protegiendo como una gata brava. El juramento de cuidarnos que le hizo a mi madre antes de morir lo ha cumplido con rigor, y sé que también se lo debe de haber jurado a mi padre y lo cumplirá con creces...

—Nana, no entiendo por qué está pasando todo esto. ¿Por qué tanto sufrimiento y desgracia? Hace apenas tres meses perdí a mi hija y una semana después del aborto, cuando aún sentía mi vientre desgarrado, le descubren a papá el tumor en el cerebro, lo operan de emergencia, extiendo mi estadía por un mes más mientras lo someten a las radioterapias con la esperanza de que se mejore, y ahora...

El llanto ahoga mis palabras.

—Mi niña, la vida cuesta entenderla, pero todo pasa por algo. Es como ese juego que usted jugaba mucho de chiquita, ¿cómo es que se llama? —Levanta la mirada para escudriñar en su memoria.

—Rompecabezas —le respondo.

—Eso mismo, me parece verla cómo se quedaba horas dando vueltas a esos pedazos, hasta que los ponía en orden y le quedaban tan bellos. Se imagina, mi niña, *habe pasa'o* por todo este calvario de la enfermedad de su padre, con esa criaturita en la panza. *Pa* usted han sido muchas cosas al mismo tiempo, pero un día se sentará, mirará *pa'trás* y entenderá la razón de su sufrimiento. Y no se golpee la cabeza buscando tanto el porqué. Las cosas son como son, hay que *aceptalas* y *seguí pa'lante.*

—Eso se dice fácil... —musito con pesar.

—*Pa* nadie es fácil perder a los seres queridos. Yo lloraré *pa* siempre la pérdida de mi hijito. Cuando murió sentí que también yo me moría, pero a los pocos meses de esa tragedia nació la niña Isabel y puse todo mi amor en cuidarla y después llegó usted, y la niña Leonor, y así fui encontrando razones *pa'seguí pa'lante.* Mi niña, si algo usted tiene es coraje y yo sé que mi Dios y el niño

Federico le darán las fuerzas *pa* continuar y armar su propio quiebracabezas.

—Rompecabezas, nana, rompecabezas —le repito.

Se acerca Leonor con los niños. Emilia ya tiene mejor semblante y viene brincando como si nada hubiese pasado. La nana Matilde saca de los brazos de mi hermana a Federico, con mucho cuidado de no despertarlo, y dice que lo va a acostar en su cuna, que ha sido un viaje muy largo para esa criaturita, y se aleja con Emilia. Leonor, con un tono cansado, me dice que va por la maleta. Yo sigo parada en el mismo sitio, como una estatua, dándole paso libre al miedo, que ya le ha quitado la movilidad a mis piernas. Finalmente comprendo que hoy mi padre no puede salir a recibirme como lo hacía siempre, con su caminar ligero y sus ojos bañados de luz y sabiduría, en los que encontraba todas las repuestas a mis preguntas, con los brazos abiertos de par en par para abrazarme sin demora y cobijarme en su incondicionalidad, con la sonrisa amarilla teñida por el café, llena de aprobación y contagiosa de entusiasmo, con sus consentimientos que me hacían sentir niña de nuevo, pero con la franqueza y el carácter suficiente para llamarme la atención cuando lo necesitaba. Ambos disfrutábamos hablando de libros leídos, actualizando los últimos acontecimientos de nuestras vidas entre copas de vino, cómplices en la predilección que sentíamos el uno por el otro, agradecidos de Dios por tenernos, yo a un padre que supo interpretar su rol de una forma magistral y él a una hija con la cual tanto se identificó.

Hoy este hombre irremplazable me espera de una manera diferente... Postrado en una cama esperando a la Muerte. Consciente a medias después que le removieron un tumor maligno del cerebro, junto con el que se llevaron su pasión por la lectura y por la historia, los conocimientos adquiridos en sus cincuenta años de ejercicio profesional como médico cardiólogo, la destreza para el ajedrez, y quién sabe qué otras cosas… Yo sigo paralizada, el terror se ha apoderado de mí y me ahoga la angustia de no saber con qué me voy a encontrar allí dentro. A mi cuerpo lo invade un dolor agudo que comienza centrado en mi pecho y se va extendiendo por todo mi ser, golpeando como un loco a puñetazo limpio.

Mi hermana me invita a pasar a la casa. No cree que crucé la mitad del continente americano para quedarme en la entrada. Con una sonrisa fingida le prometo que ya la alcanzo, pero que necesito un momento para tomar aire fresco. Lo cierto es que el miedo me tiene atadas las piernas y no me deja moverme. Siento que cargo a la Muerte encima y lo menos que quiero es llevarla a donde está mi padre. No se lo voy a poner tan fácil.

—Dejo la maleta en tu habitación y le digo a la nana que nos sirva la cena. Por favor, no te tardes que yo aún tengo cosas que hacer —me advierte, y se da media vuelta.

Yo también tengo cosas que hacer en mi estadía, pero no sé por donde comenzar, lo pienso mientras aprieto los labios y la observo alejarse cabizbaja arrastrando el equipaje.

CAPÍTULO III
CÁLIDA BRISA

Me siento en el banco preferido de mi padre, cobijado por el frondoso árbol de jazmines, dando la cara al jardín tropical de la entrada y con la casa a mi espalda. Oigo el viento pasar entre las hojas de los árboles. Vuelve la brisa a acariciarme con su calidez, en el aire se respira aún su nostalgia, trayéndome con complicidad el recuerdo de Salvador. La brisa me susurra al oído que le cuente cómo lo conocí… Cierro los ojos para revivir ese día. Un día mágico e inolvidable, de esos que el destino te presenta a cuentagotas.

Le pido a la brisa que envuelva mi cuerpo mientras le cuento. Y le susurro que todo comenzó en Italia…

Si hubiera nacido en la época de la Inquisición habría muerto en la hoguera, quemada por considerarme una bruja. Gracias a Dios, nací en el siglo xx, época en la que a mis alucinaciones, a través de las cuales creo conectarme con los espíritus, se les da otros nombres como vidente, espiritista o simplemente loca. A Florencia llegué a la edad de treinta años y allí viví los cinco años más bohemios de mi existencia. Conocí muchos turistas, pintores, escultores y artistas, entre ellos Salvador, mi pintor favorito y el hombre con el que comparto mi vida.

Florencia no es el lugar más bello del mundo, pero tiene un encanto especial. Es un museo al aire libre bajo el cielo de la Toscana, y debió de haber recibido un hechizo milenario para gestar en su pequeño territorio a tantos artistas y diseñadores extraordinarios. Por sus calles ha transcurrido el tiempo y ellas siguen allí, viendo pasar generaciones tras generaciones de italianos y de turistas, observando mudas el cambio de la moda, del arte y de la gente.

Durante el último año de mi vida en Italia, tal vez por haber estado rodeada de tanta historia y pasado, creía ver un espíritu, que se me parecía mucho a mi admirado y querido Miguel Ángel Buonarroti. Con su cara ensombrecida, con la nariz refinada que culmina donde comienza su barba, con el manto negro de monje franciscano. Yo me deleitaba con su presencia y me decía ilusionada que era él, porque cada vez que lo veía estaba con los ojos perdidos en todas las bellezas que Miguel Ángel había creado, iba de un lado para el otro, caminando por las plazas de su Florencia amada, inspeccionando sus esculturas y retocando sus pinturas y sus frescos. Nunca me habló, pero yo lo avistaba, rodeado de ese brillo especial que a los espíritus los hace etéreos, difusos, sumidos en su propia existencia, ajenos a la Tierra pero aún en ella.

Al finalizar un día largo de trabajo como guía en la Galería de los Oficios, me sentía muy cansada después de haber pasado horas explicando la historia de los tesoros allí guardados. Era sábado y lo único que me apetecía era comprar algo de comer e irme a mi pequeño apartamento, donde me esperaban pacientemente media botella de vino tinto y las últimas cincuenta páginas de la novela *El albergue de las mujeres tristes*. Pero el destino tenía algo mucho más excitante reservado para mí en esa tarde otoñal bañada de neblina a finales de octubre.

Al cruzar la plaza de la Señoría, me asombró ver a mi supuesto Miguel Ángel, sentado en las escalinatas del Palacio Viejo admirando la réplica del David, y junto a él, un hombre de carne y hueso, vestido con unos pantalones vaqueros, una camisa blanca y una chaqueta de cuero marrón, fumando animado mientras conversaba con ese espíritu lleno de luz. Era la primera vez que veía a alguien hablar con uno de esos seres del más allá y quería escuchar lo que platicaban. Subí los escalones de puntillas, me les acerqué sigilosa y me senté. El hombre, al percatarse de mi presencia, se volteó hacia mí.

—*Ciao bella* —me saludó en italiano.

—*Ciao*, te vi conversando con él —le dije también en italiano.

El hombre, sorprendido, me preguntó que con quién lo había visto conversar. A mí las palabras no terminaban de salirme de la boca. En apariencia se veía que estaba solo, pero él insistió en que le dijera con quién lo había visto hablar. Entonces, con la mayor naturalidad posible, le dije que con Miguel Ángel. Con expresión de confundido soltó una carcajada estridente.

Me levanté avergonzada y comencé a caminar de prisa. Por su reacción era obvio que no estaba hablando con mi espíritu favorito, quien por cierto, ya se había esfumado. El hombre me pidió que esperara, caminó hacia mí y me dijo algo tan disparatado como lo que yo le había dicho: que estaba hablando con su cigarro y que eso lo hacía de vez en cuando. La expresión en mi cara debió de haberle indicado confusión, porque recapituló y me explicó que en realidad estaba hablando solo y el único Miguel Ángel que conocía, era el que esculpió el original del David que habíamos dejado atrás, pero quien tenía muchísimos años de muerto y no podía ser el Miguel Ángel al que yo me refería. Con altivez, mirándole a los ojos repliqué que por supuesto yo no me estaba refiriendo a ese magnífico señor, pero el hombre, con picardía en la mirada, insistió en preguntar, entonces, a quién me refería. Con la intención de acabar con tan loco encuentro, le pedí que olvidara lo que había dicho, que continuara hablando con su cigarro, que yo iba a seguir mi camino.

—Me llamo Salvador Vaccaro, aunque si prefieres, puedes llamarme Miguel Ángel —sugirió, y sonrió divertido.

—Prefiero llamarte Salvador —afirmé rotunda.

Observé sus ojos mansos de mirada limpia, ojos grandes castaños oscuros, melancólicos y profundos en su mirada; resguardados por unas pestañas largas y unas cejas negras bien pobladas. Los cabellos negros de rizos sueltos caían desordenados sobre la frente rodeándole la cara de un ímpetu de libertad. La nariz larga se levantaba sobre una mandíbula cuadrada, enmarcando unos labios gruesos que dibujaban una sonrisa jovial y develaban una dentadura algo torcida y opaca. Sin duda, era un rostro difícil de olvidar pintado sobre un lienzo color oliva. Su fragancia era una mezcla de madera y sándalo, que peleaba con el olor a nicotina que desprendía su ropa. Tenía una presencia que intimidaba, por su complexión fuerte y los huesos largos, pero el sonido de su voz era lírico y suavizaba su apariencia.

—*Piccolina,* ¿por qué esos ojos tan bellos están tristes? —preguntó con dulzura, y me enterneció que me llamara *piccolina*, que significa «pequeña o diminuta» en español.

—Estoy cansada, ha sido un día largo de trabajo.

Me afloró la coquetería. Con disimulo me pasé las manos sobre el cabello despeinado y agradecí a Dios por iluminarme con la brillante idea de haberme puesto mis vaqueros favoritos y un suéter verde oliva que realzaba el color de mis ojos.

—¿Qué puedo hacer por ti? —me ofreció.

La pregunta me dejó muda.

Transcurrieron unos minutos, tal vez fueron solo segundos, en los cuales los dos nos quedamos mirándonos el uno al otro. Mientras más lo detallaba, mi corazón se iba acelerando más. De mi cuerpo brotaron endorfinas por doquier. Me invadió una emoción intensa pero serena al mismo tiempo, porque sentí la increíble y descabellada certeza de haber encontrado ese ser por el cual había esperado mucho tiempo.

—Me llamo Sofía Santo —dije rompiendo el silencio y extendiéndole la mano.

—Sofía, ¡la diosa de la sabiduría! Un placer conocerte —respondió sin quitarme sus ojos de encima, y apretó mi mano firme y fuerte.

Nuestras manos se enlazaron por primera vez y me estremecí con el roce de su piel suave y tibia. Había algo en ese hombre que me llamaba, que me embrujaba y hasta pensé que mi alucinación con el supuesto espíritu de Miguel Ángel ese día tuvo el propósito de guiarme hasta él. Nos volvimos a quedar en silencio, un poco sin saber qué hacer, hasta que me soltó la mano y comentó que conocía un restaurante muy cerca de allí donde cocinaban el mejor *ravioli nudi* de toda Florencia, y me preguntó si me animaba a acompañarlo. La invitación me sonó tentadora e irresistible, y en ese preciso instante decidí que me encantaban los raviolis desnudos, aunque nunca antes los había probado.

Llegamos al pequeño local de paredes de piedra, con puertas y ventanas diseñadas para personas de corta estatura. Salvador, con sus casi dos metros de altura, tuvo que agacharse cuando pasó por la entrada. Era como estar en la casa de Blanca Nieves y los siete enanos. Había un olor delicioso a pan recién horneado. Antiguas lámparas de aceite ardían sobre las pocas mesas de madera oscura y música de cantos gregorianos se escuchaba de fondo, dando un toque místico y acogedor al lugar.

Salvador caminaba erguido, con seguridad posó su mano sobre mi hombro y me condujo hacia una mesa para dos, en un rincón junto a una pequeña ventana, la cual nos dejaba ver la oscuridad de la noche que comenzaba. Me ayudó a quitarme el abrigo y retiró la silla para que me sentara. Una vez acomodados frente a frente, llamó a la mesera por su nombre:

—¡Francesca!

Una mujer que esparcía un aroma arrebatador a trufa negra, redonda como escultura de Botero, de piel rosada y cabellos rojizos, con un rostro simpático, se acercó a nuestra mesa. Nos dio una afable bienvenida y comenzó a leernos el menú del día, el cual consistía en: embutido mixto de entrada, sopa de cebolla de primer plato, cerdo asado de segundo plato y hogaza fina con uva de postre.

Salvador, gesticulando, le explicó que me convenció de que lo acompañara a cenar para probar sus famosos raviolis desnudos. En ese momento me percaté de sus manos de palmas anchas, de dedos largos y gruesos, que culminaban con unas uñas cuadradas y bien cortadas. Eran manos fuertes para levantar, amplias para sostener, carnosas para cobijar y largas para acariciar…

—¡Cariño mío! Los raviolis desnudos se sirven solo los viernes —aclaró la mesera.

—El menú suena delicioso —intervine, encantada de estar con tan buena compañía y con tanta hambre que todo me apetecía.

—Entonces eso es lo que comeremos —asintió.

A los pocos minutos, Francesca llegó cargando en una mano, una cesta con panes humeantes, inflados y porosos con bordes crujientes, y en la otra, un platito redondo.

—Salvador, te traje la mantequilla de trufa que tanto te gusta. Para que no digas que no te atendemos bien —dijo con su acento cantarín.

—Gracias mujer. Eres un encanto.

—Tú también lo eres. Ahora, a comer, que el pan

está calientito.

Tomé un trozo de pan, lo unté con la mantequilla y lo degusté despacio. Sabía a gloria. La mesera también trajo una jarra de vino tinto de la casa, lo señaló con sus manos y nos dijo que lo disfrutáramos, que procedía del Chianti, la mejor zona de producción vinícola de Italia, orgullo de la Toscana, y se alejó con gracia en su caminar.

—¿Qué te apasiona de la vida? —preguntó Salvador, con los ojos puestos en las copas mientras servía el vino.

—El arte —respondí alzando mi copa.

—¡Brindemos por el arte! —exclamó, mientras levantaba la mirada y el trago.

Segundo a segundo, el aire se iba cargando de una energía ligera y amena. La compañía de ese perfecto desconocido se hacía cada vez más placentera y fascinante. El ambiente se fue impregnando de camaradería. El verdadero ser, ese que tanto cubrimos y protegemos por el temor a que nos hieran, fue aflorando espontáneamente.

—¿A qué le temes? —inquirió.

La pregunta me sorprendió, pero la respuesta llegó a mis labios sin pensarlo, y con el corazón abierto le confesé que le temía a la muerte y que por mucho tiempo también le tuve miedo al matrimonio.

—Dicen que los miedos se superan cuando los afrontas. Sofía, ¿ya te ha tocado enfrentar uno de ellos?

—Mi madre murió de cáncer cuando yo tenía quince años, por eso le temo a la muerte. Ya la conozco y sé muy bien el vacío y el dolor que nos deja. No me he casado, pero el miedo al matrimonio lo superé después que terminé con una relación tormentosa y me reencontré a mí misma. A esta altura de mi vida, le tengo más respeto que temor.

Sus ojos de chocolate se conmovieron y me dijo

que lo sentía mucho. Luego, verificó si era a la muerte a lo que más le temía.

—Correcto. Y pensar que es lo único que tenemos seguro. ¿Y tú qué me cuentas?

Me contó que le apasionaba tanto el arte que a eso se dedicaba. Era museólogo y pintor especializado en la restauración de obras de arte y, se sentía muy afortunado de poder sustentarse trabajando en lo que amaba.

Mi alma se reconoció en la suya y me alegré de conocer a un hombre que andaba por la senda correcta, la que se toma al descubrir qué es lo que nos apasiona.

—Yo soy graduada en Arquitectura y no puedo decir lo mismo. Como emigrante se me ha hecho muy difícil ejercerla. Durante estos cuatro años en Florencia, he tomado varios cursos relacionados con mi profesión, pero el trabajo con el cual me mantengo es como guía turística de los Uffizi. Y te confieso que el saber de todos los tesoros escondidos en el museo y darlos a conocer a los turistas ¡me fascina y lo disfruto mucho!

—¡Bravo! Por el brillo en tus ojos verdes corroboro que lo que se hace con amor y pasión inevitablemente nos hace felices.

Pero el brillo en mis ojos no provenía tan solo de la satisfacción que mi empleo me proporcionaba. Ese brillo lo intensificaba el júbilo de estar al lado de un hombre único y diferente a todo lo que antes había conocido y, con ansias de deshojarlo más, le pregunté que si quería hablar de sus sufrimientos.

—¿De mis sufrimientos o de mis temores?

—Escoge tú lo que me quieras contar —respondí.

Se quedó unos segundos pensativo. Cuando reparé en sus ojos ensombrecidos, presentí que había elegido hablar de sus sufrimientos y que era doloroso lo que estaba a punto de decirme.

—Mis padres murieron en un accidente automovilístico cuando yo tenía diez años. Vivíamos aquí en Florencia, aunque el accidente ocurrió en las afueras de Roma. Soy hijo único y mi familia, aparte de mis padres, era una tía por parte de mi madre que vivía en Canadá. Ese día, cuando terminé la escuela, la directora me llamó a su oficina, allí estaban un policía y Silvana, la mejor amiga de mi madre. Cuando me dieron la noticia no entendí nada, fue tan impactante que mi pequeño cerebro no pudo asimilarlo. Recuerdo que en ese momento no lloré. Mis precavidos padres tenían, aparte de un par de propiedades, un buen seguro de vida y habían dejado un testamento en custodia de su abogado, donde especificaban que en el caso de la muerte de ambos, yo fuera a vivir con mi tía Laura a Toronto, y así sucedió. En resumen, en un solo día perdí a mis padres, mi escuela, mis amigos y mi país.

—Cuánto lo siento —expresé conmovida.

—El tiempo pasó, crecí, me hice un hombre. Ahora tengo treinta y cinco años, y aún me parece mentira toda esa historia. Siempre he vivido con la sensación de que, en algún momento, los voy a encontrar.

—¿En dónde vives ahora? —pregunté.

—En Toronto por mi trabajo, y por placer, vengo a Italia con mucha frecuencia.

Descubrir que vivía en un continente distinto al mío sacudió mi entusiasmo, pero me aferré a la vaga ilusión de que podría recién haber llegado, y le pregunté que hasta cuándo se quedaba.

—Parto mañana. Para disfrutar de Florencia me queda solo esta noche —respondió con un dejo de nostalgia.

—No te vas a ir sin antes decirme a qué le temes —le dije tratando de disimular la tristeza por su inminente partida.

—Le temo a muchas cosas, como a las guerras, a

la hambruna, al calentamiento global, a la decadencia del ser humano. En fin, podría darte una larga lista, porque el mundo está lleno de cosas que me atemorizan, —tomó un sorbo largo de vino—, pero a lo que más le temo es a no encontrar lo que estoy buscando.

—¿A tus padres? —pregunté consternada, pensando si sería posible que un hombre tan alto y buen mozo fuera tan lunático como yo.

—¡No! A mis padres no los busco. Es la sensación que me quedó por lo trágico y lo repentino de sus muertes, —se detuvo un instante, me regaló otra de sus encantadoras sonrisas y con cierta timidez confesó:

—Busco el verdadero amor.

Sus palabras emanaban sinceridad y, estremecida de imaginarme el sufrimiento que envolvió su infancia al haber perdido a sus padres a tan corta edad, le dije que él más que nadie se lo merecía y estaba segura de que lo encontraría.

Durante la cena comimos con gusto y hablamos sin parar, hurgando en nuestros pensamientos y sentimientos más profundos. Obviando todas esas preguntas rutinarias y protocolarias que se hacen, y se repiten una y otra vez, en cada primer encuentro: ¿Cuántos años tienes? ¿Cuál es tu color preferido? ¿Por qué no te has casado?... Preguntas y respuestas desgastadas.

Esa era la primera vez que mi ser se conectaba con otro, usando las palabras solo como un medio para materializar la corriente de emociones que vibraban en nuestro interior. Palabras que salían de su boca y me acariciaban con verbos conjugados a la perfección, donde la comunicación fluía libremente y nos íbamos conociendo sin reservas.

Después de beber un par de *limoncellos,* la cena llegó a su fin. Salimos a la media noche que nos recibió con un cielo incendiado de estrellas. La temperatura había bajado y hacía mucho frío. Salvador, ansioso, encendió un cigarrillo. El olor a tabaco me abofeteó, «qué bueno sería que no fumara», pensé. Comenzamos a andar en silencio, uno al lado del otro, por la callejuela larga de piedra. Doblamos en la esquina. Soltó la colilla y encendió otro cigarrillo, como si se estuviera desquitando por todas las horas en el restaurante sin poder fumar. Pero su compañía era tan agradable que a cada paso me molestaba menos el olor a cigarro y me pesaba más la inmediatez de su partida. Seguimos caminando enmudecidos, cada uno sumido en su mundo, ambos envueltos en un cómodo silencio. Él fumaba y yo iba con un vértigo en el estómago, por un enredo armado entre el deseo y la moralidad. Me tomó de la mano, la suya estaba húmeda y la mía helada y, sin pronunciar una palabra, seguimos andando varias calles que a mí se me achicaron muy de prisa, hasta que me detuve a la entrada del pequeño edificio de tres plantas. Nos miramos frente a frente. Ya no podíamos estirar más la noche. Había llegado el momento de despedirnos.

—Aquí vivo, en el segundo piso, apartamento 2A.

—El vuelo sale a la una de la tarde. Si no te importa levantarte temprano un domingo, te invito a desayunar.

Le sonreí.

Tomó mi rostro entre sus manos y me dio un beso en la frente. Luego posó la punta de la nariz sobre la mía, sentí como su respiración caldeaba mis mejillas. Mis labios temblorosos se entreabrieron y nos besamos... nos besamos. Nos besamos.

Me costó desprenderme de su boca ardiente y de sus cálidos brazos, pero al amanecer nos aguardaba el desayuno. Le escuché decir mientras me alejaba que volvería a las siete. Empujé la portezuela y subí las escaleras corriendo. Metí la mano en el bolso y no daba con la llave. Me tocó vaciarlo en el piso para encontrarla. Abrí la puerta con un temblor delicioso en todo el cuerpo. Sin encender ni una luz, me fui hasta la habitación, me lancé a la cama con todo y ropa, me quedé mirando el techo, rememorando cada instante que había vivido al lado de ese hombre llamado Salvador, a quien mi corazón había esperado con determinación, al que busqué por muchos años, en un laberinto de encuentros y desengaños, de lágrimas derramadas y de promesas incumplidas. Salvador no había venido a curar mis heridas, esas las curó la soledad. Él llegó para ratificarme que todo lo vivido antes de encontrarlo era lo que necesitaba para haber estado allí ese día. Todo tuvo una razón de ser y finalmente pude ver el rostro que resguardaba el amor que tanto había soñado. Y en silencio, le di las gracias a Dios.

—¡Mañana se va! —me gritó mi subconsciente.

—Se va después de que desayunemos juntos —le aclaré con una sonrisa.

El sueño, como de costumbre, me abandonó temprano y yo aproveché para alistarme con calma. Primero arreglé el huequito que era mi casa: limpié la mesa de la sala, en la cocina puse cada cosa en su sitio y encendí las velas con olor a lavanda. Después, me fui al baño, llené la bañera de agua tibia y le agregué sales marinas, y allí me quedé un buen rato, hasta que llegó la hora de vestirme. Me puse un vestido de lana delgada, amarillo tostado como las hojas del otoño, de manga corta ajustado al cuerpo y unas botas largas de cuero marrón. Coloreé mis labios con un brillo rosa y un poco de rímel negro en las pestañas. Me miré al espejo y este me devolvió la imagen de una mujer de mediana edad, de piel color marfil, con la huella tenue, pero visible, de la madurez marcada en la frente y alrededor de los ojos. La nariz huesuda y los labios encarnados. De estatura media. Con una figura delgada por naturaleza, de hombros finos, busto pequeño y caderas generosas. El cabello ondeado castaño claro cayendo suelto sobre la espalda.

Ya casi eran las siete. Tras el cristal de la ventana le di un vistazo a la calle y lo vi bajarse de un taxi. Caminó con prisa cargando una maleta pequeña, una bolsa de mercado y un ramo de flores silvestres. Mis manos estaban salpicadas de un sudor frío cuando sentí que llamó a la puerta. Respiré profundo para controlar el nerviosismo y le abrí.

Y allí estaba de nuevo frente a mí ese hombre llamado Salvador.

—*¡Buongiorno!* —me dijo.

—*¡Buondi!* —le respondí.

—Traje todo listo para desayunar, solo tenemos que preparar café y de aquí salgo directo al aeropuerto.

—Es una excelente idea. Entra, por favor.

Aspiré su aroma varonil cuando me pasó por delante. Dejó la maleta a un costado y las demás cosas en la barra de la cocina. Con una ademán de asombro en el rostro caminó hacia mí y afirmó:

—Eres mucho más bella a la luz del día.

—Y tú mucho más mentiroso.

Los dos nos reímos.

Con la naturalidad propia de una pareja de tiempo atrás, decidí que yo preparaba el café y él me ayudaba a poner la mesa. En minutos todo estuvo listo, hasta la flores puestas en un florero. Y desayunamos entre un festín de palabras y sonrisas, de intercambio de miradas chispeantes y roces candentes.

Mientras lavaba la loza, Salvador se me acercó y me abrazó por detrás. Olió y besó mis cabellos, mis orejas, mi cuello… Sentí cómo su urgencia y su deseo se apoderaban de mí y yo no los quería ignorar y aplazar. Esa iba a ser la primera vez que me entregaba a un hombre que recién había conocido.

Y sucedió lo que ambos quisimos que sucediera.

Esa mañana nos amamos, reconociendo al otro

en cada caricia, quemándonos en una pasión desatada sin recelo. Nuestras lenguas jugaban como dos niños inquietos y curiosos. Explorando al mismo ritmo, danzando en la sensualidad que brotó de ese amor recién encontrado, pero tan esperado y tan deseado. Entre suspiro y suspiro, el aire se fue calentando más y la pequeña habitación se impregnó del sudor de nuestros cuerpos desnudos, azucarados por el néctar de la satisfacción, galopando sin freno hasta alcanzar el éxtasis.

—Salvador no regresó a Canadá ese domingo… —le confieso a la cálida brisa.

CAPÍTULO IV
LA CASA QUE LLORA Y TIEMBLA

La quietud de la noche y mis recuerdos los interrumpe el sonido inconfundible del timbre de la reja que da a la calle. Leonor se acerca, me dice que la cena está servida y que aproveche para comer mientras papá y Federico están dormidos. Me ofrezco a abrir, con la intención de poner otra excusa para retrasar mi entrada a la casa. Ella me pasa las llaves y me pide que no me tarde.

Camino hacia la puerta y la alegría me embarga al ver allí parada a mi mejor amiga y mi hermana del alma, quien con sus ocurrencias siempre me hace reír.

—¡Verónica! —exclamo llena de emoción.

—¡Sofía! —grita mi amiga.

Abro la reja, y saltando como si aún fuésemos un par de niñas, nos abrazamos. Gratamente sorprendida le pregunto cómo supo que llegaba hoy. Ella me asegura que me sigue los pasos más de cerca de lo que me imagino y me entrega una botella de vino. La abrazo de nuevo. Le doy las gracias y le confieso que hoy necesito una copa. Le pido que se apresure a entrar, porque todo el mundo dice que es muy peligroso quedarse conversando en la calle a estas horas de la noche.

—Bajo la dictadura disfrazada de democracia que estamos viviendo en Venezuela, todo es peligroso, pero tal vez no sea un ladrón, sino un apasionado violador.

—No me digas que la soledad te ha vuelto tan chiflada que estás pensando en violadores para saciar tus necesidades a-fec-ti-vas —enfatizo la última palabra, le paso el brazo por el hombro y hermanadas recorremos el pasillo del jardín.

En su tono fogoso me aclara que la soledad no la ha vuelto por completo loca, pero sí menos exigente y, que no quiere hablar de eso ahora, sino de cómo encontré a su padrino. Con un dejo de vergüenza, le confieso que ni siquiera he entrado a la casa. Antes de que llegara estaba sentada aquí afuera tomando fuerzas para ir a verlo. Verónica, siempre tan dispuesta a ayudarme, se ofrece a acompañarme. Me niego, siento que eso lo debo hacer sola, pero le pido que se quede a cenar con nosotras.

—¡Claro! No soy tan boba para rechazar una comida hecha por la nana Matilde.

Al poner los pies en el recibidor con altas paredes blancas, adornadas con cuadros antiguos enmarcados en dorado, y con piso de baldosas geométricas que forman una alfombra en blanco y granate, me estremezco ante la enorme pesadumbre que flota en el ambiente. En el aire se siente la tensión de un desenlace. Estática miro a mi alrededor y pasados unos minutos, me atrevo por fin a entrar. La casa transpira dolor y me cuesta reconocer que estas son las mismas paredes que durante muchos años nos vieron crecer. Las que acogieron gritos de alegría por las travesuras de la niñez, las sonoras carcajadas de la adolescencia, el eco de aplausos y fiestas para celebrar cumpleaños y los éxitos que fuimos cosechando mientras crecimos. Paredes que también resguardaron el llanto por nuestras caídas y desilusiones, los chillidos de las peleas y los corazones deshechos después de la muerte de mi madre, sin embargo siguieron destilando vida, tal vez porque sabían que albergaban una familia que aún crecía. Ahora, estas mismas paredes se levantan como muros impenetrables, fieles al resguardo del sufrimiento de su amo, gritando a través de ecos huecos que todo está llegando a su fin.

—Verónica, qué bueno verte —asegura Leonor.

—Dicen que es mejor llegar a tiempo que ser invitado —contesta con su típico buen humor—. Nana, ¡aquí te llegó tu otra hija y no me estoy refiriendo a Sofía! —su alegría es un bálsamo para la tensión y tristeza que se esparce por todas partes.

—Bienvenida, niña Verónica, usted sabe que esta es su casa —le dice con los brazos abiertos, y la abraza—, ahora pasen al comedor que la cena está servida, miren que es muy maluco una comida fría.

Dejo la botella de vino en la cocina. Entro en el cuarto de baño de las visitas y me aseo. Salgo con el temor pegado en los ojos, recorro el corredor con pasos medidos, esperando ver a la Muerte en cualquier rincón de la casa. Escucho que la nana me está llamando de nuevo y me voy directamente al comedor. Me llama la atención ver la mesa vestida con el mismo esmero con que la nana la pone cuando se celebra una ocasión especial. La vajilla inglesa pintada en azul y blanco luce hermosa sobre el mantel de lino blanco almidonado. Las servilletas de tela del mismo color también almidonadas. Todo de un albo inmaculado gracias a las manos de la nana Matilde, quien saca el tiempo y le sobran las ganas para blanquear y planchar con tanto esmero. Un ramo de flores frescas en el centro. Los cubiertos de plata pulida colocados en los ocho puestos dan la impresión de que toda la familia se reunirá esta noche a comer, pero la ilusión se desvanece en segundos, al ver que solo hay tres copas servidas con vino blanco para los tres comensales de la noche: Leonor, Verónica y yo.

Mi padre ha ocupado siempre la misma silla de cabecera de la mesa del comedor, nunca lo he visto sentarse en otro sitio. Recuerdo que a veces, yo me sentaba en su puesto, cuando por alguna razón él no podía comer con nosotras. Sin embargo, hoy lo miro como a un santuario, un lugar que merece un respeto especial y no debe ser ocupado por nadie más. Paso mi mano sobre el respaldo de su silla y finalmente me siento a su derecha, en frente de Leonor, con Verónica a mi lado izquierdo.

—¿Qué se celebra hoy? —pregunto.

—Su llegada, mi niña —responde la nana Matilde, que viene entrando al comedor con el sopero humeante entre las manos, el cual desprende un aroma terapéutico a perejil y albahaca, que me susurra en el oído:

—Bienvenida a casa…

—Muchas gracias, nana.

Comenzamos a comer en silencio, mientras voy degustando cada cucharada de esta mágica sopa de pollo con garbanzos, me doy cuenta de cuánto apetito tengo. Lo único que cargaba en el estómago era un café y un *croissant* que me comí esta mañana en el aeropuerto, y un par de jugos que bebí en el avión porque la comida ni la toqué.

—¿Por cuánto tiempo te quedas? —pregunta Verónica.

—Mi pasaje es por un mes, pero todo depende…

Un movimiento brusco sacude la silla en donde estoy sentada. Desconcertada, veo cómo la lámpara de araña colgada encima de la mesa del comedor se bambolea y sus lágrimas de cristal chocan unas con otras produciendo un fuerte chasquido. Todo lo que está sobre la mesa se tambalea de un lado para el otro, con movimientos cortos y rápidos.

Desde la cocina salen los gritos de la nana Matilde:

—¡Está temblando! ¡Busquen a los niños y se meten debajo de la mesa!

Por unos minutos, me quedo sentada sin saber qué hacer, hasta que el instinto de madre aflora. Me levanto y corro hacia la habitación en donde esta Federico. A la mitad del corredor siento un gran alivio al ver que la nana se nos adelantó y viene de regreso con mi hijo llorando en los brazos, y Leonor trae a Emilia de la mano.

—Ya pasó, pero salgamos de la casa, no sea que se repita este temblor de los demonios —masculla la nana Matilde muy nerviosa, y me pasa a Federico.

—No creo que se repita, mejor es quedarnos aquí —opino.

—Entonces nos metemos debajo de la mesa del comedor —sugiere la nana Matilde.

—Mantengamos la calma y pongámonos a rezar —pide Leonor.

—Yo propongo terminar de cenar —dice Verónica.

—¡Yo quiero irme a dormir! —grita Emilia.

En pleno debate de qué hacer —salir, no salir, meternos debajo de la mesa, rezar, comer, dormir —llega mi cuñado Juan David con Daniella, mi sobrina menor, dormida sobre sus hombros, y nos saluda con su voz de catedrático como si nada hubiese pasado. Leonor, con una mezcla de efusividad y nervios, le pregunta si sintió el temblor. Mi cuñado la abraza seguro de que sus brazos la reconfortarán, y dice que no lo sintió porque venía conduciendo, pero acaba de escuchar la noticia en la radio y la intensidad según la escala de Richter fue de 4,5 grados.

—Aquí se sintió como de ocho grados —interviene Verónica—, como si estuviéramos en California, que se la pasan de temblor en temblor.

Mi cuñado toma muy en serio el comentario de Verónica y le explica que en la Baja California tiembla con tanta frecuencia por la falla geológica de San Andrés que existe en esa zona. Si este sismo hubiese alcanzado los ocho grados, se trataría de un terremoto y ninguno de nosotros estaría parado aquí en este momento.

—Este es un tema amplio y apasionante —asegura

Juan David.

—A mí también me apasionan los temblores, pero los corporales producidos por un buen orgasmo —me susurra Verónica en el oído, y sin poder evitarlo suelto una sonora carcajada.

La nana nerviosa persiste en que salgamos de la casa por si tiembla de nuevo. Ella presentía que una semana con un calor tan intenso no podía traer nada bueno, y con la voz temblorosa asegura que eso es un mal augurio. Juan David trata de tranquilizarla diciéndole que en la radio exhortaron a mantener la calma, que es mejor quedarse en la casa. Le encomienda ir a la cocina y chequear que todo esté apagado, porque es muy importante evitar cualquier fuente de incendio.

Leonor le pide que se queden a dormir aquí esta noche, por si algo pasa al menos está un hombre sano para ayudar. Mi cuñado acepta y le sugiere a Verónica que ella también lo haga.

—Donde manda capitán, no manda marinero. Yo también me quedo —afirma.

La nana Matilde regresa de su recorrido más tranquila, dice que papá sigue dormido, y en la cocina todo está bien. Me ofrece llevarse a mi hijo para asearlo y darle un biberón y así yo puedo volver a sentarme a comer en paz. Federico se va sin protestar porque ella tiene un imán para los niños y porque él es un bebé muy independiente que se va con todo el mundo, lo cual es algo que a veces hasta me asusta.

Nos vamos de nuevo al comedor. La sopa esta fría, pero igual de divina. Verónica propone, a manera de chiste, que comamos rápido y sin hablar mucho, por si acaso vuelve a temblar nos agarra con la barriga llena. Le hacemos caso a su broma pues todos estamos muy cansados y hambrientos. Al terminar de cenar, ella se marcha con Leonor y las dos niñas, para ayudar a acostarlas.

—Sofía, ¿cómo estás? ¿Cómo estuvo tu viaje? —pregunta Juan David.

—El viaje bien porque ya llegué, pero yo estoy como la tierra, temblando y reacomodando las ondas energéticas que bullen en mi interior.

—Menos mal que los terremotos tan fuertes se repiten cada veinte o treinta y cinco años, y Canadá no está ubicada en esas fallas geológicas —aclara mi instruido cuñado.

—Tiene otras fallas, pero no las geológicas —bromeo.

La serenidad de Juan David reconforta mi alma angustiada. Su presencia, al igual que la de Leonor, tiene el don de irradiar paz. Al preguntarme por Salvador, me recuerda que acordé en llamarlo apenas llegara y aún no lo he hecho. Le cuento que se quedó triste y preocupado, así como estamos todos.

—¿Ya viste a tu papá?

Bajo la mirada y, con pena, le confieso que aún no he llegado a su habitación. Juan David me asegura que él me está esperando, y las lágrimas acaudaladas brotan de mis ojos cuando le confieso que me rehúso a verlo postrado en una cama.

—Si. Es duro verlo así. Los designios de Dios son perfectos, pero a veces son muy difíciles de comprender y sé que en este momento sobran las palabras de consuelo.

—Como esas que «él ya ha vivido su vida» —le confieso.

—¿Te informaron de la reunión de mañana? —me pregunta, tal vez para cambiar de tema.

—No.

—El tío Leopoldo convocó a una reunión con toda la familia, lo más pronto posible. Isabel y Eduardo llegan mañana de Caracas, así que se pautó para después de la cena.

—¿Y de qué se trata? —pregunto intrigada.

—Como buen abogado, no ha querido decir nada hasta que se lleve a cabo la reunión. Qué lástima que Salvador no pueda estar presente.

—Él quería venir, pero hace apenas una semana asumió la dirección del museo de Toronto.

—¡Qué buena noticia! Mañana lo llamo para felicitarlo. Bueno cuñada, yo me voy a dormir y tú deberías de hacer lo mismo. Has tenido un largo día y necesitas recargar energías.

—Buenas noches y que descanses —le digo, y con un abrazo nos despedimos.

La nana Matilde está en la cocina y me ofrece una taza de leche tibia con miel de abeja y un toque de canela. Me la tomo despacio. Cada sorbo me reconforta, porque viene de sus manos, quien todo lo prepara con amor maternal. Con la mirada apagada y la dulzura a flor de piel anuncia que se va a acostar y me pide que yo haga lo mismo. Se despide como de costumbre, con un beso en la frente.

Voy a la biblioteca a llamar a Salvador. Estar en este cuarto con sus altos estantes de madera repletos de libros es como estar junto a mi padre. Paso los dedos sobre mis libros preferidos: los gruesos tomos de medicina empastados en piel roja con grabados en dorado. Sé que jamás los leeré, pero me gusta mucho cómo lucen, parecen extraídos de la película de Harry Potter.

Me saco las botas y los calcetines que llevo puestos desde la madrugada. Tomo el teléfono y marco el número de mi casa en Toronto. Repica varias veces hasta que atiende con una voz que apenas se le escucha.

—Hola *amore mío*, el viaje fue largo y pesado. Pero ya estamos aquí, sanos y salvos —le informo con una sensación de alivio.

El hecho de estar en esta casa me transmite

seguridad. Siento que entre estas paredes, nada malo podrá pasarnos. Por eso no le menciono lo movido que nos recibió mi ciudad natal.

—Qué bueno, ¿cómo encontraste a tu papá? —pregunta adormilado.

—Todavía no lo he visto. Decidí llamarte antes de ir a verlo, mañana te cuento. Te amo, sigue durmiendo.

—Yo también te amo. Descansa, *piccolina.*

Recuesto mi cuerpo agotado y mi cabeza aturdida sobre el sillón de lectura. Presiono la espalda hacia atrás y este se extiende brindándome un soporte muy cómodo. Junto las manos y las dejo caer sobre el vientre. Los párpados me pesan toneladas y se van cerrando. El agotamiento le gana tanto a la angustia como al deseo de ver a mi padre, y siento que me rindo al sueño, sin que nada pueda hacer para evitarlo…

Abro los ojos sobresaltada. Presiento que es de madrugada. Todo está en completo silencio. Me levanto con torpeza del sillón y salgo de la biblioteca. Trato de hacer el menor ruido para no despertar a nadie. Hay una plácida quietud y la noche reina con su oscuridad impenetrable. Deslizo los pies descalzos a través del corredor central de la casa, el cual bordea por un lado los dormitorios, y por el otro, un jardín interno sembrado de rosas blancas con una fuente de piedra en el centro, cuyas aguas desembocan en un estanque redondo, en donde nadan peces de color naranja y habitan pequeñas ranas que canturrean toda la noche. Es un ruido mágico, que me encanta, y que cuando era niña me ayudaba a conciliar el sueño.

Al fin llego a la puerta de la habitación de papá. Sujeto la manilla redonda, la giro despacio y empujo. Me quedo parada mientras mis ojos recorren la habitación iluminada muy tenuemente, ahora transformada en un cuarto de hospital, pero sin el olor a desinfectante. La cama matrimonial de madera de caoba labrada la han sustituido por una cama individual de metal grisáceo, diseñada para enfermos. Las dos mesas de noche, donde antes descansaban dos lámparas, libros y una hermosa escultura de bronce de don Quijote de La Mancha y Sancho Panza, rindiendo tributo a su admirado escritor Miguel de Cervantes, ahora soportan frascos de vidrios llenos de gasas, algodones, jeringas y diferentes cajas de medicinas. Al lado de su brazo derecho hay un monitor y unas bolsas con medicamento gotean despacio y se desplazan a través de unos cables transparentes, directo hasta sus venas. El sillón de leer sigue en el mismo lugar. En un costado hay una nueva cama pequeña, tendida y vacía. La puerta del cuarto de baño está cerrada pero deja pasar por la rendija la luz encendida.

Una vez adaptada a este nuevo ambiente, mis ojos comienzan a escudriñar en busca de la Muerte. Mi olfato busca como un perro adiestrado su olor a naftalina, pero la cálida brisa, que ha decidido no abandonarme, ondula las cortinas de seda colgadas sobre las ventanas entreabiertas y me trae el olor licorado del jazmín. Midiendo cada paso llego a su lado, con delicadeza le tomo la mano cubierta de costras y pinchazos, y contemplo afligida lo poco que queda de él. Es un manojo de huesos dormido con una respiración bastante forzada. Su piel luce reseca y ajada, de un amarillo pálido. Sobre la cabeza ya no habita ni un pelo y sus cejas pobladas también desaparecieron. Donde antes existían unos ojos café claros de pestañas largas, ahora hay unos párpados arrugados sobre dos líneas desnudas. Donde una vez hubo una nariz gruesa, sin llegar a ser tosca, ahora hay un hueso largo con dos orificios, y lo que una vez fueron unos labios carnosos, ahora solo son un par de pliegues pegados y cuarteados.

Me acerco a su mejilla hundida para darle un beso. De repente, la puerta del baño se abre y una voz carrasposa, que nunca antes había escuchado, dice:

—Buenas noches.

Un escalofrío me recorre todo el cuerpo y el palpitar acelerado de mi corazón me dice que mis sospechas son ciertas… Aquí está la Muerte, vino a buscarlo.

Me niego a levantar la cabeza. No quiero mirarla. Apenas he llegado a su lado. ¡Por Dios! Yo necesito algo de tiempo para despedirme, y lamento mucho haber dado tantas vueltas desde que llegué, para acercarme hasta él.

Decidida a no permitir que se lo lleve así como así, le sujeto la mano con más fuerza y con el peso de mi cuerpo lo abrazo.

—Señora, deje que la ayudo —continúa hablando la Muerte, mientras siento que se va acercando hacia nosotros.

Me invade la rabia. Llena de ira y sin mirarla le grito:

—¡NO! ¡NO! ¡NO! Espere allí y no se mueva —le ordeno con firmeza, aunque es en vano, ya la siento detrás de mí.

Yo me mantengo con el rostro enterrado en su pecho.

—Disculpe, pero si yo estoy aquí es para ayudarlos —me reitera con su voz horrenda.

—Si quiere ayudarnos, déjeme estar con mi padre. ¿Usted está sola o la acompaña la muchacha? Prefiero la presencia de la joven, no la suya.

—Yo estoy sola, pero dígame quién es la muchacha a la que se refiere y yo la busco.

—No sea tan cínica. Usted sabe a quién me refiero, si ustedes andaban juntas —le digo indignada sin levantar la cabeza y con los ojos apretados.

—Señora, se encuentra un poco alterada. Si usted me dice quién es y dónde está, yo con muchísimo gusto la busco —me ofrece en un tono amable.

—¿A qué se debe tanta amabilidad? —le pregunto

confundida.

—Disculpe, señora, pero si usted ni siquiera me ha mirado.

—Tenía muchos años sin verla, pero eso no ha borrado su recuerdo, el cual me marcó desde muy joven. Y desde ayer, lo único que usted ha hecho es atormentarme, apareciendo y desapareciendo cuando le da la gana.

—Señora, yo solo llevo trabajando aquí una semana, y hoy es la primera vez que la veo. Asumo que usted debe ser la hija del doctor Santo, que vive en Canadá.

Deseo que en este momento la tierra vuelva a temblar, se abra y me trague viva.

Levanto despacio el rostro y observo con una mezcla de vergüenza y alivio que a mi lado está parada una mujer mayor, alta y de complexión gruesa como el prototipo de una alemana, pero con los ojos negros y la piel morena, vestida con un uniforme de enfermera color verde claro.

—Lo siento mucho, todo fue un malentendido. Yo no me refería a usted, de verdad lo siento. No sabía que habían contratado una enfermera —le confieso.

—Hoy se me presentó un problema en la casa y se me hizo tarde, pero llegué a tiempo para inyectarle los calmantes —me explica.

—No se preocupe, gracias por estar aquí y cuidar a mi padre. Disculpe usted por el malentendido.

—Tranquila, señora, yo entiendo por lo que ustedes están pasando. Estaré afuera por si me necesita.

—Mucho gusto, me llamo Sofía —extiendo mi mano para presentarme.

—Un placer, mi nombre es Aurora. Me contenta que ya esté aquí, su padre la nombra mucho y la está esperando. Debe estar por despertarse y le va a dar mucha alegría verla.

—¿Entonces sí reconoce? —pregunto esperanzada.

—Claro que a usted la va a reconocer, ya le dije que la está esperando. Yo voy a la cocina por un café, ¿quiere que le prepare uno a usted? —me ofrece con amabilidad.

—No, gracias, solo le pido que me deje un momento a solas con él. Yo la llamo si la necesito.

—Estaré en la cocina —concluye, y sale de la habitación.

Vuelvo al lado de mi padre, avergonzada por el incidente con la enfermera, quien en este momento debe de estar pensando que soy una completa loca, pero siento un gran alivio. Mis sospechas no eran ciertas y la Muerte no está aquí. Le tomo la mano de nuevo; me cuesta reconocerlo dentro de un cuerpo tan deteriorado.

Es solo su cuerpo, me repito a mí misma, su alma está intacta allí adentro.

Le susurro en el oído:

—Papá, soy tu hija Sofía, ya llegué, aquí estoy, a tu lado. Despierta, por favor, hay muchas cosas que tenemos que hablar.

Está rígido como un tronco. La respiración ruidosa y forzada es lo único que luce vivo en él. Subo el tono de voz y lo llamo de nuevo.

—¡Papá!

No reacciona. No abre los ojos. No se mueve. Le paso los brazos por detrás de la espalda para alzarlo un poco de la cama, cuando palpo unas protuberancias que han invadido su cuerpo. Lo abrazo con fuerza y comienzo a llorar.

—¡Papá! ¡Papá! ¡Papá! —lo llamo entre gritos.

Entran en la habitación la enfermera junto con la nana Matilde y me separan de él. La nana me abraza mientras la enfermera comienza a examinarlo.

Después que logro controlar el llanto y recuperar

mi voz, pregunto impresionada:

—¿Qué son todas esas cosas que le sobresalen por el cuerpo?

—Son tumores por las metástasis que han aparecido recientemente —me explica la enfermera.

—Mi niña, ya no hay nada que *hacé* —me asegura la nana con los ojos llenos de lágrimas.

—¿Cuánto tiempo tiene así? —pregunto entre sollozos.

—Una semana.

—¿Por qué todos me dicen que aún reconoce y que me está esperando?

—Mi niña, él tiene momentos en que habla cosas, la mayoría sin sentido, pero repite mucho su nombre.

—Pero tal vez es a mamá a quien llama, ¿por qué piensan que es a mí?

—Porque algunas veces dice su nombre junto con el del niño Federico, otras, solo dice Sofía, y debe ser invocando a su señora madre.

—El doctor Fonseca asegura que lo más importante en esta etapa es controlarle el dolor —interviene la enfermera—, por eso le ha ido incrementado las dosis de morfina.

Me acerco de nuevo a su lado, con el empeño de despertarlo para que sepa que estoy aquí.

—¡Papá! —lo llamo con suavidad.

En ese instante, como si lo hubiesen enchufado a un toma corriente, su cuerpo comienza a temblar mostrando contracciones musculares violentas. Los ojos se abren en blanco y se cierran de nuevo en fracciones de segundos. Los dientes chasquean al mismo tiempo que la boca entreabierta titirita de un lado al otro, y una saliva espumosa le brota de la comisura de los labios.

—¡Está convulsionando! —grito aterrada.

La enfermera se lanza sobre él y le sujeta los brazos

temblorosos. La nana Matilde le sostiene las piernas que brincan debajo de las sábanas. Yo sigo de una pieza, inmóvil e inútil, paralizada por el miedo. Enmudecida observo cómo las dos logran controlarlo hasta que se apacigua.

—Ya pasó —afirma la enfermera—, pero apenas amanezca hay que llamar al doctor Fonseca.

Dejo la habitación con un sabor acre en la boca. En los ojos tengo grabada la impresión, como si viniera de presenciar un espectáculo dantesco. Al cruzar la sala principal de la casa me tropiezo con una de las mesas y un portarretratos se bambolea. Extiendo las manos temblorosas y logro agarrarlo antes de que caiga al piso. Es un *close up* de papá, junto con sus tres hijas, el día de mi boda. Lo traigo hacia mi pecho y arropándolo con los brazos, salgo al patio de la entrada. Me siento en el banco bajo el árbol de jazmín cargado de flores blancas, iluminado por una de las farolas colgadas de la pared. Detallo su rostro, palpo el vidrio que lo protege y con la yema del índice le recorro las facciones. Qué gran invento el de la fotografía, qué haríamos sin ella, ya que la memoria no es tan poderosa para atesorar los recuerdos con tanta precisión. Allí plasmada está su imagen, con una sonrisa en el rostro que se desborda de alegría y con los ojos refulgentes de felicidad.

Se me acerca la enfermera, dice que me estaba buscando para despedirse, que ya llamaron al doctor Fonseca y viene en camino.

Le pido que se siente junto a mí.

—Muchas gracias por toda su ayuda. De verdad que admiro su fortaleza para trabajar en circunstancias tan difíciles —le confieso con la total convicción de nunca haber podido seguir los pasos de mi padre en el campo de la medicina, ya que no tengo el coraje para lidiar con el sufrimiento de las personas enfermas.

—Una se va curtiendo con los años —afirma con

la mirada caída —. Con todo el respeto, le aconsejo que hable con su papá y le diga lo que tanto anhela. Su cuerpo está enfermo, pero su alma sana aún está dentro de él y la escuchará.

—Señora Aurora, yo estoy muy triste. Siento que llegué muy tarde.

—No es tarde porque no lo encontró muerto. Por favor, crea en mis humildes palabras. Yo he visto muchos pacientes en estado terminal.

Con una sonrisa fingida le aseguro que voy hacer lo que me dice. Bajo la claridad del amanecer me doy cuenta de sus ojos asediados por el trasnocho, de sus pómulos caídos, de sus manos venosas y curtidas. Me fijo en las zapatillas de deporte que lleva puestas, están limpias pero muy desgastadas; en la cartera marrón de cuero agrietado y hebilla oxidada, que sostiene sobre los muslos, en el uniforme, que lo más seguro es que lave a diario. Está sentada con la espalda recta y emana una dignidad innata. Se despide con la promesa de regresar por la noche. Se levanta y comienza a andar hacia la salida.

—¡Señora Aurora! —le grito —¿Va para su casa?

—No señora, de aquí voy a la casa de otra familia donde cuido a un niño que le están poniendo quimioterapia. Paso la mañana con él y después es que me voy a mi apartamento.

Lo que me dice me duele doble, tanto por el niño enfermo como por el enorme esfuerzo, que día a día, tienen que hacer la mayoría de personas en este país para poder subsistir.

—¿Usted ya desayunó? —inquiero tratando de encontrar una manera de ayudarla.

—Sí, claro. La señora Matilde no me deja marcharme sin antes comer.

—¿Y cómo se va? ¿Usted tiene carro?

—No, señora, yo no sé manejar. Y para qué iba

a aprender, si yo sabía que nunca me podría dar ese lujo —dice resignada a su suerte.

—¿Le llamo a un taxi?

—No señora, no se preocupe. Yo tomo el autobús aquí cerquita en la avenida Lara y me deja al frente de donde voy. Muchas gracias de todos modos. Nos vemos esta noche.

La veo alejarse caminando despacio. Erguida, con el cansancio bien guardado dentro del cuerpo, pero con el peso de la pobreza encima. Allí va esa buena mujer a enfrentar su vida dura, llena de carencias propias y dolores ajenos.

Me quedo quieta mirando la nada, abrazada al portarretratos como un náufrago se aferra a un salvavidas. Todo es aflicción en este momento. La casa llora junto a sus habitantes. Todo está convulsionado. La tierra tiene su razón para temblar; nuestros cuerpos, también.

CAPÍTULO V
EL RAPTO DE LA SABINA

El sol, como una bola de fuego, asciende despacio las escalinatas del cielo. La brisa me acaricia suavemente la piel y me susurra al oído que le siga contando mi historia de amor. Yo trato de ignorarla y detallo de nuevo la fotografía. Inhalo con fuerza el aroma embriagador que desprende el jazmín e intento liberar el dolor aprisionado en el pecho.

La brisa, curiosa e impaciente, me insiste que le cuente. Abrazada al portarretratos, cierro los ojos y cedo a su insistencia…

Te acuerdas que te conté que Salvador no regresó a Canadá ese domingo… Ni al día siguiente… Al contrario, encontró una excusa para hablar con su jefe y pedirle las vacaciones que le debía. Yo ya había planificado tomar las mías en Navidad, pero me las arreglé para conseguir un permiso no remunerado, y así los dos sacamos el tiempo para estar juntos.

Pasamos una semana completa amándonos con urgencia. Como si el mundo estuviera llegando a su final y nosotros encaprichados en no separarnos sin antes habernos aprendido de memoria nuestros cuerpos, que pedían como mendigos hambrientos. Durante esos siete días, nuestras treguas eran para comer, dormir entrelazados y dar una corta vuelta por la ciudad. Salvador, quien resultó un erudito tanto en el arte de amar como en el de la cocina italiana, preparaba un menú diferente cada día y sorprendió mi paladar con manjares que mis papilas gustativas no habían saboreado en los cuatro años que tenía viviendo en Italia. Mezclaba ingredientes con tanta creatividad y maestría que hasta la pasta más sencilla sabía deliciosa. Fue como si me despertase de un sueño profundo de años a punta de nuevos sabores, exóticos olores, cálidos besos y mucho… del buen sexo.

Al final de esos mágicos siete días, Salvador regresó a Toronto con la determinación de volver para las celebraciones decembrinas. Durante ese tiempo separados, mantuvimos conversaciones telefónicas que se prolongaban por horas, intercambiamos fotografías y cartas por Internet.

De la mano del enamoramiento, volví a recorrer los años dorados de la juventud. Al salir del trabajo caminaba soñando despierta y me pasaba la esquina en donde tenía que doblar para llegar a casa. Le sonreía a todo el mundo, hasta a los italianos imprudentes que me piropeaban al pasar. La ciudad la veía envuelta de luz y no sentía la melancolía penumbrosa del otoño. Todo me parecía posible y muy fácil. A pesar de haber perdido el apetito, estaba enérgica y comencé a hacer un poco de ejercicio todas las mañanas y yoga una vez por semana. Me compré una línea nueva de cremas para el cutis y no me iba a la cama, sin antes embadurnarme hasta el cuello. Comencé a leer las etiquetas de la comida y llevaba contabilizada las pocas calorías que consumía cada día. Cuando los almacenes, las plazas y las iglesias se vistieron de Navidad, en lugar de sentir nostalgia como en los años anteriores, me acicalé para las fiestas. Las calles olían a suspiros de merengue recién horneado y a vino caliente. La felicidad me saltaba por los ojos y no me cabía en el pecho. Sin embargo, lo de Salvador me lo tenía muy bien guardado y aún no había querido contarle a nadie de su existencia, ni siquiera a Carmelo, mi mejor amigo, y quien ya lo había visto casi como Dios lo trajo al mundo.

Carmelo, quien me llama Bella, porque no le gusta el nombre Sofía, fue mi vecino mientras viví en Florencia, y llamaba a la puerta de mi apartamento una que otra noche para juntarse conmigo cuando la soledad le daba permiso para socializar. Entonces me invitaba a tomar vino y se abría a conversar. Era rubio, de estatura mediana, muy delgado, pupilas celestes, con un ojo de párpado caído que le daba a su rostro un aire de desvalido. La primera vez que lo vi me pareció una persona gris y taciturna, pero al tratarlo más descubrí que era un ser interesante, con un corazón lleno de bondad y nobleza, a pesar de sus profundas heridas.

En ese entonces era un cuarentón solitario, reprobado por su pudiente familia del norte de Italia. Llenaba las horas libres entrenando para correr maratones, o pintorreando rostros horrendos sobre unos lienzos enormes, los cuales bautizaba con los nombres de su familia, les escribía una serie de obscenidades y después de un tiempo, iban a parar al basurero. Se ganaba la vida con sus manos. La madera la esculpía con esmero y precisión, y creaba piezas hermosas en bajorrelieve que se cotizaban a buen precio en el mercado. Obsesionado con la perfección y la pulcritud, tanto en la casa como en la ropa, en los modales y en los gestos, se edificó un mundo exterior perfecto que lo ayudó a callar su atormentado mundo interior. Según él, no era homosexual por irregularidad hormonal, sino por elección. Me contó que fue un niño muy tímido y distraído, lo cual el macho del padre quiso cambiar desde muy temprano, a punta de golpes. La madre sumisa hacía todo lo que le ordenaba el marido, demostrándoles a los hijos su afecto a escondida. En la adolescencia, comenzó a mitigar la soledad y el rechazo a punta de drogas, dándole al padre el motivo perfecto para botarlo de la casa.

—Como si los hijos fuesen objetos desechables, que si no nos gustan o no llenan las expectativas con las que los engendramos, los lanzamos a la calle como a una bolsa de basura —me decía con las pupilas turbias de ira—. Bella, eres muy afortunada de tener un padre como el que tienes. ¡Es fascinante ver cómo te ama! Yo disfruto mucho cada vez que te viene a visitar, porque llega tan cargado de amor, que hasta a mí me salpica con su cariño —confesaba, y la mirada se le tornaba melancólica.

Una noche, con bastantes copas de vino encima, me habló de su duro pasado. Carmelo se hizo solo en un mundo hostil y deformado. Su primer hombre lo tuvo por necesidad, para subsistir; después hubo otros hombres por adicción, por soledad, por desesperanza, hasta que se enamoró perdidamente de un venezolano llamado Eugenio, a quien conoció en Los Roques, archipiélago exótico y hermoso como ningún otro, de playas cristalinas y arena blanca, en unas vacaciones que pasó en Venezuela. Luego, convivieron juntos en Italia. Mantuvieron una relación fabulosa, la cual solo duró cuatro años, ya que a su gran amor, le diagnosticaron una lesión renal aguda. Carmelo se mantuvo leal a su lado y le brindó todo el apoyo. Por desgracia, después de seis meses de diálisis, sus riñones colapsaron. Con él, murió su deseo de enamorarse de nuevo y, desde entonces, no ha buscado ni tenido nada serio. Ahora lo que más disfruta es la soledad, la cual cuida y defiende como a un tesoro. Eugenio era maratonista y fue quien lo introdujo y le enseñó a disfrutar de ese deporte. Ambos participaron en varios maratones, y el de Roma, que se celebra cada año a mediados de marzo, fue para ellos inolvidable, ya que fue el último que hicieron juntos. Después de su muerte, él siguió corriendo maratones para honrar su memoria.

Mi peculiar vecino llamó a la puerta de mi apartamento una noche de esa mágica semana que pasé junto a Salvador, y este le abrió vestido con tan solo un *short*.

Al día siguiente, me llamó por teléfono, y con voz pausada me dijo:

—Bella, ese hombre es un monumento del Monte Olimpo. Disfruta ese cuerpo sin remordimiento.

Y así lo hice…

Unos días antes de Navidad, llegaron mi padre y mis hermanas, con sus respectivas familias, a Italia. La nana Matilde aceptó unirse al grupo, después de las arduas insistencias de todas las hermanas Santo, y realizó su primer viaje en avión, drogada a punta de tranquilizantes que papá le fue suministrando durante el viaje. Sin embargo, fue la primera persona que descubrió mi nuevo amor, pintado en el rostro, apenas me vio en el aeropuerto.

—Mi niña tiene la mirada iluminada, pero está muy pálida y flaca. Si es un buen hombre, no lo piense tanto —me dijo como saludo.

—Sí, es un buen hombre y lo conocerás muy pronto —era la primera vez que hablaba con alguien de Salvador—. En estas dos semanas que tengo de vacaciones te prometo que voy a comer de todo, pero la palidez tendrá que esperar hasta el verano.

—Yo me encargo de engordarla —aseguró la nana, como si yo fuera un cochino que iba pronto al matadero.

Le conté a mi padre y a mis hermanas que, por fin, había encontrado el amor por el cual había esperado tantos años. Que tenía un rostro con nombre y apellido, un cuerpo de carne y hueso, que existía en este mundo y no solo en mi imaginación. La felicidad se apoderó de toda mi familia y la expectativa de conocerlo, en tan solo dos días, era inmensa. Pero el destino no lo quiso así…

Salvador es un esquiador excelente y ansioso de practicar su deporte preferido, se fue a esquiar en un lugar cerca de Toronto un día antes de viajar a Italia. La temperatura era de menos quince grados centígrados, el viento arreciaba sin clemencia soplando nubes de nieve que dificultaban la visibilidad y el equilibrio. Seguro de su habilidad de buen esquiador, se lanzó por una montaña negra. A mitad del descenso, batallando con la ventisca, no se percató de un bajo inesperado en el terreno que lo sorprendió justo cuando realizaba un giro. Sus piernas perdieron el control, los esquís salieron volando mientras rodaba cerro abajo como una gran bola de nieve. Así recorrió un largo tramo hasta que al fin la velocidad cedió, su cuerpo se detuvo y, atolondrado, sintió el intenso dolor en la parte inferior de la pierna izquierda. La caída fue tan aparatosa que le ocasionó una fractura, teniendo que guardar reposo por dos semanas y cargar por un mes una bota de yeso que le llegaba hasta la rodilla. Yo quise volar a Toronto para estar a su lado, pero él me aseguró que no era tan grave como para dejar a mi familia, quienes habían viajado especialmente para pasar conmigo la Navidad, y me prometió que vendría al terminar los días de reposo.

Fue a finales de enero cuando se recuperó del todo y trató de regresar a Florencia, pero ahora eran las cosas en el trabajo que se le habían complicado, y las dos supuestas semanas se convirtieron en meses interminables en los cuales continuamos las conversaciones telefónicas, los intercambios de fotografías y cartas por Internet. Tratábamos a toda costa de mantener viva la llama del amor, que ya al final de los largos meses de invierno, ambos sentíamos que se iba desvaneciendo.

Salvador me propuso que me fuera a vivir con él a Canadá. Estaba seguro de que usando sus contactos me ayudaría a ubicarme en un trabajo como asistente en alguna oficina de arquitectos, donde podría desempeñar mi profesión, aunque sin utilizar mi firma, ya que para eso tendría que revalidar la carrera.

—¡Salvador! Mi inglés no es tan bueno, tengo un acento muy marcado que no ha habido curso alguno que haya podido con él.

—Tu acento es muy sensual, *piccolina*, te aseguro que a los canadienses les va a encantar —me insistía.

—Ni que fuera a trabajar en una línea caliente o algo por el estilo —renegaba yo y al otro lado del teléfono se escuchaban sus risotadas.

—Eso lo podemos mantener como un plan B —continuaba bromeando.

Le pedí que se buscara un empleo en Florencia, donde su profesión la podía desempeñar sin ningún inconveniente. Pero me aseguraba que ya lo había intentado antes y la competencia era brutal, aparte que la calidad de vida en Canadá era excelente.

—Italia es hermosa para pasar vacaciones, pero no para trabajar —concluía convencido.

Yo, por mi parte, sentía que a los treinta y cinco años no quería iniciar una nueva aventura de esa magnitud. Tal vez era el reloj biológico que me marcaba el rumbo en otra dirección, el de casarme y formar una familia. Añoraba con todas mis fuerzas tener un hijo, pero quería un hijo que fuese el fruto de un amor verdadero, no un engendro biológico para satisfacer mi ego o para no quedarme sola. Salvador me fascinaba, de eso no tenía la menor duda, y con él quería tratar de hacer realidad todos esos sueños. Pero de lo que él me hablaba era de vivir juntos, de cambiarme de país, de más aventuras e incertidumbres, lo cual me hacía sentir que para estar con él, tenía que pagar un precio muy alto.

Primero, Canadá no me llamaba la atención como país, del cual tenía un escaso conocimiento. Solo sabía que estaba ubicado cerca del Polo Norte y me lo imaginaba con prolongados inviernos tapiados de nieve por seis meses, y donde se hablaba inglés y francés. Toronto, ubicado en la parte inglesa, implicaba que tenía que vivir sumergida en el inglés. *¡Oh my God!* Ese idioma sin lírica que no me atraía para nada, el cual había aprendido a medio hablar por la persistencia de mi padre quien aseguraba que quien no hablara inglés y no manejara un computador era un analfabeto, pagando sin tregua un curso tras otro mientras crecíamos. Además lo tuve que estudiar en el colegio porque era una materia obligatoria en el bachillerato. A mis dos hermanas les encanta y lo hablan muy bien, a mí el inglés aún me enreda al escribirse de una forma y leerse de otra, y mi pronunciación es lo peor. *¡Shakespeare, I am very sorry!,* sin intención de ofenderte, de verdad admiro mucho todas las bellezas literarias que creaste utilizando tu lengua, pero yo simplemente no quería hacer una vida en inglés.

Segundo, irme de Italia implicaba dejar la *dolce vita.* Me daba pesar salir de la cuna del Renacimiento. Florencia me acogió con calidez y llenaba mis días de belleza con su elegancia y su cultura. Con el reflejo enigmático del puente Vecchio sobre el manso río Arno, rociado de nostalgia de otras épocas. Con las iglesias y catedrales que no había terminado de detallar, como la de Santa María del Fiore, que cada vez que me detenía a apreciar su fachada, descubría nuevos detalles en sus puertas de bronce y en sus rosetones. Ciudad que alimentaba mi pasión por el arte: las esculturas al aire libre en la plaza de la Señoría, los extraordinarios museos como la Galería de los Uffizi, la Galería de la Academia, el Palacio y Capilla de los Medici, el Palacio Pitti entre otros, que guardan los tesoros de los más grandes pintores y escultores de todos los tiempos. Y la inigualable vista panorámica que me ofrecía la plaza Miguel Ángel, desde donde apreciaba una ciudad que posaba orgullosa de su hermosura. Allí hacía amistades con turistas de todo el mundo y con florentinos despreocupados que hablaban, tanto con sus gestos como con sus palabras. Implicaba, sobre todo, dejar de vivir rodeada de ese italiano, que fue el bello dialecto florentino que el magnífico poeta Dante Alighieri uso para escribir la Divina comedia y que varios siglos más tarde, solo por su hermosura, fue escogido como el idioma oficial de Italia. Idioma cantarín bañado de sensualidad, que la mayoría de la gente aprende por una sola razón: ¡el gusto de hablarlo! Idioma que me encanta, y el cual, ya dominaba bastante bien. Particularmente, pienso que el secreto del éxito de los italianos en el arte de seducir radica en estar bendecidos con un idioma que después de haber atravesado los oídos, lugar donde se encuentra el verdadero punto G de las mujeres, llega directo al corazón; y si a la belleza del idioma le añades la forma intensa con que gesticulan, ¡hablar con los italianos es una fiesta!

Por último, en Italia no me sentía por completo extranjera. Al contrario, me sentía como en casa, como en Venezuela, ya que son países que se asemejan en la idiosincrasia. La gran mayoría de la gente es de temperamento sanguíneo, por eso son cálidos y afectuosos, comunicativos y sociables, amantes de la diversión, de la belleza y del placer. Los conductores alocados, con el pitar continuo de sus cornetas, recorren las calles congestionadas y el aire urbano es denso y viciado. En el peor de los casos, ambos países funcionan dentro de un ambiente muchas veces de impuntualidad, viveza, incumplimiento… Pero son países con personas que poseemos una inagotable propensión a la alegría, lo que nos ayuda a reacomodarnos, a reinventarnos, a superar obstáculos y a terminar viviendo felices en medio del caos.

Se acercaba la primavera a Florencia, pero Salvador y yo nos habíamos quedado en el otoño. El tiempo nos tendió una mala jugada al negarnos la oportunidad de juntarnos de nuevo. El recuerdo del hombre por el cual había perdido la cabeza comenzó a hacerse frío y nublado, empañado de incertidumbre. Paralizado en una estación muy distinta a la que transcurría mi existencia, su amor se quedó flotando en un espacio etéreo y llegué al punto de dudar si fue cierto lo que vivimos o si solo sucedió en un mundo inventado por mi soledad, producto de mis alucinaciones incurables.

Carmelo y yo nos unimos mucho durante esos meses, y mi fiel amigo, hasta entonces un ermitaño consumado, de la noche a la mañana se convirtió en un ser muy sociable. No paraba de crear salidas a cenar, a exposiciones, a galerías, a catas de vinos, a todo lo que se le ocurriera me invitaba para no dejarme sola y ayudarme a sacudir la nostalgia.

Recuerdo cuando un día me dijo:

—Bella, cada persona nos deja algo. Eugenio me dejó la pasión por los maratones, ahora corro más y pinto menos cosas horrendas. Para mitigar la tristeza, piensa en algo que te haya dejado Salvador.

—¡Me dejó el corazón partido! —le respondí, y ambos nos carcajeamos.

Carmelo me amenazaba que si continuaba tan deprimida, lo iba a obligar a pasarse de bando:

—Si no quieres cargar en tu conciencia con un marica arrepentido de pretendiente, más te vale que te ¡ALEGRES! Esta noche voy a una subasta que promete, ya tengo las entradas y paso por ti a las ocho.

Allí estuvo puntual y yo me fui animada porque me encantan las subastas de arte. Más me animé cuando comenzó a cotizarse la réplica de la controversial escultura *El rapto de la sabina,* cuyo original fue creado por el escultor Juan de Bolonia y está ubicado en la plaza de la Señoría, bajo el corredor de los Lanzi, la cual tengo la dicha de poder contemplar en mi camino hacia el trabajo y de vuelta a casa. Esta escultura, que ante los ojos de muchos es una obscenidad, a mí me transmite una mezcla de sentimientos y de fuerzas. Al observarla, me hace poner los pies sobre la tierra. La componen tres personajes —la sabina, el romano y el padre de la sabina— todos desnudos y entrelazados en una cadena humana ascendente. Muestra la cruda realidad que se manifiesta en todos los aspectos de la vida cuando se entabla una lucha de poder y, tristemente, el fuerte siempre vence al débil.

La sabina es una mujer joven. Con el brazo izquierdo apunta al cielo como si clamase a todos los dioses su deseo de libertad. Su pecho abierto ostenta unos senos firmes, que posan rabiosos en frente del romano turbado por su belleza, mientras el brazo derecho cae resignado sobre el raptor. El rostro ladeado con expresión de angustia, muestra el desconsuelo al ver a su padre vencido por la fuerza imponente del joven que la levanta por encima de su cabeza, mientras aprisiona entre las dos piernas al viejo, el cual mira con desespero e impotencia el rapto de su hija. La anatomía de cada figura está esculpida con trazos limpios, y los tres se entrelazan armónicamente. La escultura edifica un episodio de la historia de Italia, cuando Rómulo fundó Roma y los romanos secuestraron a las mujeres del pueblo de los sabinos, ya que eran jóvenes bonitas y fértiles, para casarse con ellas y poblar la nueva ciudad que apenas se formaba… Tal vez el haber tenido un origen tan apasionado explica lo que una vez leí en un libro: que la palabra que identifica la ciudad de Roma es «Sexo», porque es en el sexo en lo que la mayoría de su gente se la pasa pensando… Yo le añadiría la palabra «Belleza». Fue la belleza lo que motivó a los romanos a raptar a las sabinas, y fue el gusto por las cosas bellas lo que prevaleció para construir un país tan hermoso.

—*El rapto de la sabina* muestra cómo se formó Roma y en pocas palabras fue a punta de sexo y belleza.

Esta escultura sí que se las trae —le susurré en el oído.

—Yo la quiero —determinó.

En la subasta, a la famosa réplica le llovieron las ofertas, y la mía la superaron con creces, pero Carmelo logró ponerle el precio final y ganarla.

—Bella, esta escultura representa también tu historia. La sabina eres tú, hermosa, de buena cuna y fértil. El romano es Salvador, joven y corpulento, queriendo raptarte porque sabe el valor de tu raza. Entre sus piernas está tu pobre padre, desesperado por la pérdida de su adorada hija, que se la arrancan de su lado —dijo mi amigo en tono cantarín, observando con sus pupilas azules y su párpado caído, la pieza que ya estaba entre sus manos.

—¡Qué ocurrencia la tuya! Primero, la cara de la sabina es de angustia, queriendo desprenderse de su secuestrador. En los brazos de Salvador, yo tendría una sonrisa. Aparte, esa mujer tiene un cuerpo monumental, que yo no poseo, y a mi edad no creo estar tan fértil como tú dices. En realidad no quisiera que me raptara, sino que nos casáramos y se viniera a vivir a Italia, y no creo que a estas alturas sus intenciones sean esas. Por otro lado, te aseguro que la expresión de mi padre no sería de horror, como la del viejo. Sé que preferiría un rapto en lugar de que me quede para vestir santos.

—Bella, tú no te vas a quedar para vestir santos y Salvador te va a raptar, eso lo leí en su mirada vehemente la primera vez que lo vi, cuando me abrió la puerta de tu apartamento con su monumental anatomía al descubierto…

—No sigas —lo interrumpí—, que estoy muerta de hambre.

Lo cierto fue que los límites geográficos que se interponían entre Salvador y yo se transformaron en murallas inquebrantables. Las fotografías se tornaron color sepia, como si fuesen de épocas muy lejanas. Las conversaciones se volvieron repetitivas, y poco a poco se fueron agotando, y hasta el sexo telefónico, que inventamos para mitigar la distancia, fue perdiendo la chispa y su efecto. La luz que nos envolvía se fue cubriendo de nubarrones y la ausencia le ganó a los recuerdos. La melancolía me congeló el alma. El miedo me quitó los bríos, domando mi ímpetu, cortando mis garras y, victorioso, me perfumó de desesperanza.

Y hubo noches en las que me pregunté: ¿será que esta historia de amor es inventada?…

CAPÍTULO VI
EL TIEMPO

Me llega el aroma intenso y terrestre de café recién colado, infusión de sabor amargo hecha a base de las semillas de cafeto, tostadas y molidas, y hace que se me antoje uno negro, para sacudirme el cansancio con su alcaloide.

En el trayecto hacia la cocina, mi analítica conciencia apunta el dedo índice hacia mis gustos y me asegura que si un sicólogo me hiciera un test o análisis de personalidad basado en ellos, me encontraría anormal o bien extraña. Soy una mujer a quien le cautiva una escultura que a simple vista se puede decir que es una violación, y del café le deleita la negrura y el sabor amargo. Bueno, todos los seres humanos tenemos nuestro lado oscuro, solo que algunos lo dejamos más al descubierto que otros. Tal vez, en lo más profundo de mi ser, habita una mujer masoquista con una fuerte inclinación a la amargura…

Sumida en mis turbios pensamientos, llego hasta la cocina, donde ya ha comenzado el trajín del desayuno y el corre-corre de las actividades matutinas.

—Buenos días —entono cordialmente.

—Buenos días, ¿cómo dormiste? —pregunta mi hermana.

—Muy bien —le miento, mientras me sirvo una humeante taza de café negro.

—¿Qué te parece si por estos días tengo a Federico en mi casa para que juegue y comparta con sus primas?

—me ofrece Leonor.

—Me parece muy bien, le prepararé un bolso con sus cosas —le respondo sintiendo un gran alivio de poder alejarlo de mi tristeza y de la que se siente en cada rincón de la casa.

—Buenos días y adiós. Tengo que volar para llegar a una reunión a primera hora, nos vemos esta noche —se despide Juan David a la carrera.

Entro a mi habitación a preparar el bolso y me topo con Verónica, que va saliendo ya vestida y me dice que me va a pasar buscando a las doce y media para que almorcemos. Le confieso que no tengo ningunas ganas de salir y que no entiendo cómo todos se levantaron a continuar un nuevo día como si nada estuviera pasando en esta casa, cuando yo estoy emocionalmente destrozada.

—Amiga, el mundo no se puede detener. Ellos están haciendo lo mejor que pueden, de acuerdo a las circunstancias. Recuerda que todos aquí tienen lidiando con la enfermedad de mi padrino por más tiempo que tú. Y no me pongas esa cara que yo no te estoy juzgando. Entiende que tu dolor está más fresco porque acabas de llegar, pero tú también tienes que seguir adelante. ¿Te acuerdas lo que siempre hemos dicho que hay que hacer ante un problema?

—Ocuparse, no preocuparse —contesto entendiendo la frase, pero sin saber cómo ponerla en práctica en este momento—. Verónica, esto es más que un problema para mí. Estamos hablando de la vida de mi padre.

—No Sofía, estamos hablando de aceptar la inminente muerte de tu padre —dice tajante.

—¡La muerte no se acepta, se asume! —le aclaro en un tono alterado—. Tú lo dices muy fácil porque no la conoces.

Se me acerca y coloca las manos sobre mis hombros.

Me mira a los ojos y vislumbro en ellos nerviosismo.

—Discúlpame, tú sabes que nunca diría algo para lastimarte. La nana me contó lo que pasó anoche, sé que estás molesta porque no lo encontraste consciente para hablar con él y despedirte como tú hubieses querido. Pero ya en su estado deberías implorar porque se muera rápido. Voy al bufete a organizar varias cosas y estoy aquí a las doce para ir a almorzar.

Nos despedimos con un abrazo.

Verónica y yo hemos sido amigas desde que crecíamos en el vientre de nuestras respectivas madres, mis padres son sus padrinos de bautizo y sus padres son mis tíos putativos. Estudiamos la primaria y la secundaria juntas, compartimos un apartamento de dos habitaciones en Caracas mientras transcurrieron nuestros años universitarios. Verónica estudió abogacía y yo arquitectura. Para ella, represento la hermana que los padres no le pudieron dar, para mí, ella es la hermana que pude elegir, y fue quien me presentó a Alex Amin…

Verónica es el tipo de persona que con su simpatía y la ropa negra disimula muy bien sus kilos de más. De ojos negros amplios y rasgados que hablan por sí solos, con unas pestañas largas y rizadas que le agregan intensidad a la mirada. El cabello oscuro y lacio le brilla sobre la tez pálida. Sus labios finos sonríen con facilidad, lo cual contrasta con la crudeza de su léxico, pero concuerda con su buen humor. Es una mujer de respuesta rápida y audaz, con una inteligencia intimidadora, en especial para el sexo masculino, ya que a los casi cuarenta años sigue sola. Se casó a los veinticuatro años con su primer enamorado, con quien mantuvo ocho años de noviazgo y tan solo un año de casados. A los veinticinco años ya estaba divorciada porque no quería pasar el resto de sus días con alguien a quien sentía como a un hermano. De allí en adelante se ha dedicado por completo a su profesión, labrándose una trayectoria profesional llena de éxitos. Hemos sabido cultivar y mantener una sólida amistad, basada en la empatía y el respeto, en la ayuda mutua y en el amor incondicional, en la sinceridad y en la tolerancia de nuestras diferencias.

Le entrego el bolso de Federico a mi hermana y lo abrazo para despedirme, lo beso muchas veces y Leonor, sonriendo, me recuerda que regresarán esta noche.

Llega el doctor Fonseca, nos saluda con su amabilidad característica y sigue hasta la habitación de papá. Yo me ofrezco a acompañarlo, pero pide que lo dejemos a solas para examinarlo.

Desesperada por cambiarme la ropa que llevo puesta desde que salí de Toronto la madrugada anterior, entro en el cuarto de baño ansiosa de darme una ducha. El agua siempre logra sosegar mi angustia y mitigar mi cansancio. Me enjabono despacio, juego un rato con la espuma del champú sobre el cabello y dejo que el agua lo saque mientras se desliza. Le coloco crema para suavizarlo y justo cuando me estoy sacando el enjuague, escucho unos susurros y unas voces que me llaman por mi nombre. Cierro los ojos con fuerza, no estoy segura de querer ver a la Muerte, aunque como dice Verónica, puede proporcionarle a mi padre su descanso. Pero yo necesito hablar con él antes de que parta, de verdad deseo con toda mi alma una oportunidad.

Abro los ojos dispuesta a suplicarle a la Muerte, y me sorprende ver que estoy en el mismo sitio, debajo de la ducha, con el agua caliente aún corriendo sobre mi cuerpo. Siento que no estoy sola, en el ambiente se palpa la presencia de otra persona que me está observando. Giro despacio la mirada hacia la derecha, a través de la pared de cristal empañada de vapor, veo al ángel mujer de la Nueva Era y a un hombre a quien nunca antes he visto. Este par de personajes están reunidos conmigo en el cuarto de baño como si se tratase de una reunión de trabajo a la cual todos fuimos previamente convocados, con la particularidad de que yo me acabo de enterar y para colmo estoy desnuda. Jalo apresurada la toalla que está colgada en el tope de la puerta de vidrio y me envuelvo con prontitud. Una vez medio tapada, con los hombros al descubierto, cierro la llave y empujo la puerta.

—Pudieron haber esperado que terminara de ducharme y me vistiera —protesto avergonzada mientras salgo.

—Sofía, te he estado llamando en diferentes ocasiones, pero estás tan sumida en tu propio mundo que no me escuchas —me dice el ángel mujer —, no te preocupes por tu apariencia física, nosotros le hablamos a tu alma y te aseguro que no está desnuda, pero si te sientes más cómoda puedes colocarte tu bata de baño —la cual me extiende con una brillante sonrisa en los labios—. Mi nombre es Vida, ya me presenté antes, pero sé que no me escuchaste. Ahora necesitamos que nos prestes atención.

Mientras me estoy poniendo la bata blanca, siento como todo mi cuerpo aún húmedo se estremece ante esta situación sobrenatural. No recuerdo haber escuchado su nombre. La primera vez que me habló fue para decirme que Emilia estaba bien, pero yo estaba muy nerviosa de ver a mi sobrina cerca de la Muerte. Honestamente, esta es la primera vez que le presto atención a su voz extraída de un cuento de hadas y mis oídos se hipnotizan con la melodía que esta hermosa mujer llamada Vida canta mientras habla:

—Yo soy el don de la vida y permito experimentar diferentes situaciones, unas llenas de alegría y gozo. Otras difíciles, las cuales si se aprovechan en lugar de rechazarlas, brindan infinitas oportunidades para crecer. En cada situación está mi compañero —y señala al hombre que está a su lado— marcando la duración limitada del existir. Él es quien los llena de angustias, de preguntas, de nostalgias y anhelos. Él es quien cada noche les dice al oído que pasó un día más. Pero es también el que brinda en la esperanza de un nuevo día, el espacio en donde pueden luchar por lo que anhelan. Este hombre es principio y fin, es luz y oscuridad, es atardecer y amanecer. Él es una oportunidad de poder contarlo, y un continuo reto de impedir que se escape de las manos sin antes haber alcanzado los sueños. Él pasa sin detenerse y ustedes deben vivir su andar. Él es el Tiempo.

Mientras Vida hablaba con su voz encantada, yo nadaba en la profundidad de la mirada de este hombre de piel bronceada llamado Tiempo, quien ha inundado el cuarto de baño con su olor a sal, peces y algas, trayéndome el aroma tonificante del océano. Vestido impecable con pantalón de pinzas y camisa de manga larga de lino beige. De apariencia madura con canas en las sienes y surcos profundos marcados en la frente y alrededor de los ojos, pero con una sonrisa tan fresca y cómplice que lo envuelve de juventud y le da un aspecto irresistiblemente irreverente. Dios mío, ¡qué atractivo es el Tiempo!

—Hola, Sofía —me saluda sosteniendo una sonrisa enigmática.

—Hola, es un honor conocerlo —musito sintiendo el rubor en las mejillas.

—Gracias, igual lo es para mí, disculpa la manera como irrumpimos. Voy a ser breve y conciso. Sofía, tú y yo nos hemos entendido muy bien, a pesar de tus etapas de cuestionamiento y de dudas, has aprovechando lo que soy. Te has labrado un destino siguiendo la voz de tu corazón. Tú has trabajado en alcanzar tus sueños marcando tu propio ritmo y has sabido cargar con las consecuencias de tus decisiones. Con respecto a tu padre, te aseguro que él supo cómo aprovecharme y me usó para su sano crecimiento y bienestar. En esta etapa, yo no puedo hacer nada significativo por él, pero no olvides que cada segundo de su existencia tiene un propósito, mucho mayor de lo que se ve a simple vista. Y tú, mi querida Sofía, ahora tienes una misión muy importante, y es impedir que los acontecimientos se aceleren y tomen el rumbo equivocado.

—No entiendo. Por favor, ¿me puede explicar qué es lo que tengo que impedir? —inquiero, turbada por su presencia y por lo que me pide.

—No puedo decirte nada más, pero lo descubrirás en la reunión de esta noche —me asegura el Tiempo.

Y los dos desaparecen…

Me quedo estática, maniatada por el desconcierto y mi mente flotando en otro mundo, hasta que escucho unos golpes secos contra la madera. Alguien aguarda detrás de la puerta y de repente la abre. Es la nana Matilde, quien con un tono de voz muy nervioso me dice que el doctor Fonseca me está esperando en la biblioteca, que tiene algo muy importante que decirme.

Aparto de mis pensamientos la visión que acabo de presenciar y me visto apresurada con lo primero que encuentro en la maleta. Me paso un peine por el cabello mojado y salgo al encuentro del médico.

—Tu padre está entrando en coma —me anuncia el doctor Fonseca, así, sin más, pero con la angustia reflejada en los ojos—. Sus pupilas no reaccionan ante la luz. Su estado de rigidez muscular se ha intensificado de manera significativa y a pesar de que el ritmo cardíaco y respiratorio aún están controlados, es un coma irreversible.

—¿Qué sugiere que hagamos? —pregunto con la mirada en el piso y, con los dedos entrelazados, aprieto con fuerza las manos.

—Esto es como una bomba de tiempo. En su estado es de esperar que su pérdida de conciencia se intensifique. En lo que me he enfocado hasta ahora es en controlar el dolor y eso es lo que voy a seguir haciendo. Lo acabo de inyectar y esta noche la enfermera le aplicará otra dosis de morfina. Estaré en el hospital todo el día, si me necesitan me llaman. Mañana paso de nuevo a verlo.

—Muchas gracias doctor Fonseca, que tenga un buen día —le digo con un tono amable y el corazón abrumado por el peso de sus palabras.

De pie, inmóvil, veo cómo con el médico también se marcha la ilusión de despedirme de mi padre y me sumerjo de nuevo en la tristeza y la desesperanza. Pero como una campana de alerta, resuenan en mi interior las palabras del Tiempo, y las de la enfermera, y sin darle más vueltas al asunto, me voy directo a su habitación.

Entro y me siento en una silla a su lado. Con una mano le acaricio el rostro, y con la otra le sobo la cabeza y comienzo a hablarle:

—Papá, soy tu hija Sofía, estoy aquí a tu lado y vine con Federico, quien por cierto ya está caminando. El Palo de Hombre, como tú lo llamas, caminó justo el día de su primer cumpleaños. Es un niño muy activo y sano. Tiene un alma buena. Siento con él una conexión espiritual muy especial, así como la nuestra. Salvador no pudo venir pero te manda todo su cariño y su agradecimiento. Te cuento que le dieron la dirección del Museo de Toronto y ya tiene once meses sin fumarse un cigarrillo. Sabes papá, si no abres los ojos con esto que te voy a contar es porque de verdad estás entrando en coma. Hace un rato hablé con el Tiempo, se me presentó en una alucinación junto con Vida. Sí, papá, otra más de las tantas con las que he tenido que vivir desde la adolescencia y a lo que tú llamaste por diferentes nombres, como doble personalidad, estado emotivo por la enfermedad y la muerte de mamá, esquizofrenia leve debido a mi continuo insomnio. En fin, le diste varios nombres y varias razones a mi condición, mientras tratabas en vano de encontrarle la lógica en tu mundo científico y pragmático. Después, cuando superé la adolescencia, y me convertí ante tus ojos en una mujer normal, porque decidí callarlas y guardarlas para mí, no lo mencionaste más o lo olvidaste, asumiendo que con tu silencio o con tu olvido, yo sanaría. No te juzgo, cada quien afronta los problemas de la mejor manera posible, pero voy a ser honesta contigo. Esto te lo quiero decir antes de que te vayas, no por queja, sino con la esperanza de que cuando habites en otro espacio me puedas ayudar a entender por qué a mí. Tal vez me puedas explicar desde allá lo que mientras viviste aquí no supiste o no pudiste entender. Y te confieso con dolor, más que con resentimiento, que ha sido duro vivir en mundos paralelos, sin poder hablar libremente de mi condición por el temor a que me tilden de loca. Perdona si te estoy atormentando en este momento, en el cual solo debería darte las gracias por todo lo que has hecho por mí y decirte lo mucho que te adoro. Tal vez sea el miedo, que en lugar de paralizarme como siempre, esta vez me está haciendo hablar más de la cuenta. La cosa es que hoy hablé con el Tiempo. Sí, papá, ¡el Tiempo! Imagina eso que significa sucesión continuada de momentos, duración de una acción, periodo, época. Todo eso personificado en un hombre muy atractivo, quien me aseguró que tú habías vivido a plenitud, sabiendo aprovechar al máximo el hermoso regalo de la vida. Pero también me dijo que esta noche sabré algo y mi misión es impedir que eso suceda. No tengo ni idea de qué se trata. Por ahora papá, necesito cerrar los ojos. Vamos a relajarnos, en unas clases de yoga que una vez tomé, insistían en la importancia de la respiración. Comencemos inhalando profundamente, lo cual ayuda a centrarnos en el presente y pensemos en un lugar agradable, un sitio en el cual te gustaría estar en este momento. ¿Qué te parece si volamos a ese pueblo en Inglaterra llamado Bath? A los dos nos cautivaron sus jardines y de allí salimos embriagados de tanta variedad de flores y colores…

—Niña Sofía, niña Sofía —me llama la nana, tocándome el hombro.

—¿Qué hora es? Me quedé dormida.

—Qué bueno que durmió algo, mi niña, porque sin *comé,* y como siempre sin *dormí,* es usted quien va a *terminá* enferma. Allá afuera la busca la niña Verónica.

Me froto los ojos para espabilarme y le digo que yo quedé en almorzar con ella, pero que me prometa que si necesita algo me llame al celular de Verónica. De la mesa de noche saca el teléfono móvil de papá y me dice que me lo lleve, él siempre me lo presta cada vez que vengo y ella se aseguró de cargarle la batería. Le agradezco el esfuerzo por hacerme sentir que en esta casa algunas cosas siguen iguales.

Me voy hasta mi habitación, registro los cajones en busca de una cartera, y encuentro un bolso de piel marrón, lo lleno con el monedero, el celular y unas gafas de sol. Me miro en el espejo y veo que estoy hecha un desastre, ojerosa y demacrada. Entro al baño a lavarme el rostro y cepillarme los dientes, y con la misma facha, pero más limpia, salgo al encuentro de Verónica.

Al verme se asombra y me dice que a mí cómo que se me olvidó que existe algo llamado ¡MAQUILLAJE! Con desgano le confieso que de verdad no estoy interesada en maquillarme en este momento, pero la muy testaruda saca de su bolso el estuche de maquillaje y me dice que deje que ella se interese por mí y con delicadeza aplica sus cosméticos sobre mi rostro demacrado. Aún no conforme con el resultado, me anuncia que me llevará a su estilista para que me seque el cabello y me quite la facha de pollo mojado. Con el mismo desgano le pregunto si en verdad tenemos tiempo para todo eso, me responde que sí, hoy ya no tiene que regresar a la oficina y el resto del día me lo va a dedicar a mí.

Una hora y media más tarde, llegamos al restaurante. Verónica luce regia, con un conjunto de chaqueta y pantalón negro y zapatos de punta fina del mismo color. Yo llevo puestos unos pantalones vaqueros, una blusa suelta de tira bordada blanca y unas cómodas sandalias de color bronce, pero el cabello muy bien alisado y el rostro maquillado, mejoran considerablemente mi atuendo casual y mi apariencia desabrida.

Nos sentamos en una mesa en el centro, con una vista espectacular de Barquisimeto, desde donde se divisa el pintoresco valle del Turbio. El camarero, muy amigable, nos entrega el menú y nos pregunta qué queremos para tomar. Verónica, sin ni siquiera mirarme, ordena dos limonadas… Eso dice lo mucho que me conoce, una limonada con hielo granizado es lo que me apetece. Le doy las gracias por haber escogido este restaurante que me trae muchos recuerdos de nuestra niñez. Me asegura que la comida sigue siendo muy buena y que sugiere que ordenemos porque tiene mucha hambre. No tengo apetito pero pido una ensalada.

—Eso solo es comida para conejo —protesta.

—Ya que me sacaste por los pelos de mi casa, no vamos a desperdiciar este momento conversando de hábitos alimenticios. Hablemos de algo más interesante, como por ejemplo, de tu vida amorosa. ¿En qué andas ahora? —le pregunto con una chispa de picardía en la voz.

—Mi querida amiga —hace una pausa y pide que

me sujete del asiento—, te cuento que llevo ocho meses en una relación con un pastor cristiano, a quien conocí por Internet y quien vive en Irlanda. —Suelta una carcajada, típica de su capacidad de reírse de sí misma y continúa—: hace un mes vino a Venezuela y nos conocimos en persona.

—¡QUÉ! ¿Y por qué no me habías contado nada? —protesto.

—Porque al principio todo era un simple coqueteo cibernético. Fue después que estuvo aquí que se enserió la relación. Sofía, una bomba como esta no te la iba a soltar por teléfono.

—Tienes razón ¿Y ya te convertiste en cristiana?

—Tú sabes que yo tengo más de un año asistiendo a una iglesia cristiana. Aún no me he convertido, pero pienso bautizarme pronto.

—¿Para casarte con el pastor? —pregunto con una mezcla de asombro y curiosidad por su historia.

—¡SÍ! No quiero dejar pasar más tiempo —me confiesa con la mirada reluciente.

—Ay amiga, si vieras lo bello que es el Tiempo, no lo dejarías pasar… Se parece a Antonio Banderas, mayor pero irresistiblemente bello. Sus ojos negros son un par de pozos de sabiduría que encierran la profundidad y el misterio de todos los océanos. Su voz gloriosa se adueña del entorno y te somete a escucharlo sin parpadear. Pero lo más delicioso es su fragancia, ¡huele al mar!

Verónica levanta un brazo y lo extiende horizontal, la mano la acerca a mis labios como si quisiera frenar mis palabras con su palma. Al ver sus ojos desorbitados y su boca abierta, me doy cuenta del gran desconcierto que mi espontaneidad le ha creado.

—¡Sofía! ¿Le estas poniendo los cuernos a Salvador con alguien con un nombre tan ridículo como Tiempo? ¡No lo puedo creer! Tú no eres ese tipo de mujer y tu marido no se lo merece. Amiga, yo siempre te he apoyado en todo, pero algo así ¡NO! ¿Qué pasa, Sofía?

Mis carcajadas hacen que todas las personas sentadas a nuestro alrededor volteen a mirarnos, pero no puedo parar de reír y no me importa porque hace mucho tiempo que no me río con tantas ganas. Cuando por fin logro tomar una bocanada de aire, le digo que es una broma.

—Verónica, al hombre llamado Tiempo solo lo he visto una vez y fue en un sueño que tuve. En cuanto a Salvador, te confieso que mi amor por él crece cada día, valoro como un tesoro la oportunidad de estar a su lado y compartir nuestras vidas. Los dos estamos dando lo mejor de cada uno para seguir creciendo juntos. Y en cuanto a la fidelidad, yo parto de la premisa de que primero se debe ser fiel a uno mismo. Amarse y respetarse a sí mismo, para poder honrar ese compromiso.

—Es una idea interesante. Nunca antes había mirado la fidelidad desde esa perspectiva, pero tiene sentido.

—Yo no le sería infiel a Salvador, sencillamente por no exponer mi cuerpo y mi conciencia en algo así. Si algún día siento la necesidad de estar con otro hombre, se lo diría. A pesar de que me debe una.

—¿Me puedes explicar mejor lo de la deuda? —inquiere.

—Eso te lo cuento otro día, pero hoy quiero escucharte a ti y saber más de la historia del pastor.

—Sofía, ¡no voltees! —me ordena con una expresión de desagrado.

—No me digas que allí está mi amante el Tiempo —bromeo y giro la cabeza sin imaginar a quién voy a encarar.

Parado detrás de mí está nada más y nada menos que Alex Amin, mi exnovio y la principal razón por la cual me fui de Venezuela. Sus ojos están tan abiertos e impresionados como los míos. Su rostro consternado al igual que el mío, porque después de diez años nos hemos topado de nuevo.

—¡Sofía Santo! —pronuncia mi nombre con su inconfundible y opaca voz, irrumpiendo en el silencio y el desconcierto que se ha apoderado de la situación.

—¡Hola! ¡Alex Amin! Qué pequeño sigue siendo Barquisimeto —respondo comprobando que he recuperado la voz después de mi asombro.

—¡Sí!, sigue siendo un pueblo pequeño con un infierno grande —añade él con ironía.

—Qué mala elección la mía de venir para acá —interviene Verónica mostrando su clara antipatía por Alex, quien en una época trabajó como abogado en el bufete de su padre y ella misma me lo presentó—. Colega, si quieres hablar con Sofía va a tener que ser en otra ocasión porque estamos en medio de una conversación muy importante.

Alex, ignorándola por completo, sigue con sus ojos puestos sobre mí, como si los únicos que existiéramos en este momento fuésemos él y yo.

De la nada, aparece la Muerte, con la estela de incienso y perfumada de naftalina y se para justo a su lado. Me aterra verla allí. Mi corazón palpita enloquecido y siento que mi vida es un torbellino de situaciones ilógicas, de apariciones y desapariciones que no entiendo, porque mis alucinaciones nunca antes se habían manifestado con tanta intensidad como en estos dos días. Se me cruza por la cabeza que Alex puede estar muerto y por eso anda acompañado de esta milenaria mujer. Pero eso no puede ser posible, ya que Verónica también lo está viendo y le ha hablado...

—Pasado mañana salgo para la China, donde voy a estar un par de meses. No sé hasta cuándo te quedas aquí, pero no pienso dejar pasar esta oportunidad. ¿Cenamos juntos esta noche? —pregunta tajante.

—Esta noche no puedo —me niego de forma contundente, mientras la Muerte me observa con su arrogancia característica.

—¿Y mañana? Cenemos mañana. Permite que te recuerde que aún me debes una despedida. Por favor, Sofía, yo necesito hablar contigo.

Alex ha pasado a un tono suplicante y la Muerte, manteniendo su mirada desafiante, mueve su cabeza en señal de afirmación, como ordenando que acepte la invitación. Dios mío, ¿qué significa todo esto?

—Bueno, qué importa una despedida más en mi itinerario. Si al fin y al cabo, este es un viaje de despedidas. Está bien, pasa por mí a las seis de la tarde, estaré en la casa de mi padre.

La Muerte se gira y, con su caminar elegante, sale del restaurante.

—Allí estaré puntual. Hasta mañana, preciosa.

Y sin decir nada más, Alex hace lo mismo que la Muerte.

Verónica, malhumorada, me pregunta que si de verdad voy a cenar con ese muerto. Un escalofrío recorre mi cuerpo e inquiero por qué lo llama muerto. Algo exasperada me responde que su apariencia de fantasma no ha cambiado mucho desde la última vez que lo vio. Su piel sigue pálida con las marcas de acné intactas en la cara, sus ojos irradian la mirada taciturna de siempre y su voz de ultratumba le recuerda a Frankenstein, en fin, que para qué voy a perder el tiempo hablando con ese fulano que en mi corazón ya está muerto y enterrado. Yo le confieso, con cierta timidez, que recibí instrucciones de hacerlo.

—Nadie te dijo que aceptaras su invitación. ¿De qué estás hablando?

—Después de diez años, no sé por qué… —Me detengo a pensar qué decir, ya que es mejor no nombrar a la Muerte—. No sé por qué la vida me cruza con este hombre de nuevo, después de tanto tiempo —confieso intrigada, por el hecho de haberla visto al lado de Alex, indicándome que aceptara la invitación.

—Bobadas —afirma.

Yo le recuerdo que ellos fueron compañeros de trabajo y que no se llevaban mal. De hecho, podría decir que fueron hasta amigos, y que no olvide que ¡ella fue quien me lo presentó! Contrariada, me asegura que lo hizo sin pensar que nos íbamos a enredar. Verónica fue de las primeras personas que me dijo que Alex y yo no pegábamos para nada, y tenía toda la razón. Pero lo que no logro entender, y se lo pregunto, es por qué ahora lo detesta tanto, si ese hombre salió de mi vida hace mucho tiempo y ya no tiene que protegerme de su sombra. No me responde, solo baja la mirada y se queda callada por unos segundos.

—¿Sabías que tiene un hijo? —rompe el silencio con la noticia.

—No lo sabía. Yo no sé nada de él desde hace diez años.

—No se ha casado y no creo que ese zorro se case nunca. Pero supe que estuvo viviendo con una chica y que tuvieron un niño. Ya sabes cómo vuelan los chismes en este gremio laboral…

La noticia me alegra por Alex, el amor de un hijo es el sentimiento más sublime que un ser humano puede experimentar y, en cualquier caso, nos hace mejores.

Con la intención de cambiar la conversación hacia otro tema más agradable, le pido que me siga contando del novio irlandés. El rostro se le transforma y con una expresión radiante me dice que no es su novio, es su prometido, lo del matrimonio es en serio y me da la gran noticia de que se casan en cuatro semanas, por eso necesita saber hasta cuándo me quedo en Venezuela. La noticia me hace muy feliz, me levanto y la abrazo.

Entre limonadas y más limonadas, me cuenta que se va a vivir a Irlanda después de la boda y que está dispuesta a renunciar al ejercicio de su profesión de tantos años para comenzar una nueva vida al lado de Harry, así se llama el irlandés; quien es un hombre de cuarenta y ocho años, divorciado, sin hijos, tan deseoso como ella de formar una familia y buscar tener al menos un hijo...

Al salir del restaurante veo el reloj, todavía nos quedan varias horas antes de que comience la misteriosa reunión familiar. Le pido el favor de ir juntas al cementerio para visitar a mamá. Verónica me asegura que con mucho gusto me lleva, que esta tarde su tiempo es para mí.

El cementerio es relativamente nuevo. Una extensa pradera de hierba verde con hileras de flores y de lápidas con el nombre del difunto, la fecha en que nació y en la que murió, y un pensamiento. No se permiten mausoleos ni nada por el estilo. Nos detenemos en una tiendita en la entrada y compramos dos ramos de rosas blancas, las flores preferidas de mi madre. Parqueamos el coche y caminamos hasta la parcela, en la cual papá también tiene su puesto reservado. El epígrafe sobre la losa de bronce dice: «Vivirás por siempre en nuestros corazones». Comento con tristeza que pronto habrá que cambiar el «Vivirás» por «Vivirán», y ella exclama que al menos mis padres formarán parte del pequeño porcentaje de matrimonios cuyos cuerpos descansan juntos al final de sus vidas.

Cada una toma un jarrón y en silencio caminamos hacia los grifos para llenarlos de agua, de regreso nos arrodillamos en frente de la lápida y colocamos con delicadeza las rosas en los floreros. Giro mi cuerpo y lo dejo caer sobre la hierba tibia recién cortada. Mi rostro le da la cara al cielo que nos cubre pacífico con un manto azul claro. Verónica hace lo mismo y se tiende a mi lado. La brisa nos acaricia con su perfume exótico de trópico, impregnada de emoción por la pronta llegada del crepúsculo que al caer la tarde volverá a aparecer grandioso.

Extiende su mano para sujetar la mía, me invita a cerrar los ojos y a orar juntas. Le confieso que prefiero dejarlos abiertos y mirar el cielo. Acostadas sobre el pasto fresco nos entregamos al silencio de la tarde, sumidas en nuestros pensamientos. Ambas orando, ella a un Dios cristiano, yo a un Dios universal, pero en definitiva orando a Dios, no importa de cuál tendencia o religión. Mis lágrimas comienzan a brotar, volteo la mirada y me doy cuenta de que ella, con los ojos cerrados, también está llorando. Le aprieto la mano y le doy gracias a Dios por haberme dado la bendición de conocer la verdadera amistad. También le pido a Dios que todas sus peticiones sean escuchadas, que Harry sea el amor por el cual ha esperado tanto y que sea un hombre que sepa amarla y valorarla. Después, le hago un resumen a mi madre de los últimos acontecimientos de mi alocada existencia y le repito lo mucho que la amo y extraño. Oro por la reunión de esta noche, que yo pueda estar a la altura de las circunstancias. Oro por mi padre, por un desenlace sin tanto sufrimiento para él. Oro por Salvador y Federico, para que Dios los proteja y bendiga, para que juntos continuemos siendo una familia en su nombre. Oro por la nana Matilde, por mis hermanas y sus respectivas familias. Oro por Venezuela, para que cese la inseguridad y la violencia que se ha desatado indiscriminadamente en los últimos años. Oro por la paz en el mundo entero. Por último, oro por mí, por todos los años que he vivido sin entender el porqué de esas voces, de las alucinaciones y oro por una señal que me haga entender la razón por la cual la Muerte me persigue con tanta insistencia durante estos días.

Un empleado del cementerio perturba nuestro ensimismamiento al acercarse para decirnos que están por cerrar. Nos levantamos apresuradas. De camino hacia el coche, me detengo un momento y ladeo el rostro para darle un último vistazo a las rosas, que lucen frescas y hermosas, como era la mujer cuyos restos descansan debajo de ellas.

—¡Apura el paso que aquí no queda nadie y es peligroso! —me grita Verónica, quien ya me sacó unos cuantos metros de distancia.

—¡Mejor corramos! —le respondo, cuando la alcanzo, la agarro por la mano y la jalo conmigo.

Me agobia el ver las estrategias que emplean las personas para protegerse del hampa común, que por desgracia es parte de la cotidianidad. Apenas te subes a un coche, lo primero no es ponerse el cinturón de seguridad, sino bajar los pasadores de las puertas. No debes andar con las ventanas abiertas porque en cualquier semáforo te pueden robar. Hay que conducir revisando constantemente el espejo retrovisor y, la mayoría de las veces, dar una ronda al lugar de residencia para cerciorarse de que no te vienen siguiendo. Por eso es que mi amiga, antes de estacionarse en la casa de mi padre, le dio una vuelta a la manzana. Un motorizado anduvo un largo tramo detrás; por fortuna, al nosotras doblar, él siguió de largo.

Ya parqueadas en la entrada, Verónica me dice con los ojos resplandecientes, que se va a su apartamento para llamar a su futuro esposo. Yo le aconsejo que disfrute de la etapa prematrimonial y que salude a Harry de mi parte, que además le diga que tengo muchas ganas de conocerlo, y a mi amiga le doy las gracias por haberme regalado hoy su tiempo. La beso en la mejilla y me bajo.

Desde la calle se escuchan los gritos y risotadas de todas mis sobrinas jugando en el jardín, la alegría me jala como un imán y entro corriendo. Federico, quien parece un rey entre tantas mujeres, al verme avanza directo hacia mí, balanceando su cuerpecito con sus pasos cortos. Lo alzo y lo lleno de besos. Mis sobrinas nos rodean y nos damos un abrazo colectivo, donde se mezclan brazos de todos los tamaños y manos con diversos grados de suciedad, siendo las más inmundas las de mi hijo, quien se debe de haber deleitado comiendo su plato favorito: ¡TIERRA!

—¡Federico! ¡Vamos directo a darte una ducha! —Y eso hacemos…

CAPÍTULO VII
LA TREGUA

Finalmente, la noche se posa sobre nosotros, y sobre mí un gran vértigo por la reunión que está a punto de comenzar. Como se había convocado en la biblioteca de la casa de mi padre, justo a las ocho de la noche, estamos sentados haciendo un semicírculo alrededor del escritorio las tres hermanas Santo con los respectivos maridos, excepto el mío. De derecha a izquierda yo soy la primera, usando la misma ropa con la que salí de la casa al mediodía. A mi lado está Isabel, lleva puesto un vestido casual azul celeste y un cinturón beige le entalla la cintura angosta, su atuendo combina a la perfección con un par de zapatos de tacón alto y un bolso *Gucci* del mismo color. Leonor lleva un conjunto de pantalón y blusa rosa vieja, sandalias doradas y el cabello sujetado en una cola, a su lado está Juan David, con un pantalón vaquero y una camisa de finas rayas de colores. Por último, con su porte arrogante y mirada distante, está Eduardo, lleva un traje veraniego de pantalón y chaqueta beige claro y camisa azul celeste, que hace juego perfecto con la atildada vestimenta de Isabel. «Dios los cría y ellos se juntan», pienso mientras los detallo.

El tío Leopoldo, luciendo muy formal con un traje azul oscuro, camisa blanca y corbata de un rojo sólido, está sentado detrás del escritorio, con las repisas de madera llenas de libros de fondo, y sujeta dos sobres entre sus manos. Comienza a hablar y su voz se apodera del lugar con su tono pausado y parsimonioso, dirigiendo una reunión mas de las muchas que ha presidido en su profesión de abogado. Pero ni su postura rígida, ni sus gafas gruesas de carey pueden contener la gran tristeza por la pérdida inminente de su mejor amigo. Nos aclara que el primer sobre lo va a abrir como el tío Leopoldo. Es un favor especial que le pidió papá y aunque se ha debido de develar para cuando Leonor cumpliera los cuarenta años, él quiere cerciorarse que se abra antes de morir. En cambio, el segundo lo leerá como el abogado de la familia Santo.

Toma el cortapapel y con cuidado lo rasga, con delicadeza saca una hoja amarillenta, cuya apariencia invoca el pasado y la cual al desdoblarla suelta un sutil aroma a agua de rosas. Luego, nos pregunta que a cuál de las tres hermanas Santo le gustaría leer la carta. Isabel, se levanta con premura, toma el papel entre las manos y al tenerlo frente a los ojos, estos se abren con expresión de asombro, respira profundamente y comienza a leer:

Mis queridas hijas Isabel, Sofía y Leonor:

Hoy estoy escribiendo estas líneas y mi pensamiento viaja al futuro que no podré presenciar: me las imagino convertidas en unas mujeres hermosas, conscientes de su gran valía como seres humanos, profesionales, casadas con unos hombres buenos quienes las aman por lo que cada una es, con sus hijos, quienes siempre serán mis nietos adorados sin importar dónde me encuentre.

¡Ese es mi gran sueño!

Para el momento que se lea esta carta, ya habrán pasado muchos años, y ya sea que estén casadas, divorciadas, solteras, viudas, o sean homosexuales, heterosexuales, profesionales o no, la realidad será el camino que cada una decidió escoger, con sus triunfos y derrotas, con sus aciertos y desaciertos, con sus ganancias y pérdidas. Mi corazón atesora la certeza de que el balance de cada una será positivo, sí sus elecciones fueron tomadas siguiendo la voz infalible de sus corazones. Todo pasa por una razón, y el lado brillante se puede encontrar en cada circunstancia, tal vez tengamos que darle muchas vueltas antes de verlo, pero tarde o temprano ¡la luz reinará!

La llama de mi vida se va apagando, siento que mis días aquí cada vez son menos. Hubiera podido rifar este crucifijo ahora, pero deseo guardarles algo de mí para el futuro, cuando el transcurrir de los años haya inevitablemente desvanecido mi recuerdo. Por eso, le pedí a su padre que las reuniera e hiciera esta rifa cuando Leonor cumpliera cuarenta años. Quiero volver a vivir entre ustedes a través de estas palabras, para ratificarles mi inmenso amor, el cual las acompaña y las cobija en todo momento. Hijas, estamos juntas en otro plano espiritual, y sigo viviendo en su mundo a través de cada una de ustedes.

Por último, recuerden que la felicidad es una elección, el perdón el mejor regalo para el alma y el éxito cada quien lo mide de una manera diferente. Para mí, el éxito está en el amor que sembramos, en las alegrías que cosechamos, en tener una conciencia limpia y poder mantener la frente en alto, en cuánta gente ayudamos con generosidad genuina, llevando un corazón compasivo para no juzgar, por el contrario, ver más allá y entender que todos estamos luchando por algo, y en contra de algo.

Hijas, cuando la luz de la existencia se apaga, lo único que trasciende es cuánto amor dimos.

Dios las bendiga.

¡Las adoro!

Su mamá, Sofía.

P.D.: ¡Feliz cumpleaños, mi pequeñita! Los cuarenta son una edad hermosa. Tienes la madurez suficiente para lidiar con los altibajos de la vida, y la apariencia física alcanza una belleza serena, cargada de carácter y aún conserva frescura de juventud. Disfruta, disfruta, disfruta...

Ahora la rifa: dentro del sobre hay otra hoja con una lista de veinte palabras, su papá las leerá y ustedes tienen que escoger una. La palabra ganadora está encerrada en un círculo y representa lo que siento en este momento.

Isabel baja los brazos con la carta entre las manos. Su rostro está bañado de lágrimas, al igual que el de Leonor y el mío; y unidas por el mismo sentimiento, las tres nos abrazamos. A pesar de los años, mamá logró su objetivo y hoy volvió a vivir entre nosotras. El tono de su voz finalmente resurgió del pozo hondo y sombrío del pasado y con sus palabras sabias y el aroma a rosas, ella también nos abrazó.

Pasados unos minutos, el tío Leopoldo, ya con la otra hoja en la mano, nos pregunta si estamos listas para continuar, a lo cual en coro respondemos que sí y nos sentamos de nuevo para escucharlo.

Comienza a leer despacio, pronunciando cada palabra con entonación y fuerza:

—Esperanza, Piedad, Amor, Perdón, Compasión, Alegría, Ternura, Paz, Dolor, Arrepentimiento, Gratitud, Miedo, Felicidad, Libertad, Nostalgia, Tristeza, Ansiedad, Resignación, Desprendimiento, Fe.

Cada palabra ha quedado flotando en el ambiente. Y me pregunto ¿cuál expresa lo que ella sintió, en ese momento tan crucial?, cuando sabía que a los cuarenta y siete años ya sus días estaban contados y que tenía que desprenderse de todo lo que amaba. Lo primero que se me ocurre es Resignación, pero mi mamá era una mujer muy luchadora para irse de este mundo resignada. La Nostalgia la desecho de inmediato, eso sería para ella una pérdida de tiempo junto con la Tristeza. Sé que su inquebrantable Fe le ganaría al Miedo, y al Arrepentimiento lo arroparía el Perdón, el cual ya hace tiempo debió de haber negociado con Dios.

La voz de mi hermana irrumpe en mis divagaciones.

—Libertad, su espíritu sin fronteras se liberó de su cuerpo enfermo y dejó libre su alma para volar —dice Isabel, convencida.

Todos posan la mirada sobre mí, esperando escuchar mi elección.

—Paz. Mamá murió en paz —determino.

Leonor, con los ojos húmedos y una media sonrisa impregnada de nostalgia, exclama:

—Gratitud. Eso fue lo que sintió en ese momento. Recuerdo cada mañana mientras conducía su coche para llevarnos al colegio, ella exclamaba: «Gracias Dios por este día» y cada una de nosotras repetía la misma frase, y luego nos decía: «Mis hijas, recuerden que la gratitud abre puertas inimaginables». Desde entonces, he asociado a mamá con la palabra Gratitud.

El tío Leopoldo le sonríe y le anuncia:

—Eres la ganadora del crucifijo.

Luego, se levanta de la silla y con una mirada paternal se acerca hasta ella y le entrega la caja de terciopelo color granate que contiene el crucifijo de brillantes, que tanto mamá como sus tres hijas usamos el día que contrajimos matrimonio, y ahora representa un símbolo de amor y de unión en la familia.

—Su papá les pide que sigan esta tradición con sus nietas.

—Y así lo haremos —asegura Leonor.

Isabel y yo asentimos con una sonrisa.

Ahora toca develar el contenido del segundo sobre, pero la inesperada carta nos dejó a todos ensimismados. Mis dos cuñados están cabizbajos, asimilando las palabras de la mujer que trajo al mundo a sus respectivas esposas, y a quien, no pudieron conocer en vida. Pero quien hoy hábilmente se las ingenió para burlarse del Tiempo, escaparse de la Muerte y llenarse de Vida, desempolvando con astucia y elegancia su recuerdo. Esa gran mujer logró reinar de nuevo en su casa y dejarnos a todos impregnados con su amor y con la frescura de su alma.

El tío Leopoldo toma de nuevo la palabra y nos cuenta que hace exactamente una semana, la nana Matilde lo llamó pidiendo que viniera a ver a mi padre, quien lo llamaba con mucha insistencia. De inmediato vino a verlo y lo encontró en su habitación, despierto y acomodado sobre la cama en posición fetal. Mi padre, sin decirle una palabra, sacó del fondo de la almohada un pedazo de papel, estiró el brazo para tomarle la mano y se lo colocó en la palma, la cual le cerró con una ráfaga de fuerza. Intuyó su deseo de privacidad y, con el puño cerrado, salió de la habitación y se fue de la casa. Una vez sentado en el coche leyó la nota, y al llegar a su oficina la guardo en un sobre, el cual permaneció cerrado hasta hoy.

—Entendemos, don Leopoldo, que ahora está usted hablando bajo su investidura de abogado y no dudamos de su integridad al manejar el contenido del sobre. Ahora puede proseguir y abrirlo —interviene Eduardo, con la clara intención de que obvie los detalles y lea la nota de una buena vez.

El rostro del tío Leopoldo emana ahora más preocupación que pesar, tiene la mirada apagada y sus facciones endurecidas, una rigidez motora se ha adueñado de su cuerpo, como si una parte de él rehusara abrirlo. Muriendo de la impaciencia por saber su contenido, soy yo quien le suplica que por favor lo abra.

Sin otra alternativa, lo rasga y saca un pedazo de papel medio arrugado, lo posa frente a sus lentes y lo acerca aún más para cerciorarse de lo que va a decir. Luego lo vuelve a alejar, hasta que lo lee despacio y en voz alta:

«Eutanasia una semana después de llegar Sofía».

—Noooooo, ¡papá nunca pediría una atrocidad como esa! —grita Leonor, y se cubre la cara con las manos y comienza a llorar. Juan David la abraza con premura.

Isabel se levanta, toma el papel de las manos del tío Leopoldo, lo detalla sin pestañear y afirma:

—Esta no es su letra, estos garabatos no los escribió mi padre.

Yo siento que me elevo con silla y todo, los mismos susurros me llaman por mi nombre y me apartan de allí. Ahora estoy en un cuarto todo blanco, donde no hay ni una ventana, me impaciento al sentir que el aire me falta, camino hacia la única puerta que vislumbro y en ese instante entra Vida.

—¿Sabes lo que tienes que hacer? —me pregunta con su voz de cuentos de hada.

—Impedir que los acontecimientos se aceleren y tomen el rumbo equivocado —respondo repitiendo textualmente las palabras que me había dicho el Tiempo.

—Tu papá no escribió esa nota —me asegura Vida.

—¡Lo sé! Eso iría en contra de todo lo que él es. Pero ¿quién lo hizo y por qué? —pregunto toda confundida.

Y como por arte de magia, Vida desaparece junto con el cuarto blanco.

—¡Sofía! ¡Sofía! —ahora es Leonor quien me llama— no podemos permitir que esta atrocidad se lleve a cabo. ¡Sofía, sal de tu mudez y di algo! —exclama sollozando.

Aún siento el agobio de no poder respirar, camino hasta la ventana de la biblioteca y la abro de par en par. Inhalo ansiosa el aire perfumado de jazmín, que proviene del árbol que está justo en frente de la ventana, su olor penetrante me devuelve al presente y me da fuerzas para hablar.

—Tío Leopoldo, estoy segura que esa nota no la escribió mi padre.

—Sofía, la recibí de sus propias manos y mi obligación como su abogado es velar que se cumpla su voluntad, aunque esto vaya en contra de mis principios morales y religiosos —confiesa con pesar.

—Yo estoy de acuerdo, lo importante ahora es que se cumpla la voluntad del doctor Gustavo Adolfo y es una pérdida de tiempo ponerse a estas alturas a especular en relación a la autenticidad de la nota —interviene mi arrogante cuñado.

—Eduardo, esto es algo que debemos decidir nosotras como hermanas —dice Isabel con determinación, clavando sus ojos azules en los de su marido.

Luego, en un tono muy amable le pide al tío Leopoldo y a mis cuñados, que nos permitan unos minutos a solas. La nana Matilde aparece con una bandeja lista para servir café, pero Eduardo afirma que necesita un trago y los hombres se van a la sala.

Aunque por diversas razones, las tres hermanas coincidimos en que papá no escribió esa nota y que no vamos a permitir que la eutanasia se lleve a cabo. Ahora necesitamos encontrar un argumento para sustentar nuestra decisión y este se me viene a la mente justo cuando los caballeros hacen su entrada de nuevo a la biblioteca.

—Señores, la nota dice: «Eutanasia una semana después de llegar Sofía». Yo he estado aquí solo dos días, así que propongo otra reunión en cinco días para tomar una decisión.

—Me parece justo y razonable —asegura el tío Leopoldo, dejando aflorar una sonrisa, que de inmediato relaja la tensión muscular que se había apoderado de él durante la reunión.

Todos, excepto Eduardo, quien aún mantiene un dejo de urgencia en la mirada, nos despedimos con los rostros más relajados. Como si esta tregua nos quitara un gran peso de encima, hasta el ambiente se ha impregnado de paz, de una paz algo incierta, pero que ha hecho que la casa pare de llorar y la tierra de temblar.

CAPÍTULO VIII
INQUIETUDES

Abro los ojos sobresaltada pensando en la Muerte, en Vida y en el Tiempo, añorando de ellos una respuesta razonable. Pero la lucha interior me embarga, tengo la duda de si estos personajes son reales o yo me los estoy imaginando. La mayor parte de la noche la pasé tratando de encontrarle la lógica a este embrollo, pero fue en vano, no le hallo sentido a nada, ni consigo atar los cabos sueltos. ¿Por qué la Muerte me persigue? ¿Por qué la Muerte andaba con Alex Amin y quiere que yo salga con él? ¿Cuál es el rumbo correcto que deben de tomar los acontecimientos? ¿Quien escribió la nota de la eutanasia y por qué? ¿Qué tiene que ver Eduardo en todo esto? ¿En dónde está el límite, entre lo real y lo imaginario, de lo que estoy viviendo?... Pregunta tras pregunta, que intrincan el camino aún más, sin permitirme atisbar una salida a este laberinto.

Desde la cama vislumbro la luz del día asomándose forzosamente en el horizonte. Sin embargo, siento la esperanza que trae un nuevo amanecer palpitando detrás del cielo encapotado. La voz del Tiempo me llega de lejos y me dice que en mis manos está la decisión de qué voy hacer con él.

—Aprovecharte —le respondo en voz alta.

Me levanto, me aseo con prisa y me visto con un *short*, una camiseta de hacer ejercicio y me calzo las zapatillas de deporte, el cabello me lo recojo en una cola.

Tomo las llaves que están en la consola de la entrada y salgo de la casa sin que nadie se dé cuenta. La brisa al verme me envuelve con su frescura y perfumada de jazmín, me da los buenos días.

Comienzo a caminar sin saber con exactitud a dónde ir. Mis pies se van moviendo cada vez más deprisa y sin pensarlo estoy corriendo. La ciudad sigue medio dormida mientras yo corro. Pasados unos quince minutos, mi cuerpo comienza a sentir el agotamiento que me causa el hacer un poco de ejercicio, pero lo ignoro y continuo corriendo. Ya han empezado a caer gotas de lluvia y se mezclan con mi sudor. La brisa me va siguiendo el paso, mientras yo me desplazo con tanta velocidad que los pies apenas tocan el pavimento. Hasta que mi corazón se enloquece y paro de correr. Inhalo bocanadas de aire, las cuales mis pulmones desinflados reciben ansiosos, y poco a poco, voy recuperando el aliento. Me doy cuenta de que estoy en frente del colegio católico San Vicente de Paúl, donde estudié desde la educación preescolar hasta que me gradué de bachiller.

La lluvia ya me ha emparamado, pero como en el trópico los chaparrones no entumecen los músculos tan rápido, no le presto atención. Comienzo a caminar la entrada larga del colegio, rodeada de estiradas palmeras que pretenden tocar las nubes. El día apenas se despereza, la gente y su bulla aún no se asoman. Detallo la infraestructura, que sigue igual a como la recuerdo desde que estudié en sus aulas hace veintitrés años. A la izquierda está el preescolar, con un patio amplio sembrado de árboles cargados de hojas verdes y de flores de acacias. Le sigue la casa donde viven los padres paulinos, y en frente se levanta el edificio central de tres pisos que se divide en tres áreas: las aulas de secundaria, las oficinas de la dirección en el centro y las aulas de primaria. El salón múltiple donde se celebran las primeras comuniones, graduaciones, presentaciones y reuniones, le da la cara a los salones de la primaria. Y detrás del edificio central, está la cancha de fútbol y de baloncesto.

Los recuerdos comienzan a aparecer uno tras otro, como si una máquina de diapositivas estuviera frente a mí, pasando imágenes de esa época.

Aunque solo tenía cuatro años, me acuerdo claramente de mi primer día de colegio, cuando llegué al salón de clase de la mano de mi madre, usando un uniforme de camisa de algodón roja con el escudo del colegio bordado en relieve en un costado y un pantalón azul marino. También recuerdo que a la edad de cinco años, me autoincluí en un baile de payasos de mi clase, en el cual la maestra no me seleccionó como participante, pero yo le dije a mi mamá que me tenía que comprar un disfraz de payaso para un baile del colegio. El día del acto llegué con un trajecito blanco con lunares azules y rojos, un sombrero puntiagudo y la punta de la nariz pintada con un círculo rojo enorme. La maestra, sorprendida, le dijo a mi mamá la verdad, que yo no formaba parte de ese baile. Ella, también sorprendida de mi ocurrencia, le respondió:

—La tendrá que poner a bailar en una esquina del escenario, porque es obvio que quiere participar en este acto.

Y así sucedió.

Una vez en la casa, mi mamá me sentó sobre las piernas y sus palabras se quedaron grabadas en mi memoria:

—No estuvo bien la mentira, eso no lo vuelvas hacer. Pero conserva siempre la valentía de hoy para luchar por lo que quieres. Bailaste precioso y estoy muy orgullosa de ti.

La anécdota debió de haber llegado hasta la secundaria, porque de allí en adelante, me incluyeron en todos los bailes del colegio.

La lluvia cesa y comienzo a sentir frío con la ropa mojada pegada al cuerpo. Decido darle una vuelta al colegio y regresar a la casa. Lo recorro recordando una anécdota tras otra, de esos largos años de infancia y adolescencia que pasé en cada salón, en donde el tiempo transcurrió muy lento y cada año era una eternidad, porque no tenían la premura de la madurez donde se vive contra el reloj y los años se esfuman ante nuestros ojos azorados. Al contrario, en esa etapa, cada año se celebra con una gran ilusión y es maravilloso hacerse más grande, más viejo y más independiente, miramos a los de los grados superiores con anhelo y algo de envidia, como si la cantidad de años atesorados fuese el pasaporte que necesitamos para liberarnos del yugo de los padres, y por fin, poder hacer lo que nos dé la gana.

Ya por terminar mi recorrido, veo salir de la residencia en donde viven los curas a un anciano. Camina con pesadez y arrastra los pies. Apostando a que puede tratarse de uno de los padres que me dio clases, me acerco para saludarlo. Cuando ya estoy a unos pocos pasos, me doy cuenta que es el padre Gómez, a quien recuerdo como el más estricto, quien me dio clases de Biología en cuarto año de bachillerato y quien se encargaba de dar los pases de entrada cuando llegabas tarde al colegio. Los años le han caído encima sin compasión, su cuerpo jorobado tiene la forma de un bastón. Desde las sienes le salen una hilera de pelos blancos formando un semicírculo en la cabeza. Su rostro es un mosaico de arrugas de diversas longitudes y pliegues colgantes, de pecas de diferentes tamaños y de marcas enrojecidas. Los párpados le caen en cascadas sobre los ojos pequeños, desde donde se escapa una mirada desteñida. De la parte posterior de las orejas le salen unos tubos finos que le llegan al interior de los oídos.

Me paro en frente y lo saludo con un tono bien

subido:

—¡Padre Gómez! ¿Cómo está? ¡Yo soy Sofía Santo, exalumna del colegio! ¿Se acuerda de mí?

—Sofía, ¿por qué gritas? —me pregunta con la mirada extraviada pero con una voz bien firme.

—Disculpe padre, pensé, por los aparatos en la orejas, que no podía escuchar bien —digo apenada por mi torpeza.

—Esa es la razón por la cual los uso, para poder escuchar —me dice en tono burlón—. Te oigo perfecto, ¿Cómo estás, Sofía? ¿Qué ha sido de la vida de las hermanas Santo? —inquiere interesado, demostrando que los años no le han mellado la memoria.

Me pregunto si estará ciego, pero no lo menciono en voz alta para no cometer otra imprudencia.

—¿Por qué no esperaste que dejara de llover para salir a caminar o andas buscando pescar un resfriado? —me pregunta con aire protector.

Después señala un banco que está cerca de nosotros, saca de su bolsillo un pañuelo para secar el agua apilada y nos sentamos. La precisión en sus movimientos me indica que no está ciego.

Comienzo a contarle de mi vida y la de mis hermanas, lo que estudiamos en la universidad, dónde vivimos, los maridos que tenemos, cuántos hijos… Me escucha con la paciencia propia de los ancianos, quienes desde hace mucho dejaron de administrar el tiempo basándose en la productividad que les proporciona. Por el contrario, anhelan la compañía de alguien, quien a punta de historias ajenas les ayude a llenar las largas horas de su existir.

El colegio se va llenando de gente mientras yo le estoy narrando mi monólogo, hasta que le menciono la enfermedad de mi padre y el estado terminal en el cual se encuentra.

—Hija, cuánto lo siento —expresa conmovido por la noticia—. Ahora es solo cuestión de esperar la hora de su partida y para eso deben de prepararse.

—Padre, yo pienso que ya estamos preparados, en lo que todos coincidimos es en que no queremos verlo sufrir más.

—Entonces no están preparados —me asegura—. Hija, la razón de la cruz de Cristo es que todo sufrimiento humano sea vivido en Dios, eso hace que no sea estéril, sino que desata la fuerza de liberación del Espíritu Santo, convirtiéndolo en un hombre nuevo ante la puerta de la resurrección. El esperar el momento de su muerte puede ser un camino largo de mucha aflicción y los familiares necesitan fortaleza espiritual para poder acompañar al enfermo y ayudarlo con paciencia y amor a recorrer ese último camino para encontrarse con Dios. Las enfermedades se pueden ver como una oportunidad para participar en la pasión del Señor, redimir nuestros pecados y purgar el alma. Ofrecer ese dolor para librar a otros de padecer lo mismo. Dios no manda las enfermedades, pero enaltece a quienes las viven con dignidad. A tu padre lo recuerdo como un hombre creyente y de un gran corazón. Por eso me atrevo a asegurar que él está manejando su situación mucho mejor de lo que ustedes piensan.

La palabra eutanasia me cruza el pensamiento, pero por supuesto, preguntarle su opinión acerca de ese tema está de más, la Iglesia católica está en contra de esa práctica y la considera simplemente un suicidio asistido. Decido borrar la palabra de mi cabeza por el momento y concentrarme en la conversación.

Hablar con este sacerdote me llena de paz y me inyecta algo de positivismo ante la situación de mi padre. Se me ocurre preguntarle si le gustaría venir conmigo a la casa para visitarlo y le ofrezco pasar a buscarlo a la hora que él pueda. Me dice que iba saliendo a su caminata matutina cuando me encontró, y que si mal no recuerda, la casa de los Santo está muy cerca de aquí, que podemos ir ahora mismo, y me pregunta con su voz solemne que si ya le impusieron el sacramento de los santos óleos. Yo le confieso que no sé, pero eso es fácil de averiguar, y que la casa es la misma de siempre. Me pide que lo espere mientras va por su maletín para irse preparado y de repente, el padre Gómez me parece más joven que cuando lo vi esta mañana, las apariencias engañan.

Dejamos atrás el colegio, caminando despacio pero a un ritmo constante, sin parar de hablar y sin darnos cuenta, llegamos. Lo conduzco hacia la sala principal y lo invito a que tome asiento. Le pregunto si le apetece desayunar, pero se niega y me confiesa que él no sale a ninguna parte sin antes tomar su desayuno. Lo que me pide es un vaso con agua y que me dé una ducha de inmediato, antes de que me resfríe por aguantar tanto tiempo con la ropa mojada.

La nana Matilde está en la cocina con cara de preocupada, y apenas me ve, quiere saber para dónde me fui tan temprano con semejante aguacero. Le aseguro que cuando salí no estaba lloviendo y le cuento en dónde andaba.

—Niña Sofía, tiene que *tené cuidao*, en este país las cosas están muy peligrosas. Ayer escuché en la radio el caso de una tal Carmencita Angulo, que desapareció de la faz de la Tierra desde hace cinco días y nadie sabe en dónde está. Lo que a mí más me da susto es que yo escuché clarito cuando el marido decía que la última vez que la vio, ella le dijo que iba a la casa de una amiga que vive en este vecindario, y de allí no ha dado más señales de vida. Esa señora desapareció aquí mismito, en este vecindario.

—No será que la mujer quería separarse del marido y se está haciendo la desaparecida —le digo bromeando.

—No mi niña, esto es serio y ya le dije que pasó

en este mismo vecindario —me reitera.

Para tranquilizarla, le prometo que voy a tener mucho cuidado y le pregunto que si ya a papá le impusieron los santos óleos. Me dice que Leonor viene en camino, ella estaba esperando que yo llegara para buscar a un cura.

—Bueno, ya yo conseguí uno, el padre Gómez está en la sala esperando un vaso con agua.

—Vaya y se cambia, que yo le llevo el agua al cura.

Me ducho y me visto rápido con un fresco y cómodo vestido de lino blanco. Al regresar a la sala me encuentro al padre rodeado por Leonor, mis sobrinas y Federico, quien apenas me ve comienza a llorar, como si al verme, se diera cuenta de que soy su madre y que lo he abandonado. Lo cargo y lo acaricio hasta que las ganas de jugar con las primas le ganan al llanto y él mismo se libera de mis brazos. Me sumo a la conversación, que estaba muy amena, hasta que Leonor, de la nada, toca el tema de la eutanasia, preguntándole que cuál es su opinión personal al respecto. En un instante, los ojos del padre cobran vigor y salen impresionados de sus arrugados párpados ante la pregunta descabellada de Leonor, quien, por cierto, es la católica más practicante de la familia y la respuesta la debe saber de memoria, porque es una sola: suicidio.

El padre Gómez se aclara la voz y en tono pausado verifica la pregunta:

—¿Lo que tú quieres saber es mi opinión personal acerca de la eutanasia?

—Sí padre, como persona, no como sacerdote —especifica.

—Hija, yo soy un hombre de ochenta y cuatro años, quien le entregó la vida a Dios desde los dieciséis años, por eso todas mis creencias y opiniones se han forjado bajo mi condición de sacerdote.

El padre es muy honesto, a estas alturas de su vida

no debe de tener ni un solo recuerdo ni una sola opinión como persona separada de su sotana. Sin embargo, se toma unos segundos para pensar. Saca unas gafas y un libro de su maletín, lo abre y comienza a hablar en su tono catedrático.

—Leonor y Sofía, la encíclica *Evangelium Vitae* del papa Juan Pablo II, cita de manera textual que: «La eutanasia es una grave violación de la ley de Dios, en cuanto eliminación deliberada y moralmente inaceptable de la persona humana. Esta doctrina se fundamenta en la ley natural y en la palabra de Dios escrita; es transmitida por la tradición de la Iglesia y enseñada por el magisterio ordinario y universal. Semejante práctica conlleva, según las circunstancias, la malicia propia del suicidio o del homicidio».

Leonor continúa con sus preguntas e inquiere si la encíclica dice algo acerca de las personas que colaboran con la eutanasia. El padre Gómez responde con el mismo tono y afirma que la encíclica emplea palabras muy claras en este aspecto, y lee: «Compartir la intención suicida de otro y ayudarle a realizarla mediante el llamado suicidio asistido significa hacerse colaborador, y algunas veces autor en primera persona, de una injusticia que nunca tiene justificación, ni siquiera cuando es solicitada. No es lícito, escribe con sorprendente actualidad san Agustín, matar a otro, aunque este lo pida y lo quiera y no pueda ya vivir… para librar, con un golpe, el alma de aquellos dolores, que luchaba contra las ligaduras del cuerpo y quería desasirse. La eutanasia, aunque no esté motivada por el rechazo egoísta de hacerse cargo de la existencia del que sufre, debe considerarse como una falsa piedad, más aún, como una preocupante perversión de esta. En efecto, la verdadera compasión hace solidarios con el dolor de los demás, y no elimina a la persona cuyo sufrimiento no se puede soportar. El gesto de la eutanasia aparece aún más perverso si es realizado por quienes, como los familiares, deberían asistir con paciencia y amor a su allegado, o por cuanto, como los médicos, por su profesión específica, deberían cuidar al enfermo incluso en las condiciones terminales más penosas».

Leonor escucha al padre con total atención, como si estuviera memorizando cada una de sus palabras. Yo mientras tanto, pienso en la Muerte, y de repente, la mirada ansiosa de Eduardo, la noche anterior, explota de la nada...

Por último, el cura mira el reloj y pide ver a papá. Leonor y yo lo conducimos a su habitación. Se detiene en la entrada y nos pide que le demos unos minutos a solas con él. El padre entra con su maletín. Leonor cierra la puerta para darle más privacidad y las dos nos regresamos a la sala.

—No sé, pero a mí me pareció fuera de lugar la posición de Eduardo durante la reunión —manifiesto.

—Sabes lo práctico que es nuestro cuñado.

—Yo lo llamaría falta de escrúpulos.

—No me digas que estás pensando que Eduardo es el autor de todo esto —dice Leonor.

—Es obvio su interés en que esta situación acabe rápido —confieso.

—Sí, pero no creo que llegue a tanto, ¿de dónde puede haber salido esa nota? —pregunta con el rostro desencajado.

—De dónde proviene no es lo que más importa ahora. Lo que sí es que bajo ninguna circunstancia vamos a permitir que la eutanasia se lleve a cabo. Así tenga que traer a la misma Muerte para que se lleve a papá de la mano.

Leonor arquea la ceja izquierda con una mirada recelosa, como si estuviera hablando con una demente. Bueno, al fin de cuentas, eso no es raro porque siempre he sido la incoherente de la familia.

Pasados unos veinte minutos, el padre Gómez llega a la sala en donde lo estamos esperando. Nos asegura que papá está lleno de paz y, con aire satisfecho, nos anuncia que ya le impuso los santos óleos. Le pido disculpas por mi ignorancia, ya que tengo una idea pero quisiera saber el verdadero significado de los santos óleos. Con paciencia nos explica que los Jueves Santos, los obispos bendicen tres aceites llamados santos óleos, que el sacramento se impone con la intención de producir un efecto en la persona, ya sea para darle fuerza para sobrellevar la enfermedad, alivio de los síntomas, sanar completamente, o como una ayuda para dejar en paz esta vida, por último, nos asegura que a papá se los impuso buscando este último efecto.

Le estrecho la mano y le doy las gracias. Le confieso que me encantó verlo y que quiero que sepa que me llenó de paz con su visita. Leonor hace lo mismo.

—Dios las bendiga —nos dice regalándonos una sonrisa dulce de abuelo, y nos promete que rezará para que Dios nos llene de mucha fortaleza para afrontar este momento.

Se marcha junto con mi hermana, quien se ofrece a llevarlo en el coche de vuelta al colegio.

Las inquietudes vuelven a ronronear en mi interior, empeñadas en aturdirme y consumirme. Como ratas cegatas atrapadas en el laberinto de mi ser, se atropellan unas con otras buscando arrancarme el soplo de sosiego que me dejó el padre. Me doy la media vuelta y me enfilo hacia la cocina, con la intención de apaciguarlas con un café y unas migas de pan.

CAPÍTULO IX
LOS FANTASMAS DANZARINES

Agoté el día entre acompañar a mi padre y jugar con mi hijo. Transcurrió sin novedad, hasta que a las seis en punto de la tarde, tocan el timbre de la casa.

La nana y yo estamos conversando en la cocina, mientras le estoy dando de comer a Federico.

—Ese debe de ser Alex Amin —afirmo distraída.

Apenas menciono su nombre, la nana pone una cara de terror, como sí yo hubiese invocado a un fantasma maligno.

—¿A qué viene ese pájaro de mal agüero? —pregunta disgustada.

—Nana, solo quedé en cenar con él. ¿Lo haces pasar, por favor? —le pido sin más explicación.

Masculla algo que no logro entender y a regañadientes se va a abrir la puerta, dejando aflorar la antipatía que siente por Alex.

Yo continúo dándole de comer al tremendo de Federico, quien mientras toma una porción, mete las manos en el plato y me lanza sopa en la cara y en el vestido; y así, entre una cucharada que logro meterle en la boca y las otras que me echa encima, termina la batalla campal de alimentarlo. Salpicada de crema de zanahoria, salgo al encuentro del hombre a quien hace diez años consideré el amor de mi vida. Pero al verlo de nuevo parado en la sala de la casa, vestido muy elegante con un traje azul oscuro y corbata, me parece un perfecto extraño. Definitivamente, los años no pasan en vano...

—Lo siento Alex, pero yo no estoy lista. ¿Puedes esperar a que me cambie? —le pregunto como saludo.

—Yo no tengo ninguna prisa, pero si te tardas más de una hora, perderemos la reservación del restaurante —me advierte mientras se acomoda en el sofá.

—No creo que necesite tanto tiempo —le aclaro.

Me ducho con calma y aprovecho este momento de privacidad, si es que no se me aparece una de las místicas personalidades en el cuarto de baño, para encontrar en mi memoria la razón por la cual compartí con Alex casi cinco años de mi existencia. En el empeño de recordar, me van llegando imágenes de algunos momentos bonitos, pero la balanza se inclina al lado de los recuerdos tristes, de llanto, zozobra y decepción.

Recuerdo que lo amé. Primero, por caprichosa. Segundo, por ilusa. Y al final, por la descabellada idea de que yo lo podía cambiar; creí que con amor iba a lograr que se convirtiera en el hombre que yo añoraba tener a mi lado. Por supuesto, todas esas insanas razones con el tiempo fueron cayendo por si solas. También recuerdo que nuestra relación fue muy apasionada, lo cual nos nublaba el entendimiento y distorsionaba la realidad, que era tan sencilla: ¡no éramos el uno para el otro!

Me estoy dando todo el postín para vestirme y escudriñando con calma en el armario lleno de ropa que ya olvidé, encuentro un vestido negro y otro rojo. Me los pruebo sin entusiasmo y sin prisa. El rojo lo descarto de inmediato, está muy llamativo. Me dejo el vestido negro, entubado al cuerpo hasta las rodillas, con un discreto escote en forma de V en la espalda. ¡Sí!, este es una buena elección, ya que el color negro concuerda con mi estado de ánimo y disimula mejor mi pancita posparto, la cual tiene todas las intenciones de quedarse conmigo para siempre porque yo no hago nada para que se vaya. Por último, desempolvo unos zapatos negros de plataforma y tacón alto, que deben de tener por lo menos doce años arrumados en este armario, pero como la moda se repite, ahora están en pleno furor y un bolso de cuero del mismo color. Con malicia, me pinto los labios de rojo carmín, le coloco máscara negra a las pestañas y me perfumo con Chanel N.º 5. Me seco el cabello con el secador y lo dejo caer suelto sobre los hombros.

Llamo a Salvador a Toronto y lo pongo al tanto de los últimos acontecimientos, incluyendo la salida a cenar con mi exnovio, quien me está esperando sentado en la sala principal de la casa.

—Le debo una explicación, eso es todo —le aseguro.

—Tú no le debes nada —dice irritado.

—Toda persona tiene derecho de saber por qué se le ama y por qué se le deja de amar.

—Recuerda que yo te amo. Hablamos mañana —se despide malhumorado y cuelga el teléfono.

Miro el reloj y me doy cuenta de que Alex ya lleva una hora esperando. Tomo el bolso y apresurada dejo la habitación. Detengo mi carrera en la mitad del corredor, me plancho el vestido con las palmas de las manos para asegurarme de que todo este en su sitio y con pasos sosegados salgo a su encuentro.

—Pensé que te habías escapado de nuevo a Italia —masculla entre dientes.

—Lo siento, Alex, pero entre nosotros desde hace mucho tiempo se acabaron las escapadas —le digo con una sonrisa rociada de ironía.

—Miss Simpatía, valió la pena esperar. Estás muy bella —me dice en tono galante—, pero la reservación del restaurante la perdimos.

—Disculpa la espera, ¿qué te parece si vamos a otro sitio donde no se requiera reservación? —le propongo en tono amigable.

—Vamos de todos modos. Allá me conocen y estoy seguro de que podrán hacer una excepción.

Llegamos al restaurante, localizado en el tope de la alta Torre David, desde donde se aprecia una vista panorámica de la ciudad de Barquisimeto. No perdimos la reservación y nuestra mesa nos aguarda tendida de manera exquisita, junto a un ventanal de cristal. Nos sentamos, y el rocío escarchado entorno a la hielera ubicada a un costado, me dice que esa botella ya tiene un buen rato esperando. El camarero diligente se la muestra antes de descorcharla, la abre con destreza y le sirve un trago. Alex cata la champaña y hace un gesto de aprobación. Luego, la envuelve con una servilleta de tela blanca, la sirve en las dos copas que están sobre la mesa, la coloca de nuevo en la hielera y se marcha sonriente.

Mientras nosotros brindamos y bebemos *Moët et Chandon,* abajo está la ciudad, estupendamente brillante por el juego de luces, encubriendo detrás de esos destellos la gran cantidad de niños que duermen a la intemperie sobre cajas de cartón, sin un bocado de comida y sin porvenir. Una suave neblina impregna la noche con un toque de melancolía y cubre con un manto grisáceo la verdad de lo que allí habita. Pero desde lo alto, las cosas lucen perfectas y se aprecian de una manera más poética. El silencio y la quietud se perciben como si todos los habitantes durmieran satisfechos. La planicie, con un casco urbano bien planificado en cuadrícula, da la impresión de que la tierra está repartida con equidad. El siempre verde valle del Turbio, con su manso río del mismo nombre, que bordea la ciudad por el sur y el oeste, ahora están sumidos en la penumbra, pero al amanecer reaparecerán para formar un paisaje monumental.

Sentada en frente de Alex, siento que no tengo prisa de nada, ni siquiera de iniciar una conversación.

Bebo otro sorbo de champaña y me dedico a detallarlo, él por su parte también me observa con detenimiento. Tal vez ambos necesitamos unos minutos para asimilar que en realidad estamos sentados uno frente al otro y para adaptarnos al hecho de vernos de nuevo. El silencio que se ha apoderado de nosotros no es incómodo. Al contrario, lleva impreso la complicidad que inevitablemente se instala en las parejas que alguna vez se acariciaron y de una u otra forma se amaron.

Le suena el teléfono y me pide que lo disculpe, pero que tiene que atender la llamada pues es de un negocio que está cerrando. Se queda sentado mientras habla con el cliente con la mirada puesta sobre mí. En lugar de observar al hombre que tengo en frente, me llega a la mente la imagen del Alex de hace quince años. Era un tipo con una estatura de un metro ochenta y tantos centímetros, pelos en el pecho y caminar erguido. De cabellos gruesos negros, cortados al ras; piel blancuzca; rostro cuadrado de pómulos amplios con marcas por el acné que sufrió en la juventud; ojos hundidos de color marrón y mirada nostálgica; nariz tosca, labios delgados y buena dentadura. Su personalidad tenía pinceladas de arrogancia y terquedad, independiente y reservado. Muy sincero tanto en las palabras como en los hechos, no hablaba por hablar, ni prometía lo que no podía cumplir. Todo eso atrincherado dentro de un hombre inteligente, apasionado, y que cuando se lo proponía, podía llegar a ser muy simpático.

Esa mezcla fue para mí una pócima fatal, que al principio probé con resistencia, luego me embriagó por un tiempo sumergiéndome en una montaña rusa de vértigos, pero al final me dejó la boca seca y el corazón en pedazos.

El día en que Verónica nos presentó en el bufete de su padre, me cayó muy pesado, pero su mirada intensa me perturbó y su indiferencia me retó. Confieso que antes de conocerlo, mis pocas experiencias amorosas habían sido platónicas, con muchachos buenos, de mi edad, que se acercaron a mi mundo con las mejores intenciones. Alex era cinco años mayor que yo, y representaba al «chico malo» que me tentaba. Era todo lo contrario a lo que, hasta ese momento, yo había conocido, y con mis propios pies caí en sus redes.

Comenzamos con un romance sin ataduras, nos veíamos en cenas casuales, nos hablábamos por teléfono de vez en cuando, lo que hizo que, mientras él menos se involucraba, yo más me interesaba. La atracción fue creciendo y también la intensidad de los encuentros, nos besábamos y acariciábamos, aunque a la luz pública éramos solo amigos. Así transcurrieron un par de meses, hasta que, manteniendo el bajo perfil de la relación, comenzamos a hacer el amor. Sus manos experimentadas sabían lo que hacían, y como un gran guitarrista compuso con mi cuerpo melodías fascinantes, despertándome una sensualidad desconocida y desbordante. Los encuentros se hicieron más frecuentes, inventamos nuestro propio tiempo, donde sesenta minutos dejaron de ser una hora, ya que eso no nos alcanzaba. En la fascinación de explorarnos, tocarnos, acariciarnos, perdimos la noción de la realidad y llegamos a confundir el sexo con el amor. Por eso no nos importó que fuésemos tan distintos en todo lo demás y así fuimos alimentando una relación, donde pensamos que la pasión podía intervenir en nuestras diferencias y hacer que nos lleváramos bien. En la intimidad nos entendíamos a la perfección, pero en el mundo exterior teníamos diferencias irreconciliables, gustos, creencias y maneras de pensar distintas, metas que iban en dirección contraria. En todo este desbarajuste de opuestos, a Alex le afloraron los «celos», y a mí, la descabellada idea de que «yo lo iba a cambiar», tal vez esto se justifica por la inmadurez de la edad, solo tenía veinticinco años. Después, la relación tomó otro rumbo y nos hicimos novios formales, cosa que a nadie le cuadraba ya que ellos desde fuera, veían con claridad el abismo que nos separaba.

—Síguelo manteniendo en la clandestinidad —me insistía Verónica—. Ustedes dos no pegan ni con cola y cuando la calentura se les baje, te vas a dar cuenta de que tengo razón.

—Pero tú te divorciaste por falta de calentura en tu relación, así que pienso que eso es fundamental en una pareja —le dije sin ánimos de ofenderla.

—Claro que es muy importante tener una buena relación sexual, pero también la compatibilidad fuera de la cama. ¡Es vital!

—Y la teoría de que los polos opuestos se atraen —le refutaba, en mi loco anhelo de que lo mío con Alex pudiera llegar a ser una relación de esas que crecen y se mantienen a través del tiempo. No imaginaba en ese entonces, que después de cinco años reconocería que Verónica y todos los demás estaban en lo cierto.

—Eso es relativo y allí tienes que estar muy clara de cuánto de ti quieres moldear y sacrificar para complacer y adaptarte a los gustos del otro. Lo que yo veo peor entre ustedes dos, es que ambos están empecinados en la utopía que van a cambiar al otro. Tal vez fuese mejor que, por lo menos, pusieran la relación en un plano más real y comenzaran por respetar sus diferencias y tratar de vivir con ellas, a ver cómo les va.

Y así lo hicimos... Yo siempre he sido una persona extrovertida, que me gusta conversar y hacer nuevas amistades, por él traté de volverme introvertida y distante, para evitar sus ataques de celos. Me encanta viajar por placer y conocer nuevas culturas, pero a Alex le fastidiaba a menos que fuese por negocios, entonces me convencí a mí misma de que el viaje a Europa que hice con mi familia a la edad de dieciséis años y otros cortos viajes a los Estados Unidos ya me habían dado la oportunidad de ver el mundo y que con eso era suficiente. Me fascina bailar, pero a Alex no le gustaba, entonces me conformé con mirar a las otras parejas bailar en las fiestas a las que asistiamos juntos. Me apasiona el arte pero como Alex lo encontraba aburrido, me resigné a disfrutarlo por mi cuenta, casi que a escondidas. Creía en el matrimonio, para mí, representaba un hermoso compromiso basado en el amor, en la admiración y en el respeto mutuo. Para Alex, eso del matrimonio era un parapeto innecesario inventado por la sociedad, él no quería ataduras legales con nadie y con vivir juntos bastaba; en ese aspecto no cedí y cada uno se mantuvo viviendo en su respectiva casa. Yo vengo de una familia donde el afecto se expresa abiertamente con palabras y gestos, Alex proviene de una familia seca y hermética, donde se trataban con tanta distancia que parecían un grupo de extraños compartiendo el mismo techo; eso no lo cambié y él se sentía perdido entre tantas manifestaciones de cariño. Yo creo en Dios, él era ateo.

En fin, nuestras diferencias no eran tan simples como que a Alex le gustaba el color negro y a mí el blanco, entre si uno era amante de las carnes rojas y el otro vegetariano, entre si a uno le gustaba el campo y al otro la playa… ¡NO! Eran diferencias en la esencia de cada uno como ser humano, en nuestras creencias, en nuestras costumbres y sueños.

Tantos cambios me convirtieron en una persona desconocida, hasta para mí misma. La Sofía que se había armado a punta de renuncias no era yo y un día me miré en el espejo y no me reconocí. Había perdido tanto peso que la ropa me colgaba, porque el aparentar lo que no eres requiere un gran consumo de energía. La mirada la tenía triste, se me había ido el brillo de los ojos, ese que se irradia cuando se vive haciendo lo que amas y tratando de alcanzar tus sueños, no escondiéndote de ellos. Sentía un hueco en el alma, la cual había vaciado de tanto dar, entonces traté de encontrar la rabia, pero resulta que también se había ido y cuando me di cuenta que ya no quedaba nada de mí, por fin entendí que no se trataba de negociar, de intentar, de ceder. ¡Se trataba de que cada uno tenía que buscarse otra persona! Pero primero tenía que encontrarme a mí misma, crearme de nuevo, salvar mi identidad y volver a amarme sin límites; y todo ese trabajo lo tenía que hacer ¡YO SOLA!

Por eso, esa tarde mientras conducía en medio de una lluvia bendita y torrencial, después de haber almorzado con Alex, y pelearnos de nuevo, sentí que dentro de mi ser vacío y deshecho estaba floreciendo una semilla de fortaleza, y que tenía que aferrarme a ella como a una tabla de salvación. La tomé entre mis manos temblorosas y vi que era una semilla muy frágil, la cual moriría al primer intento de germinar. Pero no fue así, resultó ser mucho más fuerte de lo que aparentaba y me dio los bríos para tomar una acción que cambiaría el rumbo de mi vida para siempre, me condujo hasta una agencia de viaje donde me compré un pasaje solo de ida a Italia…

Esa noche dormí feliz, como hacía mucho tiempo que no lo hacía. Había dado el primer paso para reencontrarme a mí misma, y al amor enfermizo le iba a poner la barrera de un continente. Ahora estaba el asunto de cómo terminar con él, cómo hacerle entender que ese viaje era lo único que quería y necesitaba. Me pregunté una y otra vez, ¿cómo me despido de Alex?

Entonces una voz transparente retumbó en mi interior y me dijo:

—No te despidas ni le expliques ni le digas nada. Tan solo, ¡DESAPARECE! Pero antes, sal por la puerta grande, regalándote una noche memorable.

Tal vez suene a cobardía el hecho de que desaparecí sin decirle nada. Pero ya nos habíamos separado muchas veces y después de unas semanas, hasta meses, volvíamos de nuevo. Sentí que una despedida más ya no tenía sentido entre nosotros, que lo mejor era largarme y ejecutar el plan que ya estaba armado en mi cabeza. Así que sin lágrimas ni reproches ni explicaciones, me separé del hombre que me enseñó una de las lecciones más enriquecedoras de mi vida:

¡Saber lo que NO quiero de una relación!

—Disculpa, esta llamada era muy importante. Ahora sí puedo apagar el celular para que nada nos interrumpa. Sofía, ¿eres de verdad feliz en tu matrimonio?

La pregunta de Alex me desconcierta. Que un tipo como él, práctico y hermético, se interese por algo tan místico como la felicidad, me parece muy extraño. Pienso en responderle con otra pregunta como ¿desde cuándo a ti te interesa la felicidad?, pero la hermosa vista de la ciudad suaviza mis pensamientos irónicos. Bebo otro sorbo de champaña y decido responderle con amabilidad, atribuyéndole a la madurez lo insólito de su pregunta. Es cierto que los años hacen más sensible hasta al más descorazonado.

—Mi esposo se cruzó en mi camino cuando estaba lista para asumir el compromiso de casarme; llegó en el momento oportuno. Nos reconocimos y conectamos espiritualmente con la certeza que estábamos tomando el rumbo adecuado, ya que los dos deseábamos lo mismo. Y la felicidad, pienso que es una decisión que va de la mano de nuestras elecciones, por eso es muy importante ser consciente de qué es lo que eliges tener en la vida. Y tú Alex, ¿eres feliz?

—Hoy estoy feliz de verte y de estar aquí contigo —me responde con una dulzura que no recordaba en él.

—Me contaron que tienes un hijo. Me alegra mucho por ti —le digo con honestidad.

—Sí, va a cumplir dos años y es… —Y se queda en silencio con los ojos levantados, como buscando la palabra correcta.

—Es lo mejor que te ha pasado en la vida —le aseguro.

—Mi hijo es el amor más grande, y me hubiese encantado tenerlo contigo, que eres lo mejor que me ha pasado en la vida.

Dios mío, este hombre no solo se ha puesto romántico sino además majadero.

—Alex, tú y yo no éramos el uno para el otro, y mira que invertimos tiempo para comprobarlo.

—Pero eso no cambia la realidad, que eres lo mejor que he conocido. Tal vez nunca te lo imaginaste, pero la verdad es que yo te busqué por todas partes —me confiesa. Pregunté en tu trabajo, a tus amigos, a tu familia y cada quien me decía algo diferente, que te habías ido a Inglaterra, otros decían que a Francia, no, a España, hasta Argentina la mencionaron. Me tomó tiempo creer que realmente te habías ido y renunciado al trabajo que tanto te gustaba y en el que tan bien te iba. Que dejaras solo a tu padre, a tu familia, tus amigos, tu país. Todo un exilio. ¿Todo eso por huir de mí? —pregunta incrédulo y malhumorado.

—Todo eso era a lo que tú querías que yo renunciara con tus celos enfermizos —le aclaro—, pero te equivocas, no me exilié por huir de ti. Lo hice por mí, para poder reencontrarme a mí misma.

Pero Alex continua hablando, ignorando lo que yo he dicho.

—Para disimular mi orgullo herido, rapidito me busqué una novia y me encargué de que todo el mundo se enterara, pero eso no funcionó. Así ha continuado una cadena de mujeres, pero, ¡maldita sea!, ninguna me termina de convencer. Por último, cuando supe que estabas en Italia, ya era muy tarde, también me enteré que te casabas —habla con palabras cargadas de rabia—. Algo que siempre me intrigó fue si volviste a Venezuela en todo ese tiempo.

—Pasé tres años sin venir, por una u otra razón, no pude volver durante ese tiempo. Mi papá iba a Italia dos veces al año, y mis hermanas también me visitaron varias veces. Pero, Alex, en relación a lo de las mujeres que has conocido, el problema no son ellas, eres tú, y por favor no lo tomes a mal. Simplemente, uno atrae lo que uno es.

—Soy una porquería y por eso atraigo pura porquería. ¿Eso es lo que me quieres decir?

—¡No! —exclamo y respiro profundamente antes de continuar—, si quieres amor tienes que vivir en amor y darlo en abundancia. Tienes que sincerarte contigo mismo, pensar qué es lo que deseas de una relación y estar dispuesto a dar lo mismo. Y lógicamente, si quieres comer caviar no te llenes de huevos de codorniz —concluyo, segura de que mis palabras le entran por un oído y le salen por el otro, porque ya lo conozco lo suficiente para saber que él es una de esas personas que se quejan de su realidad, pero que no ejecutan ningún plan para cambiarla y que en el fondo no quiere asumir el compromiso del matrimonio o el de una relación estable.

Durante la cena charlamos de todo un poco y así como en los países del primer mundo siempre se habla del clima, aquí una conversación de rigor es el tema del descalabro político y económico del país y del monstruo desatado llamado inseguridad que acecha por todas partes. Veo que se conmueve cuando le cuento lo de la enfermedad de mi padre, tal vez porque sabe lo que ese hombre representa para mí. También hablamos de esta nueva experiencia de ser padres, de mi vida en el extranjero. Al terminar el postre, me pide que vayamos a su oficina, que está en el mismo edificio del restaurante, que quiere entregarme algo.

—Solo nos tomará unos minutos —me asegura con ojos suplicantes.

—Lo siento, pero ya tengo que regresar —me excuso.

—Pero, Sofía, solo quiero dártelo y te llevo a tu casa, te lo prometo.

La Muerte entra al restaurante, camina con gracia, y a su paso esparce su olor a naftalina mezclado con incienso. En su mirada altiva lleva impresa la seguridad de que es la ama y señora del mundo, pues nos guste o no, la existencia de todos los humanos sobre la Tierra le pertenece. Se acerca a nuestra mesa y, como si fuera una más de las personas que estamos cenando, se sienta en la silla ubicada entre Alex y yo, para completar, me hace un gesto con el dedo índice para que le pase mi taza de café que está por la mitad, se la acerco sin titubear, se toma un pequeño sorbo y me clava sus ojos felinos. Verla sentada a mi lado hace que el corazón se me acelere, me cuesta respirar y comienzo a sudar frío. Una cantidad de pensamientos me pasan por la cabeza en milésimas de segundo y me entra la urgencia de llevarla hasta la casa de mi padre; ella es la única que puede acabar, de una manera natural, con su agonía, o tal vez me pueda ayudar a descifrar el misterio de la nota. No sé si Alex puede verla o no, pero yo no voy a desaprovechar esta oportunidad. Cierro los ojos porque la intensidad de su mirada me perturba y me enreda las ideas, y con amabilidad le pido:

—Por favor, venga conmigo, yo necesito de usted está noche.

—Sofía, ¿estás hablando en serio? ¿Por qué me tratas de «usted»? ¿Y por qué no me miras? —pregunta

Alex, confundido. Entonces, abro los ojos y me percato de que él no la puede ver—. Yo tengo diez años añorando este momento. Ahora mismo pido la cuenta y nos vamos a donde quieras, donde tú prefieras.

—Anda a pagar en la caja, así ahorramos tiempo —le ordeno, para que me deje a solas con ella.

Una vez que se aleja, la miro directamente a sus ojos aguamarina y le pregunto con lágrimas en los míos que qué significa todo esto. Con una voz firme, que emana más carácter que terror, dictamina que solo tengo que seguirla y obedecerla, me ordena que me deje de lloriqueos y me seque las lágrimas. Tomo la servilleta de tela, me limpio el rostro y confundida le pregunto que a dónde vamos. Me indica que a la oficina de Alex, y se concentra en sorber el café.

Alex regresa a la mesa con la mirada encendida y una sonrisa victoriosa, tal vez imaginando cómo me va a hacer el amor después de diez años y con un tono modoso me pregunta que para dónde vamos.

—A tu oficina —determino.

Tomamos el ascensor los tres juntos, la Muerte luce muy relajada, parada en medio de los dos, descendemos solo dos pisos y las compuertas se abren ante un corredor muy bien iluminado con lámparas fluorescentes. La primera puerta de cristal que encontramos es la oficina, tiene su nombre completo escrito en relieve sobre una placa de bronce. Saca del bolsillo del pantalón un manojo de llaves, y me mira con ojos incrédulos como si aún le costara creer que soy yo la que está a su lado; luego fija su atención en abrir la puerta, enciende la luz y con un gesto cortés me invita a pasar. Entramos a una sala un poco fría, con un escritorio de madera oscura de trazos lisos y unas cuantas sillas de espera en piel de color marrón. Alex anuncia con cierto orgullo que su despacho está al fondo.

Recorremos, sin pronunciar una palabra, el pasillo

flanqueado por tres puertas, hasta que nos topamos con una maciza de color nogal. Introduce una de las llaves en el cilindro de la cerradura, gira el pomo plateado, empuja y enciende la luz. Me vuelve a impactar la vista que se observa a través de las paredes de cristal, es la misma que se aprecia desde el restaurante.

—Tienes a Barquisimeto a tus pies —le digo.

Detallo la oficina. Es un rectángulo inmenso decorado con un estilo moderno contemporáneo, muy bien iluminada por luces empotradas en el techo en forma de discos y paredes de cristal. Hacia el extremo derecho, está un juego de sofá de piel blanca en forma de U decorado con unos cojines de seda en colores vivos, a su espalda está colgado un cuadro abstracto de grandes dimensiones; en el centro una mesa rectangular en vidrio cromado y acero, soporta una hermosa escultura de una figura femenina tallada en mármol negro y unos cuantos libros de tapa dura perfectamente apilados. Al extremo izquierdo, está un escritorio moderno, también en vidrio cromado y acero, que hace juego con tres sillas de respaldar estilizado, todas en piel del mismo color del sofá. Un par de alfombras de un moderno diseño, ubicadas en cada extremo, resaltan sobre el piso de mármol blanco y armonizan todo el conjunto con sus colores vivos y tonos fuertes. El toque más chic se lo dan las cuatro llamativas esculturas en acrílico transparente, colocadas sobre unos pilares en mármol negro, en cada esquina del despacho.

—¡Uau! Alex, ¿desde cuándo te gusta el arte? —pregunto asombrada.

—Desde que me dejaste —balbucea entre dientes.

—Bueno, si es como dices, me alegra que mi partida te haya servido para rodearte de arte y belleza —atino con una sonrisa enmarcada de satisfacción y un punto de orgullo.

—Así te sentía más cerca —confiesa con cierta nostalgia—. En cuanto a las esculturas, son una colección de tótems. Tú debes saber a lo que me refiero.

—Sí lo sé, pero nunca había visto unos como estos. —Me acerco a contemplar una de las piezas en forma de águila de color rojo intenso, la acaricio con las yemas de los dedos y después me giro hacia él y le recito lo que recuerdo, que los tótems son representaciones talladas típicas de los indígenas del norte de los Estados Unidos y de Canadá, por lo general en madera o en piedra, de entidades de la naturaleza, objetos y animales que ellos consideran como imágenes protectoras y a las cuales le rinden culto, pero que esta es la primera vez que veo tótems realizados en acrílico de diferentes colores. Lo felicito por su colección, ya que son unas piezas únicas y muy hermosas.

Él concuerda conmigo sin gesticular una palabra y me dispensa una sonrisa cerrada tensando levemente las comisuras de los labios. Abre las puertas de un armario empotrado a la pared y aparece un bar. Saca una botella de *whisky* y lo sirve en dos copas de brandy y con un tono amable me pide que nos sentemos en el sofá ubicado en el centro de la sala. La Muerte ya está sentada muy cómoda en el asiento al costado derecho, Alex le pasa por enfrente y se sienta junto a mí. Sin aguardar por el brindis, me tomo el destilado escocés a fondo blanco, por orgullosa no arrugo la cara, aunque siento como me quema el paladar, pero necesito algo que me envalentone para permanecer sentada entre este par tan peculiar.

Alex me mira con expresión de sorprendido y, sin decir una palabra, se levanta y me sirve otro trago.

—Muchas gracias, pero no creo poder tomar más —me disculpo.

—Me lo tomo yo —replica la Muerte.

—Bueno, pensándolo bien, puedes dejarlo sobre la mesa, por si acaso me provoca más tarde —le sugiero, obedeciendo a cabalidad los deseos de esta señora tan caprichosa.

Hace lo que le pido y luego coloca un CD de música romántica. Son boleros acaramelados que hablan de amores vividos, sufridos y perdidos. En ese ínterin, el licor se evapora. Con una sonrisa pícara y sin decir una palabra me sirve otro trago de *whisky* y comienza a hablar de los negocios que está haciendo con una compañía asiática, y de cómo los chinos se están apoderando de la economía del planeta, con su *Made in China*, sin que nosotros nos demos cuenta de las consecuencias.

—Los chinos nos tienen de rodillas —asegura.

Yo finjo estar escuchándolo, pero la verdad lo estoy detallando. Veo que sus sienes se han encanecido. Le descubro en el rostro nuevas arrugas y unas líneas bien marcadas le surcan la frente. Ha ganado unos cuantos kilos durante estos diez años, pero le quedan bien. Ahora habla más despacio y me mira más a los ojos. Lo siento más relajado, involucrado y presente. Alex ha cambiado al igual que he cambiado yo, ya no somos lo que una vez fuimos. En un punto en el tiempo se quedaron esos jóvenes que se amaron con locura y que andaban muy deprisa, que hablaban poco para tocarse más, que se peleaban y se reían por cualquier cosa, que comían arepas, perros calientes y sándwiches de pernil en los puestos de comida de la calle, en plena madrugada, al salir de una fiesta. Éramos muy jóvenes y no buscábamos certezas en el presente porque estábamos seguros de que eso lo encontraríamos en el futuro, el cual era un punto brillante en el horizonte, al que tarde o temprano llegaríamos triunfantes.

Me detengo en sus ojos taciturnos y la reconozco de nuevo. Sí, allí está ella con su cara compungida, asomada por el costado de las pupilas, engrandecidas hoy por la excitación de vernos de nuevo, por el licor y tal vez, por la expectación de volver a hacer el amor.

Me sorprende ver que aún se las ingenia para aparecer ante mí. Se trata de la Tristeza. La conocí hace catorce años, cuando tímidamente se asomó por primera vez en los ojos de Alex por nuestra primera ruptura, y con la carita llorosa, me dijo que nadie la podía sacar de allí, ya que él no sabía cómo vivir sin ella. La misma que me contó de su niñez solitaria, del dolor de que hubiera perdido a su padre, que era la única persona alegre y afectuosa de la familia, a la edad de siete años, y que desde entonces se hubiera hecho el hombre de la casa para su madre y sus dos hermanas menores. La que siempre me restregaba en la cara que yo, por haber crecido con el privilegio del afecto, debía compensarle su falta de amor. La Tristeza, que infaliblemente se asomaba detrás de sus ojos y me miraba con decepción en cada despedida, gritándome que no había dado lo suficiente para rescatarlo y sanarlo.

Desvío la mirada hacia la pared de cristal, la belleza de mi ciudad natal me envuelve y me hace sentir más barquisimetana que nunca. La nostalgia por haber partido de esta tierra comienza a moverse en mi interior. Los recuerdos toman vida y aparecen imágenes de los almuerzos domingueros con toda la familia, la camaradería con mis hermanas, nuestros continuos paseos a la playa por la eterna primavera de Venezuela, los rostros de los amigos de la infancia y de los compañeros de trabajo. También comienzan a aparecer recuerdos gratos y hermosos de mi relación con Alex, los cuales adquieren fuerza en la noche tibia y, como verdugos, me hacen sentir culpable por haberlo dejado.

Extiendo el brazo para alcanzar su mano y la coloco con delicadeza entre las mías. Me sorprende descubrir que el contacto de su piel no produce ningún efecto sobre mí, el tiempo mermó la química y las corrientes eléctricas. Lo que siento es el roce de una piel fría y ajena, la cual hasta podría catalogar como desconocida. Como una ciega recurro al tacto y me atrevo a acariciarle el rostro con las yemas de los dedos, tratando de reconocerlo. Él cierra los ojos y se rinde a mis tímidas caricias.

De mis labios sale lo que le debía y con suavidad le digo:

—Adiós, Alex. Adiós.

Me levanto de improvisto con la urgencia de salir de allí.

—Ya me debo ir —le confieso.

Alex también se levanta y sin titubear me trae hasta él. Con determinación toma mi rostro entre sus manos, ya no hay distancia entre los dos y así nos quedamos mirándonos fijamente. Siento el calor de su respiración sobre mi cara, tiene la piel rociada de sudor y no logro descifrar que hay detrás de su mirada turbia.

La Muerte nos observa sin inmutarse como si presenciará una obra de teatro.

Con un toque de arrogancia le sostengo la mirada para demostrarle a ella que yo soy quien tiene el control de la situación, y le pregunto:

—Alex, ¿qué pretendes?

Su respuesta no demora, de repente se lanza sobre mí y me tumba sobre el sofá. El peso de su cuerpo me inmoviliza, pero no trato de zafarme. Comienza a recorrerme el cuello con la nariz y la calidez de su aliento me estremece, siento sus labios húmedos que tocan mi mejilla y con voz jadeante me dice al oído:

—En el restaurante dijiste que necesitabas de mí esta noche. ¿Por qué ahora me miras con tanta prepotencia? Se te olvidó que eso me excita. Sí, Sofía, me excita mucho.

Algo se enciende en mi interior, como si mi cuerpo despertase ante su apremio, y siento, con una mezcla de culpabilidad y expectación, que sus torpes caricias develan mi lado oscuro, haciendo que se levante, y con fuerza le tapa la boca a mi conciencia.

Permanezco inmóvil. No le devuelvo los besos pero tampoco hago nada para quitármelo de encima. Los recuerdos de la pasión que un día nos unió comienzan a avivarse, su tacto despierta mi piel hasta hace poco indiferente y mi corazón galopa con más fuerza. Me olfatea el cuello con ansias y mi respiración también se hace jadeante. Una corriente brutal y poderosa me jala hacia el otro lado, y el Deseo, con su voz sedosa, me susurra que me suelte, que me deje llevar por la inmediatez, que me rinda... En la posición en que me encuentro no puedo ver la cara de la Muerte, pero al ladear la mirada, veo sus zapatos negros que contrastan sobre su piel blanca, están bien plantados en el suelo, y me hacen pisar tierra. Alex sujeta de nuevo mi rostro entre sus manos y me obliga a mirarlo de frente, sus ojos ardientes me suplican que me entregue, pero por el contrario, lo empujo con vigor y me levanto.

—Yo no vine a acostarme contigo, no quiero hacerlo y no voy a hacerlo.

Mis palabras suenan tan determinantes y convincentes que hacen que se levante, camine por unos minutos de un lado de la oficina al otro y para mi asombro me diga:

—Sofía, por favor discúlpame. Tú no te imaginas lo que me arrepiento por no haberte valorado cuando estabas conmigo, y sé que mi castigo es tener que amarte en la distancia y en lo imposible.

Tomo mi bolso y camino hacia la puerta, pero en lugar de salir de allí, siento una gran necesidad de hablar y expresarle mis sentimientos, y con un tono de voz suave pero imperioso, le pido que por favor me escuche.

Se me acerca y me señala con la mano el sofá para que nos sentemos de nuevo.

Así lo hacemos, y con palabras genuinas, le digo:

—Perdóname por no haber sido lo que tú necesitabas. Yo también te perdono porque no fuiste lo que yo esperaba. Sin embargo, estoy segura de que los dos, de acuerdo a lo que sabíamos en aquel momento, hicimos lo mejor que pudimos. Quiero que sepas que acepto con amor y gratitud los años compartidos, y sé que ahora ambos somos mejores por habernos conocido.

La Tristeza vuelve a asomarse en sus ojos, y sin titubeos, le ordeno que se largue al infierno. Al verse derrotada me da la espalda cabizbaja y observo con satisfacción como las lágrimas le pasan por encima, liberando al hombre de un largo encierro de amargura y sufrimiento. Lágrimas, que en un principio comenzaron a salir temerosas y discretas, y en segundos se han vuelto incontenibles. Tumba la cabeza sobre mis muslos y continúa llorando. Su llanto me cuenta que estas lágrimas no son por mí y que yo nada tengo que ver en esto. Su dolor me confiesa que estas lágrimas se han venido acumulando desde hace muchos años, apiladas por soledad, impotencia y frustración. Desde esa infancia maltratada por la indiferencia de una madre que no supo desempeñar su papel en esos primeros años de su vida. Y luego, aferrada al duelo de su viudez, le negó el confort de un cálido abrazo, lo privó de la seguridad que se forja en un niño cuando crece rodeado de aceptación, y le robó los sueños que se pintan en un horizonte sin límites, al sentirse verdaderamente amado. Lágrimas que tampoco salieron en la adolescencia, escondiéndose tras la careta de la autosuficiencia, y encontraron su propio camino a través de una rebeldía contra la sociedad. Lágrimas que no se derramaron siendo un adulto, y vengaron su encierro, quitándole al hombre la capacidad de amar de una forma sana y plena.

Permanezco inmóvil para no perturbar su desahogo y sin saber cuánto tiempo pasa, hasta que Alex levanta la cabeza y, mirándome con los ojos enrojecidos, me dice con una voz apagada:

—Gracias.

—Llorar es bueno —le digo, divisando destellos de vergüenza en la mirada—. Los hombres también tienen el derecho de sacar sus lágrimas.

Me abraza con fuerza y mientras le devuelvo el abrazo, siento que va naciendo un afecto diferente entre los dos, el de una nueva amistad. Aún en sus brazos, miro a la Muerte, y percibo que nos está observando con satisfacción, como si la interpretación de nuestros roles, en esta obra de teatro improvisada, estuviera a la altura y hubiésemos hecho lo que ella esperaba.

—Por cierto, ¿qué es lo que me quieres entregar? —con mi pregunta indiscreta rompo el abrazo.

Bebe un sorbo largo de *whisky* y camina hacia otro armario, lo abre y veo que está lleno de resmas de papel, carpetas, cajas de lapiceros. Del compartimiento más alto saca una caja larga blanca, la coloca sobre la mesa, justo en frente de mí y me pide que la abra.

Sin preámbulo hago lo que me dice y al levantar la tapa, mis ojos se agrandan con la sorpresa que me causa el contenido. No puedo creer que haya guardado esto por tantos años. Yo lo dejé en su casa a propósito, para que fuese él quien lo tirara, porque yo no tenía el valor de hacerlo. Con asombro observo que dentro de la caja, perfectamente doblado, está mi traje de danza árabe, el cual usé la última vez que lo vi, cuando le bailé la danza del vientre, y sin decirle una palabra, desaparecí de su vida…

Con delicadeza comienzo a sacarlo, primero el sujetador verde esmeralda bordado con lentejuelas y pedrería dorada, después mis dedos acarician la suave textura de la amplia falda, también en verde esmeralda, con los mismos bordados del sujetador alrededor de la cintura, y por último, saco el cinturón, de cadenas y monedas doradas, que toma vida al levantarlo por el tintineo de las monedas al chocar entre sí.

Mientras detallo el hermoso traje, me invade la nostalgia por la danza árabe, en la cual incursioné por petición de Alex, y aprendí con esmero porque me enamoré de la gracia de sus movimientos desde la primera lección. Pero en mi empeño de olvidar todo lo relacionado con este hombre, también la puse en el cajón sin fondo del olvido.

—Lo dejaste tan botado como a mí, y recuerdo como si fuese ayer que con este traje fue la última vez que te vi —me confiesa.

—Pensé que lo tirarías. Nunca imaginé que lo guardarías por tanto tiempo —musito con la mirada puesta en los detalles del traje.

—Es tuyo y lo guardé con la esperanza de devolvértelo un día. Solo quiero pedirte que te lo pongas y me bailes una canción para quedarme con un recuerdo más agradable.

—¡Que locura! Este traje ya no me debe de quedar. Mi cuerpo no es el mismo de hace diez años, aparte ya ni me acuerdo cómo se baila la danza del vientre —le digo.

Mientras Alex insiste que me lo pruebe, la Muerte interviene y con su tono autoritario, me dice que me ponga el vestido, y que le baile al presente, que es lo único que tengo en frente de mí. Que me regale unos minutos de felicidad ya que la música y el baile alegran el espíritu.

Sus palabras me sorprenden, ese discurso sonaría más coherente si lo hubiese dicho Vida o el Tiempo, pero que provenga de esta señora, quien el día menos pensado nos toma de la mano y nos ordena a seguirla, acabando con todo lo que somos…

—Yo te ayudo a vestirte —me ofrece la Muerte, ahora con un tono amable.

Enmudecida sujeto el vestido entre las manos y la sigo. Ella me señala el cuarto de baño. Cierro la puerta, me paro frente al espejo, respiro hondo y decido que lo mejor es acabar con toda esta locura lo más pronto posible. Me desvisto de prisa, tomo el sujetador, engancho las dos puntas sobre mi torso, lo giro hacia adelante y las copas hacen su trabajo levantando milagrosamente mis pechos, un poco caídos por los años transcurridos. Ahora me toca el reto de la falda, las caderas que encierran sus costuras ya no son las mías, y al tratar de cerrarla, me lo grita en la cara. Entonces la Muerte, aparece detrás de mí y me ordena que meta la barriga lo más que pueda. Obedeciendo, inhalo, exhalo y la contraigo con fuerza, pero por más que aprieto el abdomen, las dos puntas de la falda no se encuentran.

—Otra vez Sofía, con más fuerza —me insiste, y trato de nuevo.

Así, entre inhalar, exhalar, y entre expandir y encoger mi vientre, transcurren unos minutos, hasta que por fin, el gafete se engancha al otro extremo y la cremallera sube forzosamente. Puedo jurar que el hecho de que la falda haya cerrado es un verdadero milagro. Tomo el cinturón de monedas y lo sujeto sobre el rollo de grasa que me sobresale.

—¿Y ahora cómo voy a poder moverme, si no puedo respirar? —pregunto con el rostro sudoroso.

La Muerte toma una toalla de mano que está sobre el tocador y con delicadeza me limpia el sudor. La magia de la música árabe comienza a colarse por las rendijas de la puerta.

—Deja que tu cuerpo se inunde de esta melodía y no pienses en nada más —me aconseja, y sin más preámbulo, abre la puerta y me da un fuerte empujón que me saca del cuarto de baño y me deja plantada en el centro del salón.

Alex está arrellanado en el sofá, listo para verme

bailar. Yo no sé qué estoy haciendo aquí, pero la Muerte me sonríe y como si leyera mis pensamientos, me asegura que estoy en el lugar exacto donde debo estar. Decido creerle pues mis opciones son pocas, así que, con los pulmones medio vacíos y el sentido del ridículo atrapado dentro del ajustado traje, poso la vista en los ojos expectantes de Alex, su mirada cómplice me transmite una dosis de confianza. La percusión del *darbuka* se ha apoderado del ambiente, lo ha inundado de una alegría contagiosa, sin razón me explota una sonrisa en el rostro y me digo que todo esto es una locura, pero que estoy dispuesta a divertirme.

Me concentro en escuchar la música y siento como la dulce melodía me entra por las yemas de los dedos, sus notas suben despacio haciendo que mueva las manos con movimientos suaves y circulares. El repique de los tambores me produce un cosquilleo en las piernas, y con pasos muy cortos, mis pies desnudos se desplazan de un lado al otro. Las caderas comienzan a moverse en discretos círculos que se van ampliando mientras más me entrego a la música. Mi vientre se contornea sensualmente, y el bamboleo de las monedas del cinturón acentúan cada movimiento. La danza árabe se apodera de mí, con tanta soltura y naturalidad como si la hubiese bailado ayer, cada parte de mi cuerpo sabe para dónde moverse y hasta mi cabello baila. La primera canción termina y espero con ansia la otra, y ya para este momento la timidez y el miedo de que las costuras se revienten me han abandonado y lo único que quiero es bailar. Y siento como la gracia se me desborda por los poros y con cada movimiento me siento más segura, viva, joven y hermosa. Entonces bailo con el alma. Le bailo a Alex, al pasado y al desamor. Le bailo al presente, a mi esposo y a mi hijo. Le bailo a la Muerte, a la pérdida y al dolor. Le bailo a la Vida, al Tiempo y al amor. Pero sobre todo, le bailo a Sofía, a la mujer que minutos atrás se sentía vieja y gorda dentro de esta ropa, y ahora, simplemente no me incomoda la barriga cayendo por encima de la ajustada falda ni que los pechos amenacen con salirse del sujetador… Ya no me importa nada, porque desde lo más profundo de mi ser ha brotado la compasión y la aceptación de mí misma, y a través del baile, me he liberado de las apariencias mundanas y he renacido yo.

No sé cuántas canciones he bailado cuando Alex se acerca y me abraza. Empapada de sudor, le devuelvo el abrazo.

—Sofía, bailas más bello de lo que recordaba. Mil gracias.

—Gracias a ti por todo —musito, con un hilo de voz.

Los dos nos hemos liberado y finalmente, yo he saldado mi deuda con el pasado.

Al ver que la Muerte se da media vuelta y se enfila hacia la salida de la oficina, comprendo que tanto el baile como mi tiempo aquí han terminado. Ahora mi tarea es seguirla; presiento que ella es quien tiene las respuestas que ando buscando. Sale tan de prisa que yo no tengo más remedio que irme con el traje de odalisca. Apresurada agarro el bolso y, antes de salir al pasillo, le digo a Alex que no se preocupe por mí, que tomaré un taxi y que esta vez no guarde mi ropa que se ha quedado en el baño. Le lanzo un beso con la mano y salgo corriendo descalza a perseguir a la Muerte, quien ya desapareció. Por suerte, el elevador se abre rápido y al llegar a la planta baja, la veo abrir la puerta de adelante de un taxi parqueado en la entrada de la torre. Corro con más fuerza y logro alcanzarlos. Con torpeza abro la puerta trasera del coche y me siento con la respiración jadeante. El chofer tiene la cabeza recostada en el respaldar del asiento y la levanta con el ruido seco de la puerta al cerrar. Se restriega los ojos con las manos y se voltea hacia mí con una expresión adormilada.

—¡Juro que estaba soñando con Aladino y las mil y una noches, y usted se me aparece como caída del cielo! Mi bella genio, ¿a dónde tengo el gusto de llevarla?

—A mi casa, ¿verdad? —quiero verificar con la Muerte, pero esta no me responde.

—Usted dirá. Sus deseos son órdenes. ¿Y dónde es su casa? —pregunta el taxista, mientras enciende el coche y me echa un vistazo con una mirada picarona.

Le doy la dirección y emprendemos nuestro camino. Segura de que ya tendré tiempo para hablar con ella a solas, reposo la cabeza sobre el asiento. El taxista, quien maneja con un ojo puesto en la carretera y con el otro me mira por el espejo retrovisor, tal vez descifrando si soy una prostituta, una loca disfrazada u otra cosa rara, comienza a buscarme conversación, pero como le respondo con monosílabos, se lanza un discurso de la situación política y económica del país. Como si fuese un radio prendido, sigue hablando sin parar. Con pocas palabras alimento su monólogo, hasta que llegamos a la puerta de la casa. Le pago lo que me dice, más una buena propina que recibe con gratitud.

Al ver que la Muerte no hace ningún intento por bajarse del coche, le pido:

—Por favor, venga conmigo.

—Señora, ¿a dónde quiere que vaya? —me pregunta el taxista aclarando la garganta.

—No, Sofía, ya ha sido suficiente por hoy —determina la Muerte.

—Por favor, yo necesito que entre conmigo a la casa y le prometo ir al grano —le aseguro en tono suplicante.

El taxista se voltea con cara de asombro y exclama:

—¡Mi bella genio, perfumada de incienso! Usted me está pidiendo a mí que entre a su casa y nos…

—¡No, señor! —lo interrumpo antes de que termine de decir lo que presiento—, me está mal interpretando, yo no estoy hablando con usted.

—¡Pero si aquí estamos los dos solos! Siéndole franco, yo no tengo problema en acompañarla a entrar a su casa, si es que le da miedo. Yo sé cómo están las cosas de peligrosas con tanta inseguridad. Aunque usted se ve muy provocativa con ese traje, le confieso que aquí donde usted me ve, yo soy un hombre casado y serio. Llevo treinta y cinco años con mi mujer y nunca le he faltado. Mi Lola es una mulata muy celosa y yo ya estoy muy viejo para esos menesteres. Mi bella genio, a los mejores brazos que se puede entregar esta noche son a los de Morfeo, y mañana va a ver todo más claro. Le confieso que me halaga mucho con su proposición, pero yo no le quiero faltar a mi Lolita.

—Haz lo que te dice este buen hombre —me ordena.

—Está bien, pero prométame que nos veremos mañana.

—No, mi bella genio, yo no puedo prometerle eso —me dice el chofer.

La Muerte no me responde, su actitud es fría y distante, con la mirada fija hacia adelante, y me doy cuenta de que no hay nada que pueda hacer.

—¡Gracias señor, por su honestidad! Su mujer es muy afortunada de tener un marido como usted. Buenas noches y que Dios lo acompañe —bendigo al pobre hombre, que no sabe a quién lleva sentada a su lado.

—¡Amén! Ahora usted vaya y descanse, mañana será un nuevo día —me dice con una dulzura paternal; se baja, me abre la puerta del coche y como todo un caballero me extiende la mano para ayudarme a salir y me acompaña hasta la reja de la entrada donde nos despedimos.

Camino hacia la casa repitiendo lo que la Muerte y el taxista me han dicho, que ya ha sido suficiente por hoy y que mañana será otro día. Consciente de que lo único que me queda por hacer es eso que me cuesta tanto, le doy de antemano las gracias a los fantasmas danzarines del pasado, por la sal y la pimienta con que me aderezaron la noche, y comienzo a rezar para que mi cabeza atribulada de tanto pensar se aquiete y asimile que realmente ha sido suficiente por hoy. También rezo para que en mi cama me estén esperando los brazos de Morfeo y, que en el regazo protector de ese dios griego, pueda conciliar un dulce sueño.

CAPÍTULO X
BAJO EL HECHIZO DE ITALIA

La nana Matilde me despierta con su aroma a canela y con un suculento desayuno criollo en la cama. El olor del maíz brota de las dos arepas, redondas y esponjosas, que reposan sobre la bandeja junto a una porción de frijoles negros cubiertos con queso blanco rayado. Además, hay una porción de huevo revuelto y otra de carne mechada, dos rodajas de aguacate rociadas con sal, natilla para untarle a las arepas, un vaso con zumo de naranja y un tazón humeante de café negro.

Miro el reloj sobre la mesa de noche, me sorprende ver que son las nueve de la mañana.

—Mi niña que bueno que descansó, desde que pisó estas tierras lo que ha hecho es *andá* como loca de un lado *pal* otro. Aquí le dejo su desayuno favorito y se lo come toditico.

—Cuánto me gustaría que Salvador estuviese aquí. Esto es demasiada comida para mí.

—Coma, mi niña, que está muy flacucha —insiste enérgica.

Le pido que me acompañe a desayunar y con una actitud indiferente, me pregunta que cómo me fue anoche.

—Me fue muy bien —le respondo.

Y de verdad así fue. Siento la paz de haber cerrado ese capítulo. Pero lo que más me gusto fue haberme reencontrado con la danza árabe. Al llegar a Toronto voy a buscar en donde tomar clases para seguir practicando. Bueno, si es que la Muerte me permite regresar… Y si tengo la oportunidad de volver a estar con mi marido, bailaré para él y será toda una sorpresa.

—¿Y por qué llegó disfrazada? —pregunta mientras levanta el traje árabe que aún reposa en un lado de la cama.

—Yo pensé que nadie me había visto llegar —le confieso asombrada—. ¡A ti no se te escapa una!

—Mi niña, más sabe el diablo por viejo que por diablo. Yo las veo a ustedes hasta con los ojos *cerraos.*

—Este traje es mío y estoy feliz de haberlo recuperado. ¿Cómo pasó la noche papá? ¿Has sabido algo de Federico? —pregunto para cambiar el tema. Explicar todo lo que sucedió anoche es muy complicado.

—Su papá pasó la noche sin convulsiones, y la niña Leonor viene en camino con los chiquitos.

Se me acerca y me da un beso en la frente, y su beso me dice que ella sabe que cambié de tema pero respeta mi silencio. Con delicadeza descorre las cortinas y abre las ventanas. El sol mañanero dispersa su luz y su vigor por todas partes. La nana sale de la habitación y yo me quedo disfrutando del desayuno.

La brisa entra estrepitosa, y me pide que le siga contando. Con una sonrisa en los labios aspiro su fresco aroma, y me dispongo entre los almohadones a seguirle narrando mi historia de amor:

La primavera se había instalado en Florencia, luciendo su máximo esplendor. Por todas partes había flores, los cafés al aire libre, los turistas apelotonados con sus cámaras fotográficas, los colores pasteles en la ropa de los florentinos, las gafas de sol y los escotes en las mujeres. El olor a nuevo que caracteriza esta estación, se respiraba en cada esquina, acentuado con el típico perfume italiano, hecho a base de sensualidad y belleza, creando una fragancia afrodisíaca irresistible.

Aunque ya habían pasado más de seis meses sin que Salvador y yo nos hubiésemos podido juntar y, el dolor de su ausencia seguía intacto dentro de mi pecho, el frenesí de la primavera llegó con su aire fresco a desempolvar mi mundo cubierto de telas de arañas; aunado con la alegría de que muy pronto mi padre llegaría a Italia a pasar el verano. Como siempre, ese hombre maravilloso vendría a rescatarme de la soledad y la tristeza.

Era lunes, a principios de mayo, al abrir los ojos decidí que ese día libre lo iba a disfrutar al máximo. Me levanté animada, me di una ducha larga y caliente, me vestí con un traje blanco tallado en la cintura y falda amplia, el cual meses atrás había comprado para lucírselo a Salvador, y sin estrenar se había quedado guardado en el armario. Me fui al salón de belleza de mi amiga Lupita, una puertorriqueña habladora y coqueta que siempre se la pasaba cantando sus merengues, los cuales sonaban sin descanso y alegraban toda la calle.

—¡Mijita, déjate de pendejeras y goza tu vida que después se te va hacer muy tarde! Yo me la gozo como venga, sin darle tantas vueltas, mira que seguro tenemos una sola. ¡La que estás viviendo ahora! —me dijo en su español guapachoso, batiendo las manos.

—¿Y qué me aconsejas que haga? —le pregunté para darle pie a que siguiera hablando, ella era un antidepresivo de carne y hueso.

—Empecemos por el *look*. Vamos a cambiarle el color a ese cabello. Tú te debes de ver muy chula con el pelo bien rubio.

—¡No! —grité espantada.

Lupita se carcajeó por mi reacción y me pidió que me tranquilizara. Gracias a Dios, no había sugerido ni el color azul, ni el violeta, ni nada por el estilo.

—Te acepto unos reflejos, pero me dejas mi cabello castaño.

—De acuerdo, de acuerdo, pero al mani y al pedi —dijo, refiriéndose al manicura y al pedicura —les vamos a poner este rojo fuego, como la pasión que corre por nuestras venas latinas. Y es el mismo color de este labial, que te vas a comprar, ya que te lo voy a dejar a muy buen precio.

Y sin darme chance de pestañear, me pintó los labios con un rojo tan chillón que parecía sangre burbujeante.

—Ves mijita, lo bien que te queda, yo con esos labios jugosos no me quitaría este labial ni para dormir.

—Sin duda que es intenso —afirmé mirándome al espejo.

—Te aseguro, porque yo también lo uso, que esos labios hoy no va haber hombre que los resista —dijo moviendo la cabeza.

—Yo no ando buscando quien me bese. Hoy solo quiero sentirme bien conmigo misma —le confesé.

Levantó la vista obstinada, como si yo fuese un caso perdido; me jaló con sus brazos tatuados y me sentó en la silla.

—Manos a la obra —determinó, y le subió el volumen a la música.

Después de pasar tres horas sumergida en tintes y colores, oliendo amoníaco y escuchando pura salsa y merengues, Lupita afirmó:

—¡Lista para el verano! y ahora vete a disfrutar de este hermoso día de primavera.

Me gustó el nuevo *look,* el cabello me quedó más corto y con unos reflejos dorados que brillaban con el sol. Mis uñas rojas contrastaban ferozmente sobre mi tez pálida y mis labios eran la réplica de un corazón ardiente.

Almorcé sola en la terraza de una pequeña *trattoria* en el centro de la ciudad, y mientras degustaba cada bocado de un *risotto ai funghi* y cada sorbo de vino tinto, me dediqué a observar a las personas que pasaban en frente de mí. Unos rostros sonreían y caminaban erguidos, diciendo a través de la seguridad que emanaba su postura que iban en la dirección correcta. Otros, en cambio, andaban con el rostro inexpresivo, jorobados por cargar sobre sus hombros el peso de la vida, ensimismados y cabizbajos como si arrastraran su existencia hacia un lugar que ellos no habían elegido.

Después de acabar por completo la botella de vino que me acompañó en el almuerzo, me pregunté: «¿Cómo me voy a levantar de esta mesa?».

La respuesta me llegó de inmediato. Desde lo más recóndito de mi tozudez surgió de nuevo la determinación de renacer a la vida con entusiasmo, de darle un vuelco a mi existencia, plantearme nuevas metas profesionales y, tal vez, regresar a mi país. Me levanté con aplomo y a pesar de sentirme algo mareada, caminé erguida con una sonrisa enorme que emanó de adentro, que se dibujó por el triunfo de volver a sentirme apoderada de mi persona, lo cual había olvidado mientras esperaba a que un hombre me amara; pero la determinación de retomar las riendas de mi vida, se convirtió en una mano sedosa, que le hacia cosquillas a mis entrañas y un estremecimiento delicioso me comenzó a subir por la espalda. Y me enfilé, montada sobre mis tacones tambaleantes, a endulzarme la vida y completar el productivo almuerzo con una parada en la *gelateria* para tomar un cremoso helado de pistacho. Y luego, se me antojó mimarme, y me fui de compras al mercado San Lorenzo, en donde curioseando se me fue el resto del día y me regalé un hermoso bolso de piel de culebra.

El día estaba fresco y el sol de la Toscana batallaba

entre las nubes para seguir resplandeciendo a las cinco de la tarde. Sin embargo, decidí regresar a casa. Sentía el corazón alborotado y se lo atribuí a tres cosas: al vino, a mi renovada conciencia de seguir adelante con nuevos proyectos y a la decisión que había tomado de dejar a Salvador como un bello sueño el cual no pudo hacerse realidad. Quería llegar a la quietud de mi apartamento para escribirle una carta de despedida y explicarle que lo más sabio era que cada quien siguiera su camino. Divagando en mis pensamientos, crucé la plaza de La Señoría, y como siempre, le di un vistazo a *El rapto de la sabina.* Me sorprendió ver a un hombre que parecía el doble de Salvador, parado al lado de la escultura. Me detuve de inmediato y lo observé con detenimiento.

Tenía su mismo porte, alto y fuerte; el cabello negro, tal vez más corto, pero con los mismos rizos suaves sobre la frente; el mismo rostro romano esculpido, quizá por Mirón, o por Lisipo, o por Timoteo, en fin, solo Dios sabría cuál fue el escultor griego que se encargó de su divina creación. Llevaba puesto un pantalón crema, una camisa de lino de manga larga blanca y una correa y unas sandalias de cuero marrón claro.

«¡Estoy alucinando! —murmuré entre dientes—. ¡Ay, sí! ¡Estoy alucinando de nuevo! —Ahora el corazón se me salía por la boca—. ¡Pero es exacto a Salvador! ¡Miguel Ángel Buonarroti, aparece, por favor! ¿Será que Salvador tiene un hermano gemelo? ¡Pero él es hijo único! ¡Sofía, recapitula! ¡Ayer hablé con Salvador y me dijo que estaba lleno de trabajo, tanto así, que dudaba tener tiempo hasta para llamarme! ¡Sí! ¡Eso me dijo! ¿Y por qué este hombre me está mirando tan fijamente? ¿Será porque yo estoy haciendo lo mismo? ¿Cómo dos personas pueden parecerse tanto sin ser familia? ¡No, yo estoy alucinando! ¡El vino se me subió a la cabeza! ¡Mi sexualidad reprimida durante todos estos meses me está haciendo ver "Salvadores imaginarios"! ¿La culpa es del vino o de mi verano? ¿Será que es un primo hermano?...».

Mis pensamientos volaban a la velocidad de un rayo y se atropellaban unos con otros. Un viento huracanado comenzó a soplar con fuerza, cubriendo de repente el cielo con nubes grises que amenazaban con desatar una tormenta de un momento a otro, la brisa atribulada hizo que mi vestido acampanado, al estilo Marilyn Monroe, se levantara dejando al descubierto mi ropa interior. El hombre, que no me quitaba los ojos de encima, se carcajeó mostrando la misma sonrisa de Salvador. «Dios mío, ¿cómo dos personas pueden parecerse tanto?», me preguntaba de nuevo, mientras con las manos trataba de poner el vestido en su sitio. Mis piernas tenían la misma rigidez de las esculturas que me rodeaban, yo parecía una estatua desconcertada y confundida, en medio del tráfico de gente, quienes presintiendo que la lluvia se avecinaba, se dispersaban corriendo por la plaza en busca de cobijo.

Finalmente, el hombre caminó derecho hacia mí, sentí que me desmayaba cuando se paró justo en frente, y su presencia me envolvió con el mismo olor a madera, sándalo y nicotina que emanaba Salvador.

Dios bendito. ¡Ese hombre era Salvador! Y sin pensarlo ni un segundo más, le lancé los brazos sobre el cuello.

—¡*Piccolina*! ¡Sofía! ¡*Amore mío*! ¡Te extrañé tanto! ¡*Ti amo tanto*! —me dijo, y sus palabras eran un torrente de agua fresca sobre mi corazón seco y árido.

Me levantó del piso con su abrazo y me confesó que no quiso avisarme que vendría por temor de que algo sucediera, pero no quería pasar más tiempo sin mí y me necesitaba a su lado. Que había pensado mucho en nuestra relación y hasta llegó a sentir miedo. Que él había vivido siempre solo y no estaba seguro de si sería un buen marido, pero de lo que sí estaba convencido era de que quería estar conmigo, por eso había renunciado a su trabajo y estaba dispuesto a comenzar una vida juntos, donde yo quisiera.

La sorpresa y sus palabras me dejaron muda. La lluvia cumplió su prometido y cayó sobre nosotros, mezclando nuestros besos y mis lágrimas con las gotas de agua. Manos húmedas entrelazadas en un abrazo que fundía nuestros cuerpos en uno. Y así, completamente empapados, de pie en la plaza donde nos conocimos, en la bella Florencia, rodeados de historia y esculturas, Salvador formuló en italiano la pregunta mágica que nos abrió las puertas a un hermoso comienzo en nuestras vidas:

—Sofía, ¿te quieres casar conmigo?

En ese momento recuperé la voz y le respondí, mirándole directamente a los ojos, lo que todo mi ser gritaba.

—¡Sí! ¡Sí quiero!

Brisa enamorada, mes y medio después de ese encuentro, bajo el hechizo de Italia, Salvador y yo contrajimos matrimonio.

CAPÍTULO XI
LA BRUJA

Escucho a Federico venir, esparciendo sus gritos por todo el corredor. Al verme metida en la cama, se lanza sobre mí y me da un fuerte abrazo. Leonor lo viene siguiendo, le saca los zapatos y ambos se tumban a mi lado y me ayudan a terminar el suculento desayuno. Mi hermana intrigada quiere saber cómo me fue con Alex, le sonrío ya que me causa gracia el recordar la agitada noche de ayer, le respondo que me fue muy bien, pero que le cuento más tarde. Ahora prefiero alistarme y que nos vayamos a ver a papá. Me sonríe de vuelta y me dice que hoy hay que bañarlo y lo haremos juntas.

Entramos a su habitación, apenas mirarlo me invade de nuevo la tristeza, todavía no me acostumbro a verlo postrado en una cama. Me acerco a su lado, le doy un beso en la frente y en el oído le digo:

—Buenos días papá. Te vamos a bañar y eso te va a ayudar a sentirte mejor.

Leonor, muy diestra en la rutina para asearlo, me explica cómo lo vamos a hacer, ya la nana ha dejado a un lado de la cama todo lo que necesitamos.

Lo desvestimos con la delicadeza de una madre que va a asear a su chiquito y entre las dos comenzamos a bañarlo. Ella por un costado y yo por el otro, tomamos unas toallas medianas, las remojamos en un recipiente con el agua tibia de manzanilla, las exprimimos y las frotamos con suavidad sobre su cuerpo desnudo, que dormido en otro mundo, no pone ninguna resistencia, y nos indica que todavía está vivo por su respiración resollante. Entre las dos, le cepillamos los dientes, le ponemos el pañal, lo vestimos con una camisa de algodón blanca y por último, lo perfumamos con agua de colonia.

Recogemos y dejamos todo en orden. Leonor se para frente a mi y con la mirada apagada, me pregunta lo que vamos a hacer hoy y me confiesa que lo de la eutanasia le ha robado el sueño. Yo me quedo pensativa, no tengo ni idea de qué responderle y sin pronunciar una palabra me hago la misma pregunta:

¿Qué vamos a hacer hoy?

Isabel aparece en la habitación, con un atuendo de tenista profesional en blanco y azul, y nos invita a ir con su familia al Country Club, en donde podemos almorzar y bañar a los niños en la piscina.

—¿Cómo puedes estar lista para jugar al tenis y dispuesta a pasarla bien, con todo lo que tenemos que resolver? —le pregunta Leonor, contrariada.

—Hermana, el tenis es mi antídoto contra el estrés, y yo pienso que no vamos a lograr nada quedándonos aquí las tres alrededor de esta cama. Quiero que almorcemos juntas para contarles algo que averigüé. Voy a jugar un partido de tenis con Eduardo. Después, él se va a sus reuniones y nosotras nos quedamos con los niños y hablamos de lo que nos concierne en relación a papá. Además, allí no vamos a estar todo el día, será algo más de un par de horas.

Aceptamos la invitación. Creo que a todas nos va a caer muy bien despejarnos un poco. Yo siento una gran necesidad de pasar un rato agradable con mi hijo, a quien le encanta el agua. Por otra parte, me da mucha curiosidad saber lo que averiguó Isabel.

De camino al club, pienso en lo que me dijo un día Carmelo, en relación a los maratones cuando le pregunté intrigada, que cómo hacía para correr cuarenta y dos kilómetros, sin poder imaginarme como una persona era capaz de correr una distancia tan enorme, sin morir en el intento.

—Los maratones son como las enfermedades, para ambos te tienes que preparar física y mentalmente, y todo es cuestión de tiempo. Al principio piensas que es imposible correr tantos kilómetros, por eso comienzas corriendo distancias pequeñas, gradualmente vas ganando resistencia y vas aumentado el kilometraje, hasta que llega un momento en que obtienes la fortaleza física suficiente para correr el maratón completo. En ese punto tu mente ya es tu aliada, y en lugar de decirte que es muy duro y difícil, te asegura que sí podrás correrlo. Cuando te enfrentas a una enfermedad, ya sea que la tengas en tu propio cuerpo o en un ser querido, al principio crees que no vas a poder soportarlo, pero cada día que transcurre, te vas fogueando en cómo lidiar con ella y vas construyendo la fortaleza mental para enfrentarla. Bella, ¡si te curas, terminaste el maratón! ¡Si no llegas a la recta final, al menos lo intentaste!

¡Sí! Las enfermedades brindan la oportunidad, tanto al enfermo como a los familiares, para prepararse, cosa que no te da una muerte súbita. A mi madre le dio la oportunidad de escribirnos una hermosa carta y a mi padre de reunir una vez más a sus tres hijas.

Todo ha marchado como lo planificó Isabel y ahora estamos las tres almorzando. Leonor, ansiosa, le pide que nos cuente lo que averiguó.

—Estoy segura de que di con la persona que escribió la nota —manifiesta con voz firme.

—¿Quién es? —preguntamos en coro Leonor y yo.

—La escribió doña Inés —afirma con una seguridad absoluta.

—¡Qué! —exclamamos las dos, desconcertadas.

—Esperen que les cuente —dice Isabel, y bebe un trago de piña colada—. La nana Matilde me lo contó todo, con pelos y señales. Resulta que el día en que el tío Leopoldo fue a ver a papá y encontró la nota en sus manos, esa misma mañana doña Inés se apareció en la casa. La nana se sorprendió con su visita, hacía años que esa bruja no se acercaba por allá, apenas la vio se le puso la piel de gallina y sintió un mal presagio. Sin ni siquiera invitarla a pasar, ella entró y se acomodó en el sofá de la sala. Le preguntó si estaba sola y la nana le respondió con ironía que nunca estaba sola. Doña Inés comenzó a hablar de mil cosas a la vez, hasta que le preguntó por nosotras, la nana le respondió que estábamos todas muy bien. Por último, le preguntó que cuándo venía Sofía, y le contestó que no sabía. Entonces le pidió que le trajera un café con leche y mientras se alejaba a regañadientes, la bruja le dijo: «Te aconsejo que llames a Sofía, para que se venga pronto, si quiere encontrar a su padre vivo. Ayer tuve un sueño muy feo con Gustavo Adolfo, y te aseguro que le quedan muy pocos días de vida». La nana no quería ni ver ni escuchar a ese pájaro de mal agüero; en la cocina, se dio todo el postín para prepararle el café, cuando regresó a la sala, no había ni sombra de doña Inés. Dejó la taza sobre la mesa, pensando que tal vez había entrado al baño de las visitas, pero al darse cuenta de que estaba vacío, comenzó a buscarla por la casa, ¡y la encontró en la habitación de papá, junto a su cama! Él estaba despierto, con una cara muy triste. Al ver a la nana en la puerta, doña Inés le gritó: «¡Mujer, tranquila! ¡Tú siempre como un perro guardián! ¡Me estaba despidiendo del doctor! ¡Y ya me voy! ¡Esta casa huele a muerto!». Y salió disparada, por supuesto sin tomarse el café.

—¡Vieja loca! —exclamo con rabia—, ella es la que siempre ha olido a muerto y quién se cree que es para hablarle a la nana de esa manera.

—Por la boca sale lo que lleva el corazón. No se puede esperar nada bueno de esa señora. ¿Pero cómo sabemos que ella fue quien escribió la nota? —pregunta Leonor.

—Porque ese mismo día, papá le pidió a la nana que llamara al tío Leopoldo. Yo lo visualizo así: doña Inés escribe la nota para vengarse de papá, a quien nunca le perdonó, que después de enviudar, no le prestara atención a sus acosos amorosos. Así que con la nota escrita de antemano, se va hasta la casa, distrae a la nana pidiéndole un café y aprovecha para escaparse a su habitación. Una vez a solas con él, le dice que su agonía nos está causando un gran sufrimiento, que como médico bien sabe que su estado es terminal y no vale la pena seguir prolongando tanto dolor en la familia cuando una simple inyección, administrada por un médico bajo su aprobación, acabaría con su dolor y el nuestro. Le dice que ella se tomó la molestia de escribir esa nota en su nombre, para ayudarnos a todos en este momento tan difícil. Después, se la leyó y se la colocó en la mano. Y el especificar que fuese una semana después de la llegada de Sofía fue su estocada final. Esa bruja sabe, como todos lo sabemos, que tú eres su talón de Aquiles, y que hasta con la misma muerte se enfrentaría para darte tiempo de llegar y verte antes de morir.

—Isabel, en tu brillante hipótesis se te escapó un hecho muy importante. Como todas sabemos, papá es un hombre creyente y respetuoso de los designios de Dios y de su profesión. Estoy segura de que bajo ninguna circunstancia pediría o aceptaría la propuesta de la eutanasia, ni involucraría a nadie en un asunto tan delicado como ese, que va incluso en contra de la ley. Tal vez tengas razón en que doña Inés escribió la nota, pero yo estoy segura de que la colocó en sus manos sin leérsela, y él la puso en las del tío Leopoldo sin saber su verdadero contenido. Además, papá no puede leer sin sus gafas, y cuando le acomodé las gavetas para hacer espacio y colocar los medicamentos, yo misma las saqué de su mesa de noche y las guarde en la biblioteca junto con unos libros. Así que les aseguro que él dejó de leer hace tiempo, mucho antes de que ese papel apareciera en sus manos —dice Leonor.

—El año que padecimos viendo a mamá deteriorarse por el cáncer fue muy duro para todos. Recuerdo que una vez le escuché decir, que si a él le daba esa enfermedad, buscaría la manera de irse rápido —comenta Isabel.

—¡Uno propone y Dios dispone! —exclama Leonor—, sé que su mayor deseo es no vernos sufrir de nuevo el calvario del cáncer y siempre quiso morirse de un infarto. Pero no fue así, y ahora papá continúa demostrándonos su integridad a través de la dignidad y paciencia con la que ha sobrellevado la enfermedad y así seguirá, hasta que de forma natural, su vida llegue al final.

—Estoy de acuerdo contigo —digo finalmente, cuando logro expresar mi opinión.

—Tienes razón, Leonor. Papá entregó esa nota sin saber su contenido. Doña Inés le debe de haber dicho que allí solo decía que llamaran a Sofía para que se viniera a Venezuela, porque le quedaban muy pocos días de vida, o algo por el estilo. Pero lo que sí les aseguro, y de eso no me cabe la menor duda, es que esa bruja es la autora de todo este lío.

—En esto último sí coincido contigo —concluye Leonor.

Yo, por mi parte, aún albergo la duda de que Eduardo tenga algo que ver en todo esto, pero tengo que estar cien por ciento segura antes de mencionarlo, ya que para Isabel sería devastador. Pero también coincido con mis hermanas en que de esa señora se puede esperar lo peor.

Doña Inés me enseñó la cara más sombría del miedo a muy temprana edad, exactamente el día que cumplí los nueve años. Lo que vi en su casa se quedó grabado en mi memoria visual, su voz pastosa hablando un idioma que yo no entendía se grabó en mi memoria auditiva y en mi memoria kinestésica se fijó el pánico que sentí por estar allí, todo ese espectáculo macabro dejó en mi ser una huella indeleble.

Esa bruja es un ser que destila a chorros la maldad y la envidia, se recrea con el dolor ajeno y se alimenta de chismes. No sé por qué todo el mundo, al referirse a ella, usa el tratamiento de cortesía «doña» antepuesto a su nombre, que para nada le corresponde, pero es así como la gente la llama, tal vez porque fue ella quien lo impuso de esa manera. Su aspecto exterior le hace honor a la fealdad de su alma y a la desproporción. Es enorme y pesada como un luchador de sumo, su metro ochenta de estatura lo soportan unas piernas largas y macizas, mientras el torso es chato. Sobre la espalda de nadadora olímpica sobresalen un par de senos descomunales, pero a la parte trasera no le llegó nada. Con los brazos fornidos y las manos anchas podría quitar de un solo golpe a quien se interponga en su camino y estrangularlo. Los ojos son de un color amarillento y parecen dos globos recién inflados que sobresalen entre unos párpados estrechos, mantenido una expresión fija de asombro. La nariz es curvada como una culebra en pleno movimiento y en la punta se expande y achata. El labio superior de su gruesa boca lo corona un lunar negro, redondo y carnoso, poblado por unos pelos grises, que desaparecen cuando se los arranca, pero fielmente vuelven a crecer y se adueñan de nuevo del lunar.

Nadie se explica cómo una mujer con tan precaria belleza interior logró casarse con Danilo Abadinchi, un italiano buena gente y bien parecido que llegó a Venezuela siendo muy joven y sin un centavo en los bolsillos. Trabajó muy duro y logró montar un pequeño almacén de artefactos eléctricos, que fue creciendo con los años hasta convertirse en una enorme tienda por departamentos muy rentable, la cual, aún después de su muerte, le ha permitido a doña Inés seguir viviendo de las rentas. Tuvieron una sola hija llamada Paula, mulata exótica, heredó los rasgos del padre y la estatura imponente de la madre. Paula es de mi edad y fuimos compañeras de estudio en el colegio. Las dos conocimos la Muerte a los quince años, esa era la edad que ella tenía cuando su padre falleció de un infarto fulminante, tres meses después de la muerte de mi madre. Desde entonces, sus ojos soñadores emanaron una melancolía perenne, como si añoraran otras tierras, y una vez terminado el bachillerato, se fue a vivir a Italia con su abuela paterna y nunca más regresó a Venezuela. Según doña Inés, su hija se graduó de arquitecto con honores, se casó con un noble español y vive en un castillo en la Costa Blanca de Alicante con sus cinco hijos, donde sus ocupaciones reales y familiares la absorben a tiempo completo y no le han permitido volver a su país natal. Pero lo cierto es que a ninguno de los miembros de esa familia real se les ha visto la cara, ni siquiera en una fotografía. Las malas lenguas dicen que todo eso son inventos de doña Inés y la verdad es que Paula se expatrió para huir de la bruja de la madre, a quien no quiso volver a ver, y que su vida no es tan brillante como ella la pinta.

La casa de los Abadinchi colinda con el patio trasero de la casa de mis padres, una pared de bloque de mediana altura separa las dos propiedades. Sin embargo, esa pared nunca detuvo a doña Inés, quien practica la magia negra, de lanzar a nuestro lado sus obras maléficas. Recuerdo haber encontrado sobre el suelo de nuestro patio: muñecos de trapo clavados con alfileres de distintos tamaños, pájaros y gatos muertos. Cuando los veíamos, salíamos corriendo a llamar a la nana Matilde, quien se angustiaba mucho cada vez que encontrábamos uno de sus regalos macabros, y lo que fuera, lo quemaba apresurada. Después nos bañaba y estregaba la piel con agua de eucalipto, prendía inciensos alrededor de la casa, mientras recitaba unas oraciones que solo ella entendía. Todo eso lo hacía con el objeto de contrarrestar el maleficio. Mi madre, tan solo se persignaba, decía que había que rezar por el alma de esa pobre mujer y mandarle bendiciones, y tranquilizaba a la nana diciéndole:

—Matilde, no te preocupes, donde habita el bien no hay lugar para el mal, y la luz brilla sobre la oscuridad. En esta casa vive Dios y sus habitantes estamos del lado de la luz.

—Mi señora, de que vuelan, vuelan —insistía la nana.

Nunca supimos si las porquerías esotéricas que nos tiraba eran para nosotros o eran los restos de los trabajos que le había hecho a su clientela. Lo cierto es que la mala costumbre se la quitó su propia hija. Fue una tarde soleada de finales de junio, nos habíamos juntado Verónica, Paula y yo a estudiar para el examen final de Química, el último que teníamos que presentar para graduarnos de bachiller. Decidimos estudiar en el patio trasero de la casa de mis padres, bajo la sombra de los árboles de mangos. Allí improvisamos un salón de estudio, colocamos unas sillas plegables y guindamos un pizarrón de una de las ramas de un árbol. Paula estaba de pie explicándonos una ecuación en la pizarra, cuando una muñeca de trapo, espantosa y acribillada de alfileres, cayó de entre las ramas del árbol de mango, directo a su cabeza. Al ver semejante evidencia de las hechicerías de su madre sobre sus pies, los ojos color ámbar de Paula se transformaron en dos bolas de fuego que arrojaban candela pura, y como una pantera enfurecida salió corriendo para su casa. Al día siguiente, cuando nos encontramos en el colegio, nos ignoró por completo, asumió una actitud fría y distante con nosotras, y desde ese día nunca más nos dirigió la palabra. Ni la alegría del acto de graduación suavizó su vergüenza o su rabia, y desde entonces no la volvimos a ver.

Lo que ella nunca supo fue que en mi noveno cumpleaños, yo presencié, sin querer, un espeluznante acto de brujería protagonizado por su mamá. Esa tarde me fui a la casa de los Abadinchi con el propósito de invitarla a que viniera a celebrar mi cumpleaños. Después de tocar el timbre, me di cuenta que la reja de afuera estaba entreabierta, entré y caminé hasta la entrada principal, golpeé la puerta varias veces pero nadie respondió. Sentí la bulla que había en la parte de atrás y me fui por el jardín hasta el patio, a lo lejos divisé un grupo de gente reunido. Caminé despacio buscando con la mirada a Paula, mientras me acercaba el recelo me iba invadiendo, pero mi curiosidad de niña hizo que siguiera caminando, hasta que percibí que algo extraño estaba pasando y me escondí detrás de un porrón de arcilla sembrado con un frondoso arbusto, desde donde visualicé todo como una película de terror.

Una muchacha con un vestido corto amarillo estaba acostada con la espalda pegada al piso y los brazos abiertos en forma de cruz, tenía los ojos en blanco y echaba espuma por la boca. Velones encendidos de diferentes colores bordeaban su cuerpo y un grupo como de diez personas sentados a su alrededor, fumaban unos tabacos gruesos que levantaban nubes espesas de humo, con sus vestimentas de color carbón y sus rostros descompuestos, parecían buitres hambrientos. Había colillas de cigarro y botellas de licor tiradas en el piso y en el ambiente se respiraba un olor penetrante a cartón quemado, o tal vez era mariguana, mezclado con alcohol. Doña Inés, ataviada toda de negro, parecía un trompo girando en torno a los congregados, tenía la cara transfigurada, los ojos enrojecidos, un tabaco en una mano y una botella de ron en la otra, y entre un sorbo de licor y un jalón de tabaco, seguía bailoteando alrededor de su tribu diabólica hablando en un lenguaje extraño e incomprensible. Eran como unos demonios transportados directo desde el infierno. Yo sentí por primera vez que el miedo me ataba las piernas y me paralizaba, mi cerebro de niña no podía procesar tanta locura, era un espectáculo horrendo y repugnante. El olor tan penetrante de lo que fumaban me produjo fuertes arcadas en el estómago, todo a mi alrededor comenzó a girar a gran velocidad y sentí que me desmayaba. Lo último que recuerdo fue que una mano me cubrió los labios, al voltear la mirada aterrada, alcancé a ver a la nana Matilde. Me había tapado la boca para que no gritara, y me sacó de allí cargada. Me desmayé en sus brazos y cuando volví en sí, estaba acostada en mi cama, mis padres y la nana me rodeaban. El miedo también me quitó el habla y, en lugar de palabras, de mi boca salió un vómito espeso y hediondo, mientras la cabeza me explotaba del dolor y de la calentura. La nana, con su agua de eucalipto, limpió el piso con premura, pero yo seguía aterrada, entonces mamá me rodeó el rostro con sus manos y mirándome a los ojos, me dijo:

—Todo fue una pesadilla. Hija, ahora estás con tu familia. Hoy vas a descansar y mañana celebramos tu cumpleaños.

—Paula puede venir acá las veces que ella quiera, pero tú tienes prohibido terminantemente volver a pisar su casa —determinó mi padre.

Y así sucedió, no sé si fue por obediencia o por temor, pero nunca más puse los pies en esa casa endemoniada.

—¡Sofía! Te quedaste muda —interrumpe Isabel mis pensamientos.

—Estaba pensando en Paula y en doña Inés —confieso—. Bueno, volviendo a lo que nos interesa, lo más importante ahora es impedir lo de la eutanasia.

—Yo propongo ir a hablar con esa bruja, desenmascararla y hacer que confiese que ella es la autora de este lío. Pero para lograr eso, primero debemos garantizarle que si nos dice la verdad, no arremeteremos legalmente hacia su persona. Aunque bien merecido tiene que la mandemos a la cárcel —dice Isabel.

—¡Yo puedo encargarme de hablar con ella! —les ofrezco de una vez.

—Pero es mejor que vayamos las tres —sugiere Isabel.

—La presencia de las tres colocaría a doña Inés en una posición más comprometedora. Además, en la nota colocó mi nombre y a la nana le preguntó que cuándo venía, tal vez es porque quiere hablar conmigo —les digo, sin saber cómo voy a enfrentar a ese demonio.

—Me parece bien. Pero por favor, habla con ella hoy mismo, esa bendita eutanasia me tiene tan preocupada que en eso es lo único en lo que pienso —confiesa Leonor.

—Deberíamos ir las tres —reitera Isabel.

—Confía en mí, es mejor que vaya sola. Además, lo peor que me puede pasar es que me saque de su casa a punta de escobazos —bromeo.

—Está bien —acuerda Isabel—, pero anda a hablar con ella hoy mismo, yo también quiero clarificar todo este asunto lo antes posible.

—Les prometo que al final de la tarde voy a la casa de doña Inés, pero ahora quiero ir a nadar un rato con Federico.

Me levanto sin terminar de almorzar, añorando

que el agua me ayude a refrescar los pensamientos y a clarificar una idea de cómo encontrarle una salida a este enigma. Después de pasar un rato en la piscina, siento que el agua me refrescó el cuerpo, pero mi mente sigue embotada, necesito un tiempo a solas para pensar, así que decido regresar andando a la casa. Me doy una ducha con Federico para sacarnos el cloro, nos vestimos, le preparo un biberón el cual se toma con gusto, lo acuesto en el cochecito y salgo al encuentro de mis hermanas. La tarde está fresca y nublada, perfecta para caminar, y les anuncio que yo me regreso a pie. Leonor me advierte que lo que viene es un aguacero y que si lo que quiero es mojarme que al menos le deje al niño. Pero me doy cuenta que se ha quedado dormido plácidamente y prefiero no tocarlo, aparte que la casa está muy cerca y apuesto a que llegaremos antes de que comience a llover. Isabel interviene y me dice que me vaya y disfrute del paseo y que cualquier cosa las llame y alguna de las dos nos rescatan.

Emprendo el recorrido sin prisa e inspiro con fuerza el aroma vivo y húmedo a tierra mojada que brota del suelo por las tímidas gotas de lluvia que cayeron mientras almorzábamos. Camino reconociendo las calles que creí saberme de memoria, pero que, como todo, el tiempo también las ha cambiado, con otros negocios y con nuevas construcciones que van apareciendo en el trayecto. Donde estaba el mercado austero de los chinos, ahora hay una perfumería muy bien iluminada por lámparas de araña con altos ventanales; donde estaba la mansión de los Gonzales, levantaron un edificio enorme y muy moderno. Y así, calle tras calle, observo con asombro y un dejo de nostalgia una nueva ciudad que se presenta ante mí.

Me detengo en la esquina de la avenida Lara a esperar el turno para cruzar, fijo la mirada en la luz verde del semáforo, y siento que el ruido de los carros y la algarabía de las cornetas se van silenciando. Un mal presagio se instala a mi lado y la angustia se posa en mi pecho. La voz de un lamento empieza a retumbar en mis oídos. Es un llanto largo, cargado de pena. Es el llanto de una mujer con un dolor desgarrador, y me viene a la memoria la popular leyenda de la Llorona, que narra la historia de una joven que mató a su pequeña hija con sus propias manos, cegada por la rabia y la locura que le produjo el abandono del padre de la criatura, aunado al llanto continuo de la niña. Cuenta la leyenda que desde entonces, el espíritu de la mujer quedó vagando por el mundo y muchas personas aseguran haber escuchado su llanto desconsolado y otros dicen que la han visto divagar por caminos desolados vestida con una larga bata blanca. Ese cuento la nana nos lo narró muchas veces cuando éramos niñas con el propósito de asustarnos. Nos amenazaba que si no entrábamos a la casa, nos iba a salir el espanto de la Llorona, con su llanto endemoniado, y nos iba a llevar con ella, como lo había hecho con los niños que encontraba solos jugando en los patios de las casas hasta muy tarde. A veces, la quietud de las noches de mi infancia la interrumpían unos alaridos como los que escucho hoy, y mi madre nos aseguraba que eran los aullidos de los gatos de doña Inés, en cambio, la nana insistía que era la Llorona…

Por andar sumida en el pensamiento, no me percaté de que comenzó a llover. ¡Dios mío! ¿Y ahora qué hago con Federico? Sin esperar que la respuesta me caiga del cielo, corro hasta la panadería de la esquina, y una vez resguardados de la lluvia, llamo a Leonor para que nos venga a recoger.

A medida que nos acercamos a la casa, escucho de nuevo el llanto desconsolado de la mujer, es tan nítido que me atrevo a preguntarle a mi hermana si ella también lo escucha.

—¿De qué hablas? Yo no escucho nada. —Y sin darle importancia al asunto, cambia de tema y me pregunta—. ¿A qué hora piensas ir donde doña Inés? Isabel ya se marchó, pero quedamos en vernos aquí mañana y almorzar juntas para que nos cuentes cómo te fue. Ahora recojo a las niñas y a Federico y me voy a mi casa. Yo necesito descansar.

—Te prometo que voy después de cenar —le digo aturdida.

Por fortuna, una vez que entramos a la casa el llanto desapareció, la lluvia paró y el sol salió de nuevo. Pero me despido de mi hijo sintiendo en el corazón un negro augurio, como si lo macabro me aguardara, y me agito al pensar que algo pueda sucederme y me impida volver a verlo. Lo abrazo fuerte y le lleno la carita de besos. Leonor me asegura que todo va a estar bien y que mañana regresarán temprano. Federico comienza a llorar cuando se lo paso, ella lo abraza con ternura, y en un solo llanto se lo lleva cargado, y se marchan junto con mis dos sobrinas.

Voy directo a ver a papá, y mientras ando por el corredor siento que la angustia se apodera de todo mi ser. El llanto atormentado de esa mujer resonando en el vacío, ha cubierto mi entorno de un halo oscuro y tenebroso, y presiento que me aguarda la pura desgracia, que tal vez todo sea oscuridad allí adentro. La Muerte ya pudo haber pasado a buscarlo y yo no estuve a su lado. Me detengo e inspiro todo el aire que puedo, y con un temblor en las manos empujo la puerta entreabierta de la habitación.

Me quedo paralizada en la entrada, al ver que todo el cuarto está gloriosamente iluminado. Los últimos rayos dorados del atardecer se han apoderado de cada rincón, es como si el sol se negara a desaparecer y todo su resplandor se hubiera apilado aquí, y lo más espectacular es observar su cuerpo aún con vida, bordeado por un hilo de luz brillante color miel. En el ambiente se siente una paz indescriptible, con una perfecta combinación de silencio y luz. Es tan hermoso que no me atrevo ni a moverme, solo quisiera que no se desvaneciera. Me quedo parada gozándolo unos instantes, espiando una escena que no me pertenece, porque sé que no fue montada para mí. Hasta que retrocedo mis pasos y cierro la puerta con la esperanza de dejar todo ese hermoso resplandor atesorado allí, y de puntillas me voy hasta mi habitación.

Me tumbo en la cama sintiéndome más relajada, de uno de los cajones de la mesa de noche saco un libro que leí hace muchos años, y me sumerjo de nuevo en sus páginas, ávida de una historia distinta a la mía. Pasadas un par de horas leyendo, me percato de que ya se ha hecho tarde y que debo hacer lo que le prometí a mis hermanas.

Paso por la cocina a picar algo de comer y aprovecho para escaparme, mientras la nana Matilde y la enfermera Aurora están atendiendo a mi padre en su rutina de la noche.

Caminando en dirección a la casa vedada, siento como la chiquilla traviesa de mi infancia se va despertando y comienza a dar zancadas, movida por la adrenalina de lo prohibido. Recuerdo con claridad las palabras de mi padre:

—Paula puede venir para acá las veces que ella quiera, pero tú tienes prohibido volver a pisar su casa.

Y aquí voy de nuevo con mis propios pies, treinta años después, asustada y excitada, sin imaginar qué le voy a decir a doña Inés cuando me abra la puerta.

El llanto desgarrador comienza a retumbar de nuevo en mis oídos, se va intensificando mientras me acerco a la casa, y al llegar a la puerta, ya son alaridos. Miro a mi alrededor y no se ve ni un alma, la calle está desolada cubierta de un negro mate, ni siquiera la luna se ha querido asomar en esta noche tenebrosa. Pego el rostro en la reja de hierro y con ansias mis ojos escudriñan el entorno en busca de la mujer que grita, pero solo distingo en la distancia las figuras de los gatos, sentados perezosos sobre los alféizares interiores de los ventanales, custodiando el recinto en medio de las sombras, y sus ojos felinos destellan como luciérnagas endemoniadas protegiendo al maligno.

Siento un escalofrío y la piel se me eriza, me desprendo de la reja para salir corriendo, pero me paralizo al escuchar con nitidez que los alaridos se han trasformado en palabras, que dicen:

—Sofía, ayúdame, Sofía, ayúdame, Sofía, ayúdame…

Atormentada y movida por una fuerza mayor que la razón, toco varias veces el timbre, pero nadie responde, solo los gatos se mueven parsimoniosos de un lugar al otro. Tal vez la bruja no está, o no quiere abrir, pero ahora no tengo la menor duda de que allí adentro hay alguien que necesita de mi ayuda. Podría ser Paula, quien tal vez se vino de España, y la loca de la madre la tiene encerrada por alguna de sus maquiavélicas razones.

Regreso a la casa corriendo con el corazón palpitando en la boca, temblando abro la reja y dando enormes zancadas llego a la cocina, donde me encuentro a la nana Matilde fregando los platos. Al verme sudando a chorros, con el terror pintado en el rostro, me abraza sin decir una palabra. Me acurruco en su pecho, y así me quedo por unos minutos, hasta que el corazón se apacigua y logro hablar.

—Una mujer está encerrada en la casa de doña Inés y me pide con desespero que la ayude.

—No se meta en eso, esa bruja tiene allí *metío* toditos los demonios. Usted no debe ni *olé* esa casa. Mi niña, no busque lo que no se le ha perdido —me advierte angustiada.

—Yo lo sé, nana, y es lo que menos quiero hacer. Pero tengo que hablar con ella, por lo que tú sabes, la nota que apareció en las manos de papá. Por eso me fui hasta allá y al llegar, escuché como la voz de una mujer me decía, «¡Sofía, ayúdame!». Toqué varias veces el timbre, pero no me abrió. Tengo la corazonada de que es Paula y necesita mi ayuda. Por favor, nana, tenemos que hacer algo —le imploro.

—Mi niña, ya es muy tarde, mejor se va a *acostá*. Mañana yo la acompaño a esa casa, porque usted sola no vuelve *pa* allá. Esa bruja es peligrosa, la gente dice que ya está tan loca que hay que *metela* en el manicomio.

Distingo un gran cansancio en sus ojos y le pido que se vaya a dormir, que yo también voy a hacer lo mismo. Con ternura toma mi rostro entre sus manos y me da un beso en la frente en señal de buenas noches.

—¡Casi que se me olvida! Don Salvador la ha llamado ya dos veces, que lo llame a la hora que sea. Vaya y hable con él y después se acuesta.

Me voy hasta la biblioteca para llamar a mi marido, al que imagino dormido abrazado a la almohada, pero antes de levantar el teléfono, me paro frente a la alacena y sujeto la botella de *Old Parr,* que mi padre siempre mantiene sobre una bandeja, me sirvo un dedo horizontal de *whisky* y me lo tomo de un solo trago. Descorro las cortinas con la garganta encendida y abro la ventana de par en par, necesito aire fresco para despejar la mente. La cálida brisa entra fogosa cargada de sensualidad, y el olor espeso del jazmín se adueña de la habitación. Me sirvo otro *whisky* pero doble y me tumbo sobre el sillón de lectura a degustar este elixir, con el deseo de que me embriague los sentidos con sus propiedades mágicas y apacigüe mi cabeza aturdida de escuchar ese grito fantasmal que vaga por el aire. Entre un sorbo y otro, me va invadiendo la soledad y mi cuerpo siente la imperiosa necesidad de estar con Salvador, de sentir la seguridad que me transmite su presencia, la fuerza de su robusta contextura estrechando la fragilidad de la mía. Ladeo mi cuerpo para alcanzar el auricular, que está en una mesita al lado del sillón y marco el número de mi casa en Toronto. El teléfono comienza a repicar, y con cada segundo en el que la línea se hace muda, se acrecienta mi impaciencia, ya va por el quinto repique y Salvador aún no atiende. Por favor, responde, suplico bajito, hasta que por fin, escucho su voz adormilada al otro lado de la línea.

—¡Hola, soy yo! —le digo emocionada de escucharlo.

—Hola, *piccolina.* ¿Cómo estás? —pregunta más dormido que despierto.

—Bueno, ya no sé ni cómo estoy, estos días han sido intensos. Pero quiero que sepas que te extraño mucho y quisiera tenerte a mi lado.

—¿Cómo te fue con tu ex? —inquiere sin preámbulo, ahora bien despierto.

—Me fue bien. Ya es capítulo cerrado —le aseguro.

—¿Pasó algo? —pregunta con un dejo amargo.

—Lo que pasó, me ayudó a comprobar que no quiero serte infiel —le confieso.

—Quieres decir que no pasó nada entre ustedes —reitera.

—¡No pasó nada!

—Te lo creo, te lo creo. Perdona mi insistencia.

—Te amo, Salvador.

—Yo te amo más y tengo muchas ganas de estar contigo —me dice con su voz sedosa.

—Ay, y estoy tan lejos.

—Nosotros nunca estamos lejos. De verdad, te deseo mucho —insiste.

—Yo también te deseo mucho —le confieso bajito.

—¡Qué delicia! Escuchar que me deseas, me pone a mil. *Amore mío*, cierra los ojos e imagínate tendida en nuestra cama junto a mi, y comienza a tocarte, como si mis dedos te acariciaran...

Escasos minutos han transcurrido siguiendo las instrucciones de mi marido, cuando noto el penetrante olor a naftalina. Abro los ojos y observo la estela de incienso. Desconcertada me levanto del sillón y me doy cuenta que ¡no estoy sola! Sentada en la silla del escritorio está, nada más y nada menos, que la Muerte, muy relajada, con un vaso de *Old Parr* en la mano. En milésimas de segundos se me cruza un pensamiento por la cabeza y me pregunto si es que es alcohólica, porque cómo le gusta un *whisky*.

Al otro lado de la línea, Salvador continúa murmurando palabras eróticas en italiano...

—¿Qué está haciendo usted aquí? —le pregunto con el auricular aún pegado a la oreja.

—¿Quién te entiende? Ayer me suplicaste que viniera contigo a la casa de tu padre, ahora estoy aquí y me miras con esa cara de espanto.

Por supuesto que todo mi deseo sexual ya se ha evaporado junto al repugnante olor de esta aparición tan inoportuna, y con determinación le digo a Salvador:

—Ahora tengo que colgar, hablamos mañana, me llegó una visita.

—¿A esta hora? ¿Quién llegó? No me digas que me vas a dejar así —protesta obviamente molesto.

—Lo siento, es una vieja amiga que me acaba de sorprender con su visita, hablamos mañana. —Y sin más explicación cuelgo el teléfono.

—Qué mojigata que eres. Yo que lo he visto todo y me he llevado gente hasta en pleno acto sexual, crees que me voy a escandalizar por verte jugando con tu marido, hubieses continuado hasta lograr el orgasmo, es saludable descargar cualquier tipo de tensión —me aconseja, con tanta naturalidad como si me estuviese dando una receta de cocina, y se bebe el último sorbo de *whisky*—. Por cierto, no soy alcohólica, solo disfruto, con moderación, de lo que aparece en mi camino.

Ahora me gustaría saber, ¿qué puede saber la Muerte de orgasmos? Pero desecho esa pregunta con la velocidad de un rayo, ya que es obvio que puede leer mis pensamientos, y no estoy de ánimos para tocar ese tema con esta señora, a quien nada la escandaliza.

—¡Usted está loca! —es lo que sale de mi boca.

—Tranquila, que no vine a discutir tu vida sexual. El motivo de mi visita es para hablar contigo de otra cosa, pero si deseas, me voy, y así continúas con lo que dejaste inconcluso.

—¡No se vaya! Por favor, hablemos.

Me siento en la silla que está al frente de ella, con el escritorio de por medio.

—Sofía, eres muy intensa en tus apegos —me dice con voz firme.

—¿Cómo? ¿A qué tipo de apego se refiere? —pregunto ruborizada.

—Al apego que sientes por tus seres queridos.

—Para usted es muy fácil hablar de desapego. Desapegar es su trabajo las veinticuatro horas del día.

—Por eso te lo digo con propiedad. Te está hablando la voz de la experiencia.

—Cuando amo, amo mucho. Amo con intensidad —le confieso.

—Sí, pero tienes que aprender a amar con desapego porque nadie te pertenece. Todos, absolutamente todos, están en tu vida de forma temporal. Y tu problema se acentúa aún más cuando a la intensidad de tus apegos le añades el miedo. Eso ha hecho que le temas a las personas incluso antes de tenerlas en tu entorno. Sé, por ejemplo, que tardaste en procrear a Federico por temor a perderlo, sufriste por mucho tiempo imaginándote que después de que lo tuvieras, le pudiera pasar algo.

—Tal vez porque la conocí a usted cuando tan solo tenía quince años. El haber perdido a mi madre tan joven y haber crecido batallando con el dolor de su ausencia dejó ese temor dentro de mí. El miedo de perder a las personas que amo.

—Eso formó parte del plan que está diseñado para ti. Conocerme desde tan temprana edad te enseñó a valorar aún más a las personas que te rodean, lo cual está muy bien. Mi consejo es que ames con profundidad, pero sin miedo. En su lugar, aprende a amar con libertad. Te aseguro que ha este mundo llegaste sola y te irás sola.

La figura de la Muerte comienza a hacerse difusa, me levanto con premura y le pregunto:

—¿Por qué escucho a una mujer clamando ayuda? ¿Quién escribió la nota de la eutanasia?

En la penumbra veo como su cuerpo se va esfumando, hasta que se desvanece por completo, sin embargo, escucho su voz en la distancia que me dice:

—Todo pasa por una razón y al final te darás cuenta de que todos ustedes forman parte de un plan divino, diseñado para liberarlos…

Las palabras de esta milenaria mujer se quedan flotando en el ambiente. Pensativa, trato de asimilar lo que me dijo. Me embarga una sensación de paz y de seguridad, y hoy más que nunca quiero creer que todo lo que me ha sucedido hasta ahora forma parte de un plan divino diseñado para liberarme del dolor del pasado y del temor al futuro.

Me voy a mi habitación, metida en la cama, con la vista clavada en el techo, comienzo a carcajearme, es una risa nerviosa y sin motivo alguno, pero mientras más me río, mejor me siento. Cuando la euforia finalmente se desvanece, el encuentro con la Muerte se cruza por mi cabeza, y me complace sentir que ya no tengo ninguna duda acerca de la existencia de estos místicos personajes, los cuales son tan reales como cualquier ser viviente, y al mismo tiempo, tan fantasiosos como lo que representan. Casi nada es absoluto y casi todo es relativo, depende del cristal con que se mire.

Con una sonrisa en los labios, reparo que esa señora inoportuna, mandona, altiva y arrogante ¡me cae cada vez mejor!, ya me parece hasta divertida, y muy sabia; y aunque me cueste mucho ponerlo en práctica, reconozco que amar sin apego es la forma más sana de amar, y lograrlo sería alcanzar la expresión más grande del amor.

Y me complace sentir que su presencia ya no me aterra como antes. Algo ha cambiado en mí en relación a la Muerte, y una voz me susurra que ella no viene a buscarme, porque no es mi hora de partir. En este momento, ella ha llegado hasta mí por otra razón…

El cansancio entra en escena y sin previo aviso, le suelta un derechazo a mis deliberaciones y con la izquierda noquea mi indomable insomnio, los pesados párpados caen solos y, sin poder evitarlo, me sumerjo en un sueño profundo de color gris plomo.

CAPÍTULO XII
EL CISNE NEGRO

Hay un instante de metamorfosis en el que un ordinario gusano se convierte en una radiante mariposa. Hay un punto definido en el tiempo en el que la luz del día arropa por completo la oscuridad de la noche. También hay un momento en el que las personas transmutamos, al sumergirnos en las aguas profundas del subconsciente.

La urgencia de salir corriendo me saca de un brinco de la cama. Por primera vez en mucho tiempo, me levanto sin ningún tipo de dolor. Por el contrario, siento el cuerpo tan liviano como una pluma, y con la agilidad de un felino corro hasta la puerta, pero justo antes de girar la manilla, tengo la sensación de que he dejado algo. Ladeo el rostro y veo que mi cuerpo sigue acurrucado entre las sábanas, devuelvo los pasos y me observo aún dormida. Detallo que soy más pequeña de lo que imaginaba, mis facciones están endurecidas y parezco mucho más mayor de lo que me siento. La mujer que está parada al lado de la cama es muy joven, enérgica, y la alegría le brota por cada uno de los poros, en un estado de total regocijo. Entonces caigo en cuenta de que es mi alma la que está observando mi cuerpo. Presintiendo que esta experiencia no va a durar mucho tiempo, abro la puerta de la habitación con el mismo fervor con el que un niño sale a jugar al parque en primavera, después de un largo y crudo invierno.

Es un día radiante, por un lado el mar azul turquesa bambolea las olas hacia la orilla y al chocar con la arena blanca suelta una estela de espuma, el otro lado está flanqueado por una hilera infinita de cocoteros esbeltos apuntando al despejado cielo. La playa está desierta. Comienzo a caminar sobre la arena cálida y mis pies descalzos juguetean con su textura grumosa, me agacho para tomar un puño entre las manos, la froto con las palmas y la dejo caer de nuevo al suelo. Con la intención de seguir recorriendo este paraíso, levanto la mirada y veo a una mujer caminando en dirección a mí. La detallo mientras se acerca, parece un ángel. Lleva un camisón blanco de manga larga que le cubre hasta los talones, sus pies están descalzos y una cabellera abundante de rizos color oro le cae sobre los hombros, mientras más se aproxima, se me va haciendo más familiar su aspecto. La mujer trae el rostro iluminado con una sonrisa de cristal, cuando la tengo a escasos metros de distancia, la reconozco en sus traslúcidos ojos azules, y exclamo, con la más extraordinaria emoción:

—¡Mamá!

Sin pensarlo ni por un instante, corro hacia ella, quien me está esperando con los brazos abiertos. Nos abrazamos y el universo se detiene unos segundos, tal vez unos minutos, tal vez una eternidad…

Abro los ojos despacio, estoy de nuevo en mi habitación. Todo fue un sueño, sin embargo la tibieza de su abrazo aún reposa sobre mi cuerpo. Con ansias de atesorar su calor por más tiempo, me entrelazo los brazos y con las manos me acaricio mi propia piel rociada con su ardor. Cierro los ojos de nuevo con la intención de seguir soñando, recapitulo paso a paso lo que soñé y recuerdo que comenzó cuando me vi acurrucada sobre la cama, después abrí la puerta de la habitación y salí a una playa paradisíaca, las imágenes van llegando a mí con total nitidez hasta que nos abrazamos. No sé cuánto tiempo estuve entre sus brazos, pero eso no importa, tampoco recuerdo si intercambiamos una palabra, y si lo hicimos, no lo recuerdo, pero eso tampoco importa... Quisiera que el sueño continuara, y por más que lo intento no lo logro, porque ya estoy en otro plano de conciencia. Resignada, me levanto de la cama, y al posar mis pies sobre el piso siento todo mi ser renovado, su abrazo me llenó de una fuerza inmensurable y recargó mi existir con la energía más potente: la energía del amor.

La nana Matilde ya tiene las arepas sobre el budare y el café colado. Rosa, que es la muchacha encargada de la limpieza de la casa, y la enfermera Aurora, están sentadas en la mesa de la cocina con una taza de café en las manos.

—¡Buenos días! —digo con exaltación.

—¡Buenos días! —responden, al unísono, las tres.

—Mi niña, es muy temprano —protesta la nana y me pasa un tazón con café.

—Pero se le ve muy buen semblante —afirma la enfermera.

—Tuve un sueño realmente reparador —les comento.

Acerco la taza a la nariz para inhalar el aroma del café y luego lo saboreo con pequeños sorbos. Me siento a desayunar en compañía de estas tres mujeres. La enfermera me da la buena noticia de que mi padre pasó una noche estable y en paz.

Yo les cuento lo que soñé.

—Claro que su mamá la abrazó, de eso no me cabe la menor duda —asegura la enfermera, con la voz ronca y su dulce mirada.

—A mí tampoco me cabe la menor duda —le respondo.

Papá no ha vuelto a abrir los ojos, su cuerpo inerte de vez en cuando muestra señales de vida cuando convulsiona, y su respiración cada vez más forzada es lo único que lo ata a la Tierra. Y me pregunto si ya su alma comenzó a transmutar, qué lugares visitará antes de emprender su vuelo, con quién se encontrará en el espacio sideral del universo, a quién abrazará antes de partir... Papá, cuánto deseo poder hablar contigo y escuchar el tono sonoro de tu voz, mirarme de nuevo en tus pupilas llenas de luz, entrelazar nuestras manos y apretarlas juntos, ratificando que nos tenemos el uno al otro.

Me invade el temor y la ansiedad. Delante de su muerte me siento como un *amateur* ante el primer maratón. Yo que pensaba que por haber pasado por un dolor semejante, ya sabía manejarlo, pero no es así, cada despedida es única y trae su propia pena, aunque tengas la edad que tengas, y estés rodeada de muchas personas que te aman.

La imagen de mamá vestida de ángel vuelve a mi memoria, me saca un largo suspiro, me arranca una sonrisa y me devuelve la esperanza.

Me le acerco, le doy un beso en la frente, y en el oído le cuento el sueño.

—Papá, hoy me siento fortalecida y eso se lo debo a ese mágico abrazo —le confieso.

A media mañana me llama por teléfono Verónica para invitarme a almorzar en la casa de sus padres, y me pide que después, la acompañe a probarse el vestido de novia. Encantada acepto la invitación.

Ya lista para salir, llegan mis dos hermanas con Federico, al verlas recuerdo que había quedado con ellas para almorzar y hablar acerca de la visita a doña Inés. Les comento que efectivamente fui, pero no la encontré. No les menciono lo del llanto, ni los gritos que escuché, ni lo de la voz que me llamaba por mi nombre pidiéndome ayuda, porque tal vez fueron producto de mis alucinaciones.

—Lo intentaré de nuevo esta noche. Ahora voy a almorzar con Verónica y después la voy a acompañar a la prueba de su vestido de novia.

—¡Me alegra mucho esa boda! —exclama Leonor. Pero por favor, anda hoy a la casa de doña Inés, pasado mañana es la reunión con el tío Leopoldo y no hemos resuelto nada.

—Bueno, entonces nos vemos mañana. Yo me voy al salón de belleza, esta noche tengo que acompañar a Eduardo a una gala con los directivos del banco —dice Isabel.

—Me voy a ver a papá —anuncia Leonor.

—Yo te acompaño —le ofrezco.

—Por cierto, ¿cómo paso papá la noche? —pregunta Isabel, distraída.

—Estable —le respondo.

—Mañana me quedo un rato con él —promete Isabel.

Con Federico en mis brazos, nos vamos Leonor y yo a su habitación y allí nos quedamos hasta que mi amiga llega a buscarme.

Hacía mucho tiempo que no iba a la casa de los padres de Verónica, pero apenas entro, me siento como en la mía, ya que aquí siempre me han tratado como una integrante más de la familia. La casa está impoluta e idéntica a como la recuerdo: los mismos muebles de madera de caoba tapizados con una tela estampada de flores en tonos ocres, el mismo papel tapiz texturado color vainilla, las mismas cortinas de terciopelo *chiffon* marrón claro, los mismos cuadros enmarcados en dorado avivando las paredes, las mismas baldosas de granito, tan bien pulidas, que parecen espejos; la misma quietud de un hogar en el cual solo se crió una hija, y donde aún no han llegado los nietos.

La tía Josefina me recibe con su afabilidad de siempre. La vejez le ha sentado bien, ya debe de andar por los setenta y tantos años, camina con el soporte de un bastón, y su cuerpo luce más pesado, pero su piel suave y sus pómulos aún llenos y redondos le dan una apariencia fresca. Lleva puesta una guayabera de lino blanca almidonada que le cae por debajo de las rodillas y en la cintura un fino cinturón negro, el pelo corto color ceniza está peinado de peluquería y los labios pintados de rojo. Verónica, en el físico, es muy parecida a su madre, pero en el carácter se parece al padre, a quien lamentablemente la edad le ha mermado el buen humor.

Sentadas alrededor de la mesa del comedor estamos las tres, almorzando y charlando de todo un poco, ya hablamos acerca del estado de gravedad de papá. La tía Josefina, llena de nostalgia, nos cuenta anécdotas de cuando mamá estaba viva y las dos parejas compartieron fiestas, viajes y vivencias. Por último, nos comenta que el próximo mes celebrará sus bodas de oro, cumple cincuenta años de casada con el tío Leopoldo.

—¡Tía! ¡Felicidades! ¡Cincuenta años de casada! Yo que apenas llevo cinco, tendría que vivir hasta los ochenta y cinco años, para poder celebrar las bodas de oro.

—Bueno, hoy en día, vivir hasta los ochenta y cinco años es muy factible, lo que yo veo difícil es mantenerse casada por tantos años —argumenta Verónica.

—Esas no parecen las palabras de una joven que en menos de tres semanas va a contraer matrimonio —asegura la tía Josefina.

—Mamá, gracias por lo de joven, pero acuérdate de que este es mi segundo matrimonio, y que en un mes, aparte de tus bodas de oro, también celebraremos mi cumpleaños número cuarenta. Todo eso hace que me case con menos fantasías en la cabeza —aclara, como siempre tan tajante.

—Hija, casarse, no importa cuántas veces lo hayas hecho y cuál sea la edad, siempre nos llena de ilusión.

—En cada etapa de la vida uno se casa por una razón distinta —asegura Verónica.

—Tía Josefina, ¿cuál es el secreto para mantener un matrimonio por tantos años? —intervengo con ánimos de suavizar la tensión que se está creando entre madre e hija.

—El secreto está en saber perdonar —pronuncia la última palabra despacio—, porque todos cometemos errores. Y en que cada uno se comprometa consigo mismo a dar lo mejor. En el matrimonio, como en cualquier otra relación, se cosecha lo que se siembra. Ahora, mis hijas, me retiro a hacer mi siesta. Esta tarde Leopoldo y yo nos vamos a jugar a la canasta, como lo hacemos religiosamente todos los viernes.

Se levanta de la mesa y se despide de cada una con un beso tierno.

Verónica y yo nos quedamos unos minutos en silencio, pensativas terminamos el almuerzo, hasta que decido hablar de nuevo.

—¿Te acuerdas cuando te comenté que Salvador me debía una?

—Sí, y te pedí que te explicaras mejor, pero me dijiste que en otra oportunidad, porque querías que te contara de Harry.

—Bueno, la deuda está relacionada con el hecho de que Salvador me fue infiel —le confieso.

—¡Qué! ¿Cómo? ¿Con quién? —pregunta a la

velocidad de un rayo.

—Te lo voy a contar porque tú, al igual que mucha gente, crees que Salvador y yo somos la pareja perfecta, y que nuestro matrimonio ha transcurrido sobre un camino lleno de pétalos de rosas rojas, sin espinas. Y no es así, esa no es la realidad ni en mi matrimonio ni en el de tus padres ni en el de los míos ni en ninguno. La verdad es que por una u otra razón, en algo se falla. Hoy las palabras de tu madre me hicieron reflexionar en lo importante del verdadero perdón, el cual necesariamente tiene que estar acompañado del olvido, y esta es la última vez que menciono que él tiene una deuda conmigo. —Verónica me está mirando atónita—. Te cuento cómo sucedió: al final de un día de trabajo, Salvador salió de la oficina e iba conduciendo en dirección a nuestra casa, cuando vio una chica haciendo autostop a la orilla de la carretera, estaba nevando muy fuerte y el frío era brutal, por solidaridad se detuvo y la montó en el coche. La chica, con unos cuantos tragos de más encima, comenzó a contarle su historia de amor y dolor. En la mitad del trayecto, sin previo aviso, posó su diestra mano en el sexo de mi marido y comenzó a acariciarlo. Salvador se sorprendió pero no le quitó la mano de encima, por el contrario, comenzó a excitarse. La chica, consciente del efecto que estaba causando su mano hábil, le ofreció que subiera a su apartamento, al cual ya estaban llegando. Por minutos, se debatió entre si subir o no, pero al final, entre su pene endurecido y el diablillo que todos llevamos dentro bailando eufórico, lo convencieron de que por primera vez, y por tan solo una vez, un revolcón con una extraña, no iba a acabar con su matrimonio, y aceptó la proposición. Se detuvo en una farmacia a comprar una caja de los mejores condones, como si con eso no solo protegiera su asta viril, sino también su conciencia. En fin, la caja de preservativos fue la evidencia que yo encontré en la guantera del coche al día siguiente. No fue necesario preguntarle nada, cuando me vio entrar a la casa con semejante evidencia en la mano, vi como en segundos su rostro se transfiguró en el de un mendigo lleno de vergüenza, y con una voz que apenas se podía escuchar me pidió que por favor me sentara que me lo iba a contar todo, y me lo contó.

Verónica tiene la boca abierta y los ojos dilatados. Transcurridos unos segundos, respira profundo y comienza a hablar.

—Como cristiana te digo que la única manera de perdonarlo es mirarlo a través de los ojos de Dios, porque a través de los míos, me provoca ¡MATARLO! No puedo creer lo que me dices. No puedo imaginar a Salvador, haciendo algo así.

—Sí, recuerdo que mientras me lo contaba yo sentía que me clavaba puñales. Todo parecía una pesadilla grotesca. Procesar lo sucedido me llevó semanas, perdonarlo tomó su tiempo y restablecer la confianza fue un proceso largo. Su sinceridad fue muy importante, pero lo que más me ayudó fue entender que eso no sucedió porque él sintiera carencias de mi parte o porque yo fallara como esposa o como amante.

—Recuerdo lo que me dijiste de la fidelidad, la cual debería comenzar por nosotros mismos, ser fiel a nuestros valores y a nuestra conciencia. Pero como somos seres humanos, puede haber un momento de debilidad en el cual nos dejamos arrastrar por la tentación del diablo.

—Claro, y entender eso fue lo que me hizo perdonarlo. Sin embargo, como te dije antes, me tomó tiempo, ya que nunca me imaginé que él pudiera hacer algo así. Salvador, a través de todos estos años, me ha demostrado que es un ser humano maravilloso, que cada día entrega lo mejor de sí mismo para amarme y contribuir a mi felicidad.

—Después de lo que me acabas de contar, no

quiero ni imaginarme cuántos PERDONES deben de tener mis padres en su haber, para llegar a mantenerse juntos por cincuenta años.

—Bueno, ¡todo tiene un límite! y está directamente relacionado con el amor propio. El perdón es ilimitado, pero el hecho de permanecer juntos no.

Volvemos a quedarnos calladas, ensimismadas nos bebemos despacio el café, surcando en nuestros pensamientos, hasta que Verónica rompe el silencio.

—Sofía, yo voy a aprovechar esta oportunidad para pedirte perdón —dice en un tono muy formal.

Suelto una carcajada, anticipando que va a salir con una de sus bromas.

—Estoy hablando en serio —me advierte—, por muchos años he buscado una oportunidad para hablar de esto y nunca he tenido el valor suficiente de hacerlo.

—Pedirme perdón. ¿De qué estás hablando? —ahora soy yo la sorprendida.

—Por haberme acostado con Alex Amin —lo dice despacio bajando la mirada.

—¡Verónica! ¡Es un completo disparate lo que estás diciendo! —exclamo, y me levanto de la mesa.

—Sí, fue un disparate y cada vez que lo recuerdo se me revuelve el estómago. Ahora siéntate, por favor, y déjame contártelo todo.

Hago lo que me pide, sintiendo que después de esta confesión habré perdido para siempre la capacidad de asombro.

—Te aclaro que pasó después que ustedes terminaron, y tú ya tenías unos cuantos meses viviendo en Italia. Fue un revolcón de una noche de tragos y nada más. Alex se iba a independizar y ya había puesto la renuncia al bufete de papá, pero teníamos que preparar el informe final sobre un complicado caso que por más de un año habíamos llevado juntos. Para ganar tiempo decidimos pedir comida para cenar y quedarnos trabajando hasta que el informe quedara listo y así lo hicimos. Ya era media noche cuando le pusimos el punto final y para celebrar nos tomamos un *whisky*, pero sin darnos cuenta, nos fuimos bajando la botella, mientras hablábamos de una cosa y otra. Él todavía cargaba a flor de piel el despecho de tu partida, y yo, el hastío de la soledad. La borrachera nos dio por besarnos y allí mismo terminamos acostándonos. Esa noche, no solo terminamos el maldito informe, sino también nuestra amistad, y esa es la razón por la cual no me agrada verlo ni en pintura, porque aparte de mi razón moral, yo sentí que te falté.

—No, amiga, a mí no me faltaste, te faltaste a ti misma.

—Yo lo sé, pero como entre las dos nunca han existido secretos, me siento mejor después de habértelo dicho.

Me levanto y la abrazo, luego mirándola a los ojos le digo que yo no tengo nada que perdonarle, pero que de todas formas le agradezco mucho su sinceridad.

—Cuando me contaste lo de Salvador, una parte de mí se identificó con su debilidad. Por eso después de mi reacción efervescente de querer matarlo, me acordé de que yo también he resbalado, y sentí compasión por él.

—Bueno, ya dejemos de hablar del pasado. Ahora vamos a concentrarnos en el presente, a disfrutar que estamos juntas a punto de ir a la prueba de tu traje de novia.

—Gracias, amiga, me quité un enorme peso de encima. Te aseguro que el vestido me va a quedar ahora más holgado —su ocurrente comentario hace que ambas riamos.

Al entrar al lujoso almacén siento como si llegamos

a una sucursal del cielo. El blanco inmaculado se extiende por doquier entre lo vaporoso del tul, el cuerpo de la seda, lo arrugado del raso, el entramado de hilos de la organza, lo tupido del tafetán y las flores del brocado. Me parece estar caminando entre nubes de diferentes texturas. Una empleada me señala un mullido sillón de piel blanca. Me siento y Verónica se marcha al probador con la sofisticada encargada. Pasados unos escasos minutos, veo que la misma empleada se acerca con una bandeja de plata y dos copas de cristal. Con una sonrisa me entrega una copa de vino burbujeante, la otra la coloca sobre una mesita que está a mi lado y me dice que es para la novia.

Tomo una revista de moda y la hojeo con desinterés. Me llevo la copa a la boca, bebo un sorbo de vino y justo en ese momento Verónica aparece ante mí. De la impresión abro los labios y aspiro el líquido, el cual toma el camino equivocado causándome un ahogo tremendo. Toso una y otra vez. Mi rostro se enciende como el rojo de un tomate y las lágrimas se me escapan sin que yo pueda hacer nada para evitarlo. La empleada me pasa un vaso con agua mientras Verónica me está dando golpecitos en la espalda. Hasta que al fin, logro recuperarme del ahogo más inoportuno y vergonzoso que he tenido en mi vida.

—Sofía, dime, con sinceridad, ¿es tan horrible mi vestido que casi te mata? —inquiere Verónica.

—¡No! —exclamo y bebo agua para aclarar mi garganta y poder continuar hablando—. El vestido es muy sobrio y te luce muy bien.

Con la reaparición de mi amiga en la escena, el inmaculado almacén cambió su aspecto de sucursal del cielo al de una escenografía del *Lago de los cisnes,* en donde Verónica interpreta el papel del cisne negro.

—Es una creación muy elegante en *chiffon*, de textura muy suave y falda lánguida, con una caída natural al cuerpo y un regio contraste con su tez pálida. El detalle de organza blanca rodeando el talle y la gargantilla de perlas sobre el pecho descubierto, le dan el toque chic. Cuando diseño un traje de novia, tomo en consideración varios aspectos y uno de ellos es la personalidad, este vestido es perfecto para una novia tan regia como Verónica —explica la diseñadora del traje con un tono de voz pausado, entre gestos bien medidos y refinados, quien apareció detrás de mi amiga, como una modelo recién salida de la revista que estaba hojeando hace poco, vestida impecable con un sastre blanco estilo Coco Chanel, con detalles en negro y botones dorados, y unos zapatos negro de tacón fino.

—El vestido es bello y te queda muy bien —insisto—, solo que el color me sorprendió. Pero tu piel blanca es perfecta para el color negro, lucirás imponente.

—Yo ya me casé de blanco una vez y fue suficiente. Vestida de negro me siento más cómoda y no lo cambio por ningún otro color. ¡Seré una novia negra! —proclama a toda voz, luego se me acerca y me susurra en el oído—. Te aclaro que esta decisión nada tiene ver con mi conciencia.

—Yo soy la que debería ir vestida de negro, ese es el color que me combina en este momento. Pero tendré que buscarme otro, no voy a competir con la novia.

—Me río sola de imaginar el impacto visual que sufrirán los invitados cuando me vean llegar —confiesa divertida—, porque aunque será entre familiares y amigos íntimos, nunca falta quien critique.

—¿Está el novio al tanto de tu elección? —pregunto, imaginando la cara del pobre hombre.

—No sabe los detalles, pero le advertí que no voy a vestirme como una novia convencional.

—Lo cierto es que, por mucho tiempo, vas a dar de que hablar a la sociedad barquisimetana —le advierto.

—De eso se trata ¡de que hablen! —exclama—. Total, me vista de blanco o de negro, igualito la gente encontrará algo que criticar.

—Por eso has lo que te haga sentir feliz y punto —le aconsejo.

Salimos del almacén. Le pido el favor de que paremos un momento en una librería para buscar una novela que me recomendaron. En el estante de la entrada, un libro titulado *El cisne negro*, me cautiva y lo tomo para hojearlo. Habla de eventos tipo Cisne Negro que tienen tres características: «rareza, impacto extremo y retrospectiva».

—Amiga, tenía razón en lo que pensé cuando te vi con el vestido de novia. Definitivamente, el día de tu boda, ¡serás el cisne negro!

CAPÍTULO XIII
MUNDO DE SOMBRAS

Una vez estacionadas en frente de la casa de mi padre, nos despedimos con un fuerte abrazo. Verónica me da las gracias por la compañía y me desea que descanse. Le comento que aún tengo algo muy importante que hacer pero que mañana le cuento. Me bajo, como de costumbre, apresurada.

Abro la reja y mientras camino hacia la casa recuerdo que dejé el celular y el libro en el coche de Verónica. Me regreso hasta la entrada pero ya mi amiga desapareció. Me quedo un instante contemplando la calle desolada y me estremezco al escuchar de nuevo el llanto de dolor que irrumpe en la mudez de la noche. Sin pensarlo dos veces, abro de nuevo la reja y dirijo mis pasos firmes hacia la casa de doña Inés, al acercarme sucede lo mismo que la noche anterior, el llanto se convierte en alaridos de dolor, que llamándome por mi nombre, claman mi ayuda.

Las figuras de los gatos se reflejan distorsionadas a través de los ventanales iluminados por una luz mortecina que sale de la parte trasera. Esos felinos parecieran ser los únicos seres vivientes en este lugar que transpira desidia y desolación. La maleza se ha apoderado de lo que en una época fue un jardín. Las paredes mohosas con restos de pintura desconchada y las rejas oxidadas. Hay un par de muebles destartalados arrumados en la entrada y basura apilada en las esquinas. Un verdadero desastre edificando un templo satánico, que se levanta entre sombras, como una muestra latente del tipo de vida que su dueña eligió.

Por primera vez, siento que el Miedo, que se personificó en un gigante verde y musculoso con un rostro bien severo, en lugar de paralizarme, se pone de mi lado y su presencia me da la fuerza para seguir adelante y, como si estuviera guiando a una niña, toma mi mano y la coloca en el timbre haciéndome tocarlo. No abre, pero ahora soy yo quien estoy decidida a ponerle fin a esta locura, lo toco de nuevo con mayor insistencia. Finalmente, se enciende la luz del porche, la bruja asoma la cabeza con su cuerpo atrincherado tras la puerta entreabierta y de mala gana pregunta que quién es.

—¡Sofía Santo! —dice un grito que escupió el Miedo.

La cierra y pienso que, la muy desgraciada, no va a abrir, pero para mi sorpresa, abre y aparece envuelta en una bata de baño roja.

—Sofía Santo, ¿a qué se debe el honor de tu visita? —pregunta tratando de parecer amable.

—Necesito hablar con usted, es urgente —le aseguro.

—Ah, urgente —repite con calma.

—Por favor, doña Inés, necesito hablar con usted —le insisto.

Midiendo cada uno de sus movimientos, llega a la reja y la abre con recelo, me clava sus ojos y por último me dice:

—Pasa.

El Miedo me suelta un empujón que me deja del otro lado de la puerta. Doña Inés me regala una sonrisa irónica. Le pasa la llave a la reja, se la guarda en el bolsillo de la bata y se voltea hacia mí algo tambaleante. Me mira, como esperando a que le cuente cuál es mi urgencia. Al tenerla en frente, le siento la respiración entrecortada y su aliento es una turbia mezcla de tabaco y alcohol. Observo su piel ajada, sus ojos enrojecidos debajo de su cabello enmarañado, el lunar carnoso sigue coronando el labio superior poblado de pelos. No la había tenido tan cerca desde mi graduación de bachiller, cuando se me acercó para darme la noticia de que Paula se iba a estudiar Arquitectura en una reconocida universidad en Roma, lo cual sería un éxito garantizado para su futuro profesional y personal, porque estaba segura de que allá encontraría mejores amigas, que no le lavarían el cerebro para ponerla en contra de su madre. De resto, tengo la suerte de que me sobren los dedos si cuento las pocas veces que me la crucé en la calle. Sí, tenía muchos años sin verla, pero la recuerdo con claridad y se ha convertido en un estropajo humano, su aspecto está tan deteriorado como su entorno.

Se me ocurre la excusa de pedirle prestado el baño, para que me haga pasar a la casa. Acepta de mala gana y se enfila en zigzag hacia adentro. Al entrar, el primer golpe me lo da el penetrante olor a orina de la decena de gatos que habitan en esta pocilga, quienes con su ácido espray han marcado su territorio con tal intensidad que siento náuseas. En el cuarto de baño, me miro al espejo y trato de poner mis pensamientos en orden, los alaridos se transformaron en un susurro amordazado que persiste pidiendo ayuda, ya no me cabe la menor duda de que aquí hay una mujer encerrada y muy probable es que sea Paula. Abro el grifo y dejo correr el agua, me enjuago la nariz tratando de arrancarme el fétido olor. Con la punta del zapato bajo la cadena del inodoro que no utilicé y sin saber aún qué hacer, salgo al encuentro de doña Inés. Le echo un vistazo a la sala, abarrotada de botellas de cerveza apiladas en las mesas, y ceniceros repletos de colillas de cigarro, como si por aquí hubiese acabado de pasar un ejército de soldados y se liberaron de meses de abstinencia.

—Pensé que venías a avisarme que tu padre ha

muerto —me dice apenas me ve, con la lengua enredada y con una cerveza en la mano.

—No, papá sigue estable —le miento.

—Déjate de pendejadas conmigo, si acaso le quedarán pocos días para que estire la pata. Eres idéntica a tu madre, pretendiendo que todo siempre está bien, con sus caras de mojigatas, pero a mí nunca me engatusaron con sus pendejadas y las dos siempre me dieron mala espina. Yo sé que tu mamá usaba ese cuento de dadivosa y de dispuesta a ayudar a todo el mundo para encubrir sus tormentos y apaciguar sus fantasmas, ¡que eran muchos! Por eso la muy hipócrita se está quemando en las pailas del infierno y es allí donde te encontrarás con ella.

—¿Y usted?, doña Inés, ¿en dónde cree que se va a encontrar con su hija? ¿En el castillo de Alicante o en el infierno? —le pregunto con la sangre hirviendo.

—¡Prepotente de mierda! ¿Quién te crees que eres para hablarme así?

—Yo le estoy hablando de la misma forma en que usted me está hablando. Pero yo no vine a discutir con usted. Solo vine… Yo vine…

—¿A qué viniste? —insiste exasperada.

—Vine para ayudarla.

—¡Ayudarme! Ja, ja, ja. ¿Ayudarme a qué?

—Ayudarla a liberar a la mujer que tiene aquí encerrada —le digo finalmente, ya que en mi interior late la imperiosa necesidad de develar el misterio que encierran estas paredes y su trastornada dueña. Me abstengo de mencionar lo de la nota, intuyo que eso se lo debo de preguntar más adelante.

—Lunática de mierda, me cago en tus palabras. ¿Qué estás insinuando? ¡Qué yo tengo aquí a una mujer encerrada! Mira a dónde llega tu osadía. Y si así fuera ¿Quién te crees tú que eres para liberar a mi presa?

—Doña Inés, tanto usted como esa mujer tienen

que salir de aquí. Déjeme ayudarlas, hay un solo paso entre la oscuridad y la luz, y si no lo da ahora, se va a hundir en la desgracia. Por favor, ¿en dónde tiene encerrada a Paula?

Comienza a carcajearse, como si mi pregunta le hubiese causado una gran gracia, caminando de un lado para el otro. Al fin se detiene en frente de mí y con la mirada empañada comienza a hablar de nuevo. Repite la misma historia de que Paula se encuentra en España felizmente casada con su marido y sus cinco hijos…

—¡Doña Inés! ¡Por favor! —la interrumpo sulfurada—, no me venga con ese cuento. Todo el mundo sabe que esa es una historia que usted inventó en torno al destino de su hija. Lo cierto es que hay un gran misterio en…

Ahora es ella la que me silencia con una bofetada que me voltea la cara para el otro lado. Al volver el rostro, veo con horror que tiene el brazo levantado, con la botella de cerveza agarrada por el pico, apuntado hacia mí. Me llevo las manos a la cara para protegerme y doy un salto hacia atrás, pero su largo brazo me alcanza y me pega un botellazo en la frente. La sangre no tarda en salir a borbotones cubriéndome el rostro, tambaleando trato de retroceder buscando algo con que defenderme, me agacho para tomar una botella que veo muy cerca, pero la bruja, que se ha convertido en una más de sus felinos, se lanza sobre mí con la furia de un león hambriento. Me desplomo boca abajo con los brazos cruzados bajo el pecho. De un solo brinco me cae encima y con sus muslos contraídos me inmoviliza. Yo trato de zafarme intentando arrastrarme como una culebra, pero lo único que logro es extender los brazos. Comienza a golpearme brutalmente por la espalda, los hombros, los brazos y la parte de la cara que se le atraviesa entre mis movimientos desesperados de un lado al otro. Toma una botella y me sigue golpeando hasta que la parte en mi cabeza, pero eso no la detiene, su adrenalina la hace continuar, lanzándome puñetazos sin parar.

El charco de sangre que se ha formado a mi alrededor me dice que si no hago algo, pronto voy a morir en las manos de esta mujer endemoniada. Grito clamando ayuda mientras pataleo con las piernas, que son lo único que puedo mover. Qué ironía, ahora soy yo la que pide ayuda, pero sin esperanzas, porque mis gritos se diluyen entre estas paredes que han comenzado a dar vueltas. Todo gira a gran velocidad a mi alrededor y en la distancia escucho su voz jadeante, que me dice que como voy a morir, me va a contar la verdad sobre la vida de Paula...

—Mi hija, como tú sabes, no me dirigió más la palabra desde esa tarde en la que estaba estudiando en la casa de tus padres y sus amigas descubrieron que me dedico a la brujería. De lo que no me avergüenzo porque yo sí que he ayudado gente con este trabajo, mucho más que la perra de tu madre. Sin embargo, por más que se lo expliqué, ella no quiso entender ni escuchar mis razones, y el hecho de que mi ocupación saliera a la luz pública en su círculo de amigas fue para ella una razón de suficiente peso como para acabar la relación con la mujer que la parió y la crió hasta los diecisiete años. Y que obstinada de mí, y de mi mundo, se fue a Italia a vivir con la víbora de la abuela. Una de mis peores enemigas porque esa vieja nunca me quiso y hasta me culpó de la muerte de mi marido, pero por maluca, ella también quedó tiesa de un infarto a los meses de haberle llegado su querida nieta. Al enterarme de la noticia, me fui a buscarla y traté de convencerla de que regresara conmigo a Venezuela. Pero la muy terca me machacó que ella no quería saber nada de mí, y prefirió quedarse sola en Roma. Trabajaba en un bar, donde bailaba y se desnudaba para los clientes. Cosa que no necesitaba hacer porque yo le mandaba dinero todos los meses, pero la muy cabeza dura, desde que se marchó no quiso tocar ni un euro que viniera de mi parte. Paula murió de una sobredosis de cocaína a la edad de veintidós años y está enterrada junto a sus abuelos. Así que yo no sé de dónde sacas tú, esa descabellada idea, de que yo la tengo encerrada en esta casa. Ahora, por estar de necia y de entrometida, es a ti a quien voy a encerrar y te voy a dejar sufrir hasta que te desangres por la paliza que te di, la cual tienes muy merecida por haberme apartado de mi única hija. Y como dicen por ahí, que es mejor llegar a tiempo que ser convidada, mi querida Sofía, llegaste en el momento preciso. En mi hoguera, después que estés tiesa, las voy a quemar a las dos y así…

El dolor esparcido por cada milímetro de mi cuerpo es desgarrador. Nunca había sido víctima de la violencia física y esta paliza me tomó por sorpresa. No sé cómo voy a salir de aquí, y a mi horror se le une una gran tristeza al saber la verdad de lo que fue la corta existencia de Paula. Su voz va perdiendo vigor. Lo que oigo es un murmullo a lo lejos. Yo siento que me estoy yendo, pero a pesar de mi debilidad, se queda flotando en mi cabeza lo último que escuché:

—Las voy a quemar a las dos…

Si Paula ya está enterrada, ¿quién es la otra que arderá conmigo en su hoguera?

Siento que por fin se levanta al liberarme de su peso. Desesperada intento moverme y lo único que logro es medio voltearme. La bruja sujeta y levanta mis brazos que parecen los de un muñeco de trapo. Con rudeza aprisiona mis antebrazos entre sus manos y me arrastra como a un saco de patatas hasta un cajón. Lo destapa con una sola mano y coge unas cuerdas. Me ata las muñecas y los tobillos con tanta fuerza como si quisiera que sus hilos me llegarán hasta los huesos. Después, toma un pedazo de tela y me amordaza la boca.

Con los ojos entreabiertos y la visión nublada por el dolor, advierto que me está arrastrando por la casa, hasta que me saca al patio salpicado por el reflejo de las luces de la casa de mi padre. La cálida brisa me recibe con los brazos abiertos e insiste en que respire. Eso es lo único que, por el momento, puedo hacer para mantenerme viva, e indiferente a la pesadez que hay en el ambiente por el intenso calor, levanta su vuelo y me trae una enorme bocanada de aire empapado del dulzor de los mangos, árboles que se mantienen fieles del otro lado, con sus ramas extendidas hacia mí, con la esperanza de ayudarme. Sentir el aire fresco en los pulmones me da nuevas fuerzas para gritar. Desde aquí sería tan fácil que alguien me escuchara, pero a través del trapo solo logro sacar un quejido bajo e indefinido. Con una desolación inmensa miro la pared. Los árboles de mango siguen con su afán de ayudarme, estirando aún más sus ramas hacia este lado. Si tan solo pudiera alcanzarlas me salvaría, y mis lágrimas brotan impotentes al ver que tan solo una pared me separa de la vida y no puedo treparla…

—Tan cerca y tan lejos, qué ironía, ¿verdad? A simple vista todo parece tan fácil… Pero la realidad es otra. Sabes Sofía, cuando mi marido y yo nos mudamos para acá, ya tus padres tenían esa casa, y reconozco, porque soy una mujer justa, que al principio fueron colaboradores y amigables con nosotros, pero al poco tiempo se fueron distanciando, y convirtieron esa pared en un muro infranqueable. Me tenían justo aquí al lado y se mantenían al margen, ignorando todo acerca de mí. ¡Hasta que me cansé de jalarles bolas! ¡Arrogantes de pacotilla!, como si con hacerse la vista gorda y no tratarme se hubieran mantenido a salvo. Yo insisto, es la gente como ustedes la que está acabando con este mundo, cada quien viviendo en lo suyo, sin darse cuenta o sin importarles lo que pasa a su alrededor. Pero sucede que en este hueco de mierda llamado Tierra, nos guste o no, todos estamos conectados, y tarde o temprano, la mierda de unos le salpica a los otros. Ves, princesa, que estoy en lo cierto, ¡ahora te salpicó a ti! —concluye vomitando su odio sobre mí.

Quisiera más que nunca poder hablar y gritarle en su cara:

—Doña Inés, el mundo sería un lugar mejor, si cada quien comenzara por limpiarse su propia mierda. El problema radica en que no nos damos cuenta de lo sucios que estamos y dejamos apilar la porquería, hasta tal punto que no hay jabón que la remueva. Así como usted, que ha pasado por la vida abarrotada de tanta cochinada que ya ni la huele, y luego se pregunta, ¿por qué nadie se me acerca?... Y grita: ¡La gente es una mierda! ¡Mis vecinos son una mierda! ¡El mundo entero es una mierda! Sin detenerse a mirarse a sí misma y reconocer que cada quien elige un camino. Si estamos solos, debe de ser porque con nuestros actos fuimos alejando a mucha gente. Nadie puede darle una mano a quien las mantiene atadas. Y usted, doña Inés, ni siquiera de su propia hija se dejó ayudar, al contrario, consciente o no, la arrastró consigo a su mundo de sombras...

Ensimismada en su tarea, me jala hasta la entrada del cuartucho de peroles ubicado en una de las esquinas del patio, el cual recuerdo que usaban para guardar trastos viejos. Abre la puerta y de las porquerías que tiene encerradas allí se desprenden miles de partículas aéreas esparciendo un hedor insoportable a carne putrefacta, que al mezclarse con el olor salado y terroso de mi propia sangre, me arrancan el soplo de aire dulce que con tanto empeño la brisa había traído hasta mí hace unos escasos minutos. La intensa podredumbre me causa unas náuseas instantáneas, seguidas por repetidas arcadas en el estómago e inevitablemente un vómito pastoso se escapa de mí y se apila sobre el trapo que tengo pegado en la boca. La bruja se ríe de mi reacción y sin contemplación arrastra mi cuerpo hacia adentro y me deja tirada como a un traste más de los que tiene abarrotado el cuarto, justo al lado de un bulto largo cubierto por una lona.

—Aquí es donde te vas a morir —me anuncia con sus ojos brotados—. Te informo que no estás sola, a tu lado está la señora Carmencita Angulo.

Con toda naturalidad, como si estuviera develando una obra de arte, levanta la lona. Un grito de horror sale de mis entrañas y se ahoga junto a otra bocanada de vómito, que sin ningún esfuerzo brota de mi boca amordazada. Un escalofrío me estremece. La luz mortecina que ilumina el patio esparce rayos cobrizos sobre el cuerpo inerte, dejando ver en la penumbra su perfil acerado, su piel abultada que sobresale de la ropa ceñida, su cabellera oscura y larga que casi me roza. La descomposición del cadáver expuesto quién sabe por cuántos días al intenso calor tropical, concentra un hedor putrefacto en el pequeño espacio.

—Estoy segura de que en tu cabeza llena de mierda debes de estar pensando que yo la maté. Pero, ¡no fue así!, Carmencita se quedó tiesa. ¡Qué carajo! Fue mejor así, porque esta mujer tenía los mil y un problemas. Figúrate, estaba casada con un tipo al que nunca quiso y a quien no le cabían ya más cuernos en la cabeza. Tenía tres hijos condenados a treinta años de prisión por formar parte de una banda de secuestradores y traficantes de drogas. Sin un cuero en qué caerse muerta, y para completar andaba emperrada en un hombre casado. El trabajo que me encargó era para que, nada más y nada menos, lograra que el fulano se divorciara. Le advertí que no iba a ser fácil y que para eso se necesitaba tiempo y mucho dinero, pero ella estaba dispuesta a todo. Me pagó una parte y me quedó debiendo la tajada más grande, y en su puto empeño, se murió. ¡Fue un infarto fulminante!, estábamos en plena sesión cuando comenzó a botar espuma por la boca. Yo no me alarmé porque eso lo he visto antes, pero sí me asusté cuando comenzó a revolcarse quejándose de un terrible dolor en el pecho y en minutos murió. Esta es la primera vez que me sucede algo así con uno de mis clientes y ya tengo varios días con este peo encima, pensando en qué hacer con ella, porque no quiero problemas con la policía. Así que, entre el calor tan jodido que ha estado haciendo y el dilema de cómo deshacerme de este cadáver, me estoy volviendo loca. Ahora apareces tú también a joderme. Por eso decidí que las voy a quemar a las dos juntas, y así mato dos pájaros de un solo tiro, y los huesos... Uh, los camuflaré con la basura y problema resuelto. Ay, Sofía, ahora me voy a dormir, estoy agotada, aquí te dejo con Carmencita, descansa mujer, que pronto te estarás quemando en las pailas del infierno. ¡Dulces sueños! princesa —concluye con una sonrisa torcida, y satisfecha se da la media vuelta y cierra la puerta.

El terror me ahoga y un temblor descontrolado se esparce por todo mi ser. En la oscuridad trato de arrastrarme hacia un lado para separarme del cadáver pero no encuentro espacio para dónde moverme, a mi derecha y rozándome la cabeza hay una hilera de cosas que no logro identificar y mis pies están pegados al borde de la puerta. La claustrofobia y el hedor me hacen perder la migaja de calma que me quedaba, y como una loca desenfrenada, trato de desatar mis manos y mis pies de las cuerdas. Lo intento sin parar una y otra vez, hasta que siento que me estoy rompiendo la piel. Vencida comienzo a llorar, en mi cerebro se apilan los pensamientos, los rostros de mis seres queridos se me presentan como *flashes* uno detrás de otro. Sostengo la carita redonda y angelical de Federico por unos segundos y me siento más miserable. Por testaruda es mi hijo el que se quedará huérfano con tan solo un año de edad. Me retuerzo de la rabia y maldigo el haber desobedecido a mi padre y el no haber escuchado a la nana cuando me insistió en que no viniera sola para acá. Cómo pude ser tan estúpida para meterme en este infierno.

El rostro de Salvador surge de entre las sombras, flota en el aire dentro de una enorme burbuja de jabón, el ceño lo tiene fruncido de la rabia, pero en su mirada distingo el dolor, y lágrimas de impotencia se deslizan despacio y se acumulan dentro de la bola en la que se encuentra, el agua lo rodea y sube con rapidez de nivel, horrorizada veo cómo lo va cubriendo, y con expresión hinchada y deforme se ahoga en un mar de terror. Otra burbuja aparece y encierra a Isabel. Con el dedo índice apunta hacia mí, tiene el rostro inexpresivo pero me mira fijamente. Con la punta de la uña rompe la membrana transparente, y antes de esfumarse, me grita:

—Tú como siempre con el empeño de resolver todo sola, y después dicen que yo soy la egocéntrica.

Eduardo aparece revolcándose de la risa. Sus carcajadas retumban por todos lados y son tan estridentes que rompen la burbuja, pero antes de desaparecer me extiende la mano con su cara enrojecida. Leonor surge flotando despacio, su bola llena de luz brilla como una luciérnaga en la oscuridad. Detallo su rostro y observo que tiene la ceja izquierda más arqueada que de costumbre. La nana Matilde irrumpe estrepitosa. Lleva puesta una camisa de fuerza, los crespos parados y las pupilas dilatadas; lucha con fiereza para zafarse pero la burbuja se rompe y desaparece sin que ella pueda hacer nada para ayudarme. Vuelve el rostro de Federico, ahora está llorando desconsolado, y sus gritos me sumergen en una espiral en donde todo mi ser gira demasiado rápido. Trato de nuevo de zafarme, tengo que salir de aquí, necesito aire. Intento moverme una y otra vez, pero todo es en vano. Mi cuerpo ya no responde.

Cierro los ojos, ni fuerzas tengo para mantenerlos abiertos. Me estoy desangrando, y siento que me estoy yendo. En la desesperación invoco a Vida, a la Muerte, al Tiempo, a mi madre, a mis abuelos, a Miguel Ángel Buonarroti, a todos los espíritus del universo, con la esperanza de que alguien del más allá aparezca y me ayude a salir de este horror. Pero nada sucede, nadie se asoma y telepáticamente le pregunto a Carmencita:

—¿Por qué me llamaste? ¿Por qué me pediste ayuda? ¿Por qué solo yo te pude escuchar? ¿Qué tengo yo que ver contigo? Por favor, ahora soy yo la que te suplica que hagas algo por mí, grita con más fuerza para que todo el mundo te escuche, no te vayas al otro lado sin hacer nada por mí. ¡Carmencita, ayúdame! ¡Te lo suplico, ayúdame!

Pero el cadáver me responde con un silencio hermético, sobre el que se levanta un tímido chasquido de insectos y el ronronear de roedores.

Sumergida en el abismo de esta profunda oscuridad, empiezo a rezar en silencio. De mi ser brota la oración del padrenuestro, y como si fuese un mantra gurú, lo recito mentalmente una y otra vez… Y de la nada, me llega a la memoria el recuerdo de esa tarde el pasado diciembre en la casa de mis padres, mientras guardaba reposo para recuperarme del aborto, y estaba con mi sobrina Emilia viendo una película. Era la historia de un náufrago que llevaba varios días en una balsa en el medio del océano. El joven había pasado por una gran cantidad de pruebas de sobrevivencia, y ya casi moribundo, se desata un diluvio con rayos, truenos y relámpagos.

—No es posible que ahora le toque esto —bramé agotada de ver todo lo que ya había soportado.

—Tía, eso lo está haciendo Dios por el bien del muchacho. Las olas tan grandes van a ayudar a que el barquito se mueva más rápido y pueda llegar hasta la orilla. Tía Sofi, es para su bien, ya vas a ver —me aseguró mi sobrina de siete años de edad, mostrando la sabiduría que surge de un corazón que todo lo ve con pureza, optimismo y esperanza.

Y así sucedió, fue la intensa tempestad lo que hizo que su balsa se moviera más rápido, y al día siguiente, el náufrago amaneciera en una isla y se salvara.

Sé que me espera una noche muy oscura, pero voy a seguir rezando y rezando, aferrada a mi corazón que aún palpita. Con la fe de que esta tormenta que hoy cayó sobre mí, de alguna forma me moverá hacia adelante, y tal vez, me arrastre hasta la orilla…

CAPÍTULO XIV
LOS PASOS DE LA MUERTE

La madrugada está silenciosa pintada con tinta negra. En el jardín, los fieles árboles y las flores son testigos de su llegada. Ellos presienten que esta mujer viene a buscar a alguien, y tratan de camuflar el olor a naftalina y la estela de incienso bamboleando las ramas y lanzando con más ímpetu sus respectivas fragancias. La brisa corre de un lado al otro, mezclando el perfume licorado del jazmín con la dulzura de los mangos, y el aroma sutil de las rosas con el néctar azucarado de las aves del paraíso. Observo en la distancia el esfuerzo que están haciendo para espantarla, pero la Muerte los ignora, y con pies de plomo, enfila el camino de la entrada, derrochando su garbo al andar.

Yo estoy parada en la puerta de la casa.

—¿Vienes por mi padre o por mí? —le pregunto cuando la tengo al frente.

No me responde, ni siquiera me mira, y como si fuese transparente, me pasa por un lado, abre la puerta y entra. Me molesta su actitud tan indiferente, pero como ya sé lo lunática que es, decido ignorar su antipatía y seguirla hasta que se decida a hablar.

Se detiene en el medio de la sala, chequea su reloj de pulsera y en voz alta dice:

—Las cuatro y cincuenta, le quedan diez minutos. Ya sus contados días los ha gastado, unos bien aprovechados, otros malgastados, pero eso ya no importa, el Tiempo meticulosamente los ha contabilizado y me notificó para que estuviera aquí hoy, 18 de marzo, a las cinco de la mañana. Aún tengo tiempo para tomarme un café —determina.

—¿Tan solo diez minutos? —le pregunto.

No me responde, y con la misma indiferencia con que llegó, se dirige a la cocina. Yo le sigo los pasos, sin comprender cómo puede ser tan sangre fría, e ignorar de tal manera a alguien, que está a punto de morir.

Al entrar encuentro a mis dos cuñados sentados alrededor del mesón de la cocina tomando café. Eduardo, vestido impecable de traje azul oscuro, camisa blanca y corbata de rayas en degradación de azules; y Juan David, con unos pantalones vaqueros y una camisa azul celeste. Me alegra verlos, me les acerco y los saludo, pero no me responden, entonces con un tono bien subido los llamo por sus respectivos nombres, pero ellos también me ignoran. Toco el hombro de Juan David pero ni siquiera se inmuta, ambos continúan enfrascados en su conversación.

Me dirijo a la Muerte y le pregunto:

—¿Acaso ya estoy muerta? ¿Por qué nadie me ve? ¿Por qué nadie se percata de mi presencia?

No me responde, me pasa de nuevo por un lado y se sirve una taza de café. Me le paro en frente para encararla, pero me traspasa, con la misma facilidad con la que se vadea el viento. Como si yo fuese un fantasma atraviesa mi cuerpo y se sienta a la mesa junto a mis cuñados.

El peso de la verdad cae sobre mis hombros. ¡Estoy muerta! ¡Sí! ¡Muerta! Pero, ¿por qué ni si quiera la Muerte me puede ver? ¿En cuál plano estoy? ¿En qué dimensión?

Me siento y escucho la tertulia que sostienen los dos hombres, en eso oigo que Juan David nombra a Salvador, e intrigada presto atención a lo que dice:

—Ya está en el aeropuerto de Toronto. Llega a Maiquetía a la tres de la tarde, pero el único vuelo que encontró para Barquisimeto, es a la ocho de la noche.

—Cuando amanezca daré las instrucciones para que alguien lo espere en el aeropuerto y lo trasladen en la avioneta hasta Barquisimeto —asegura Eduardo.

—Salvador no sabe que Sofía está desaparecida —aclara Juan David.

—¡No estoy desaparecida! ¡Estoy muerta! —grito, aunque sé que nadie me escucha.

—Lo llamé anoche, después de que el doctor Fonseca pidió con urgencia que convocáramos a toda la familia, pero no le mencione lo de la desaparición de Sofía, ya que albergo la esperanza de que aparecerá antes de que él llegue.

—Todo es muy confuso. Verónica, quien fue la última persona que la vio anoche, asegura que Sofía entró a la casa, sana y salva, por lo menos hasta el jardín —dice Eduardo.

—Pero ella le mencionó que aún tenía algo importante que hacer —aclara Juan David—. Leonor fue a ver si estaba en casa de la vecina, la tal doña Inés, pero se cansó de tocar el timbre y nadie le abrió. Lo cierto es que es muy triste que el suegro esté a punto de morir y Sofía desaparecida.

—¡No estoy desaparecida! ¡Estoy muerta! Y muy acertada la intuición de Leonor, allí estaba y la bruja de doña Inés me mató —qué simple se dice todo desde este plano.

—Apenas me enteré, contacté al jefe nacional de la Policía y estoy esperando su llamada.

Suena el teléfono celular de Eduardo y lo atiende de una vez. Después de un intercambio de palabras dice:

—Estoy de acuerdo contigo, la primera hipótesis que se debe manejar es la de un secuestro.

—Ay Eduardo, mientras ustedes esperan que los supuestos secuestradores los contacten, mi cadáver ya será un puñado de cenizas.

La Muerte, quien ha permanecido indiferente a la conversación, como si lo que hablan fueran bobadas que no le interesan, termina el último sorbo del café y se levanta. Yo hago lo mismo, resignada le sigo los pasos. Total, tan solo soy una masa etérea sin rumbo, a quien nadie puede ver ni escuchar.

La Muerte abre la puerta de la habitación y la satura con su olor a naftalina. Un grupo de mujeres están reunidas en torno a la cama de mi padre. Isabel está muy elegante, con un vestido de fiesta largo de color rojo coral, ajustado sobre su cuerpo monumental, y el pelo recogido en un moño bajo. Leonor lleva puesto un pantalón de lino beige claro y una blusa de seda azul celeste, y como cosa rara, lleva el cabello suelto. Verónica, de pantalón y chaqueta negra, con camisa blanca. La nana Matilde con su vestido floreado y el delantal blanco almidonado, y la enfermera Aurora con el uniforme verde agua. Todas tienen lágrimas en los ojos ante la agonía de mi padre, todas saben que ya no hay nada que hacer. En la distancia se escucha el silbido estridente de la ambulancia que viene a rescatar lo imposible.

A pesar de la agitación que observo en el cuerpo de papá, porque es obvio que está sufriendo un paro respiratorio, estoy segura de que espera a la Muerte en paz, y le doy gracias a Dios de que tuvo el privilegio de una muerte natural. No como en mi caso y como en el de millones de personas en todo el mundo, que perdemos la vida porque gente desalmada nos la arranca, arremetiendo sobre cuerpos inocentes, desahogando la rabia apilada por traumas y carencias, a través de balas, cuchillos, botellas, bombas... Saciando el odio que llevan aprisionado, destruyendo vidas ajenas a punta de golpes, torturas y violencia. Cegados por la maldad, las ansias de poder y la intolerancia por pensar distinto.

Leonor le tiene agarrada una mano a papá y está

inclinada sobre su cuerpo. Isabel, está del otro lado de la cama, y con una postura erguida, le sujeta la otra mano. La enfermera le soba los pies con delicadeza. Verónica sostiene entre sus brazos a la nana Matilde, quien está desecha en un solo llanto, ya que papá representa el padre que ella nunca conoció. En medio de sus sollozos, escucho que menciona mi nombre, y supongo que también llora por mí.

En la habitación hay mucha más gente. La Muerte los saluda, parece que los conoce a todos. Tienen el brillo especial de los espíritus, pero no logro reconocer a ninguno, hasta que aparece mi madre iluminando el cuarto con su luz. Me llama la atención que no está sola. Trae en los brazos a una bebé vestida igual que ella con un largo camisón de algodón blanco, de cabello castaño oscuro, con cachetes de alfajor y boquita de corazón. Su mirada me engancha, tiene unos ojos almendrados de color gris que emanan una ternura tan grande que invitan a amarla de inmediato.

Me les acerco, pero al igual que los otros, me traspasan. Acomoda a la bebé sobre la cama pequeña que está a un costado y, como si le hablara a una niña grande, le dice con dulzura que la espere un momento que va a ayudar a su abuelo.

Un suspiro profundo se me escapa del alma cuando mi madre dice:

—Emma Sofía, ya regreso.

Escuchar su nombre y verla acostada enfrente de mí hace que la emoción me inunde con la fuerza de una represa que levanta sus compuertas, pero en lugar de lanzarme sobre ella, me quedo inmóvil y hasta contengo la respiración, por nada del mundo quiero perder esta oportunidad. Me le acerco muy despacio y la detallo fascinada. Es mucho más hermosa de lo que tantas veces la imaginé. Me arrodillo ante ella para seguirla admirando, deseo tomarla en mis brazos, pedirle perdón porque mi cuerpo no pudo retenerla en mis entrañas, besarla, acariciarla, mimarla... pero me da miedo que al tocarla desaparezca. Sin embargo, me arriesgo y deslizo con suavidad mis dedos sobre su pelito sedoso, el cual desprende un cálido olor a vainilla. Ella no siente mi tacto. Yo la contemplo extasiada y lo que me provoca es comérmela a besos.

Me arriesgo de nuevo y la acaricio dibujando pequeños círculos sobre sus mejillas rosadas, con mis dedos recorro suavemente todo su rostro tratando de grabarlo en mi memoria. Beso con dulzura sus labios rosa, su nariz celestial, sus manitas carnosas, su pelo de vainilla, y sin poder contenerme un segundo más, la rodeo con mis brazos, la traigo a mi regazo y enmudecida le digo que la adoro. Y así me quedo un rato, embelesada ante el milagro de poder verla y tenerla junto a mí.

La voz de la Muerte, me saca de mi deleite:

—Sofía, acércate y tómale la mano a tu marido que le llegó la hora, sé que ver tu rostro le dará la fuerza necesaria para levantarse de la cama y dejar su cuerpo.

Me doy cuenta de que mi padre está a punto de morir, acuesto a mi hija con delicadeza sobre la camita, con la ilusión de que voy a poder cargarla de nuevo, y apresurada me acerco a su lecho.

Mi madre, obedeciendo, lo llama con dulzura por su nombre. Mi padre espira el último suspiro. Su cuerpo físico se desploma por completo. Mis dos hermanas se lanzan sobre él. En ese preciso instante, mi madre le extiende la mano y el espíritu de papá se levanta, tan joven y saludable, que me cuesta reconocerlo, pero lo miro fijamente a los ojos y allí lo encuentro. Es él, y desde adentro le brota una luz cristalina. Está radiante y rozagante de energía.

—Sofía, amada mía, solo Dios sabe lo que te he

extrañado.

—No solo Dios lo sabe, yo también lo sé —le asegura mamá con una sonrisa enorme. Le abre los brazos, y los dos se dan un largo abrazo.

La Muerte se les acerca, saluda a mi padre con un apretón de mano y les dice que ya deben irse, que no hay tiempo que perder.

—Por favor, permite que abracemos a nuestras hijas —suplica mamá.

—¿Y dónde está Sofía? —pregunta mi padre, al notar mi ausencia.

—Papá, aquí estoy, aquí estoy —repito bajito entre sollozos.

—Yo no me voy a ningún lado sin antes despedirme de ella.

—Sabía que ibas a decir eso —asegura la Muerte—, antes de partir te voy a dar la oportunidad de que resuelvas ese asunto. Es parte del plan que tenemos reservado para ustedes. Ahora debemos apresurarnos, no queda mucho tiempo.

—¡Pero si yo estoy aquí! ¡No tienen que ir a ningún lado para despedirse de mí! Al contrario, ¡yo me debo ir con ustedes!

Mis padres se acercan a cada una de mis hermanas, y las besan y abrazan. Los observo con nostalgia e impotencia, como si estuviera en el cine viendo una película muy triste, donde solo puedo mirar y llorar, pero no formar parte de la escena.

—¡Yo también estoy muerta! —les grito.

Vida entra a la habitación inundando el espacio con su energía. La detallo con ojos anhelantes, de esos con los que se ve lo inalcanzable. Al igual que los otros, ni se percata de mi presencia, y sin dubitación se le acerca a la nana Matilde, y le susurra algo en el oído. La nana se desprende de los brazos de Verónica, se aproxima al cuerpo de papá, le toma una mano y la aprieta entre las suyas, le planta un beso en la frente, el beso que nunca le dio en vida, y se marcha.

Busco entre la gente a mis padres, a Emma Sofía y a la Muerte, pero no los encuentro, ya no están aquí, se fueron sin que me enterara de su partida…

Derrotada, abro la puerta de la habitación y la casa ha desaparecido. En su lugar, hay un mar claro e inmenso, miro a ambos lados y lo que me rodea es una masa de agua que me susurra en los oídos la palabra libertad. Me sumerjo y, con la agilidad de un delfín, disfruto de la inmensidad del océano. Después mi cuerpo se transforma en un águila dorada, bato las alas con fuerza hasta ganar cierta altura, y una vez que la alcanzo, aprovecho la fuerza de los vientos y me dejo llevar por ellos. Vuelo por dimensiones y espacios indefinidos. Mi alma es libre con un instinto muy fino para captar y usar a mi favor las corrientes de aire, y así cuando irrumpen vientos fuertes los aprovecho para volar bien alto, hasta que la brisa se hace leve y planeo suavemente.

Como si despertase de un profundo sueño, abro los ojos y me encuentro en un lugar que, a simple vista, me es familiar. El día se está levantando sin prisa y los primeros rayos de luz se asoman discretos en el horizonte. Estoy sentada sobre un columpio en un parque desolado, el viento sopla ráfagas frescas que prometen lluvia y mueve mi cabello suelto. Mis manos sujetan las cadenas frías y corroídas del columpio. Tengo la mirada fija sobre mis pies descalzos que juguetean con la arena tibia. Llevo puesto un pantalón vaquero y una blusa blanca de tira bordada, me siento relajada, aunque no sé por qué estoy aquí, solo siento la necesidad de esperar pacientemente. No sé qué espero ni a quién espero, pero no me importa porque el temor se ha ido de mi lado y su lugar lo ocupa la fe. La fe de que, de una u otra forma, todo va a estar bien.

El viento arrecia formando una tormenta de arena. Levanto el rostro y veo salir del alboroto de brisa y polvo a mi padre, quien con un caminar ligero y el semblante muy risueño, se aproxima hacia mi. Vestido con un pantalón azul marino, una camisa blanca de manga corta, la cual se está metiendo dentro del pantalón, y sin quitarme la vista de encima, se endereza la correa de cuero marrón.

Me levanto de inmediato y lo recibo con la más amplia de las sonrisas. En medio de la emoción de verlo, recuerdo lo que una vez me dijo:

—Esa sonrisa tuya, que alza tus pómulos, deja al descubierto tu dentadura pareja y extrae la luz de tus ojos de pradera inglesa, forman el conjunto más hermoso sobre tu rostro. Por favor, hija, nunca dejes de sonreír.

—¡Papá! ¡Si estás buen mozo! —le grito emocionada, al verlo sano, joven y rozagante.

—Y tú no te quedas atrás —bromea.

Nos fundimos en un abrazo que dura poco, ya que él lo interrumpe. Asida a su brazo caminamos un corto trayecto hasta un banco de madera en donde nos sentamos muy juntos. Tomo su mano y se la estrecho con fuerza, entrelazo mis dedos con los suyos, con un profundo anhelo de retenerlo y de que nunca se vaya de mi lado, y sintiendo un presagio en el corazón, de que tengo que ir al grano, le pregunto:

—Papá, ¿por qué a mí? ¿Por qué mis alucinaciones llenas de imágenes y voces?

—Porque naciste, al igual que tu madre, con la virtud de ver y escuchar en otro estado de conciencia. Pero primero que todo, quiero pedirte perdón por mi ceguera e incomprensión. Mi mente pragmática no pudo comprender el mundo de fantasía a donde a veces te ibas, era tan irreal para mí, que al no encontrarle la lógica, y la cura a través de la ciencia, preferí ignorarlo. Pero ahora, en el plano en el cual me encuentro, veo con mis propios ojos que el universo está lleno de mundos fantásticos y que todo es relativo. Por eso te aconsejo que en lugar de preguntarte por qué a mí, mejor pregúntate: ¿para qué a mí? El porqué se queda en las justificaciones y los lamentos, en cambio el para qué te ayudará a encontrar la utilidad de lo que se presente ante ti. Hija, uno de los grandes males que padecemos los seres humanos es la indiferencia ante lo que vemos y la incapacidad de escuchar al mundo que susurra, no solo a través de sus muertos, sino a través de la cantidad de dolencias que nos rodean como la violencia, las adicciones, las familias disgregadas, los niños y jóvenes que crecen solos, los ancianos abandonados... Todos cantando en un coro mudo de desesperación, que observamos con impotencia y hasta con indiferencia, porque su magnitud nos apabulla y pensamos que nada se puede hacer, pero como muy bien lo dice esa famosa frase, «Quien salva una vida salva el mundo», es de eso de lo que se trata, de que cada persona mantenga los cinco sentidos despiertos y ponga un grano de arena para servir, en cualquiera que sea su fortaleza y posibilidad. Sofía, en tu caso, siéntete orgullosa de tu don, mira sin temor las almas que se te presentan, y cuando los susurros te lleguen entre el ruido del mundo, abre tu ser y deja que a través de ti encuentren una voz que levante su clamor.

—Yo no sé cómo voy hacer para vivir sin ti.

—Aprenderás, el separarnos físicamente de las personas que amamos es algo que todos, tarde o temprano, tenemos que enfrentar. Lo mejor fue que supimos aprovechar la oportunidad de habernos tenido y ambos nos disfrutamos. Ten siempre presente que no es la vida quien vence a la muerte, es el amor quien vence a la muerte, y a partir de ahora estaremos juntos de una manera diferente, estaremos conectados espiritualmente a través del infinito amor que sentimos el uno por el otro. Se muere lo que se olvida, mientras me recuerdes sanamente, yo seguiré viviendo en ti y tú dentro de mí. Y una vez que superes el dolor de la ausencia, comenzarás a sentirme en el espacio donde se atesora la gratitud de lo vivido. Entonces, mis palabras te llegarán y resonarán dentro de ti en lo intangible del silencio, y nos juntaremos en una puesta de sol, y en una brisa cálida estarán mis brazos abrazándote; en tu risa, junto a la de tus hijos, estará mi alegría; en tus lágrimas estará mi dolor; en tu perseverancia estará presente mi fortaleza y en tu corazón latirá mi amor. Del mismo modo como tu madre ha continuado viviendo en ustedes.

—Papá, te adoro —musito, mientras con un gran esfuerzo trato de contener las lágrimas.

—Hija, yo también te adoro. Y recuerda, no escatimes en tres cosas: en sonreír, en amar y en ayudar a los demás; y por favor, disfruta al máximo el presente. Por cierto, te aclaro que yo participé sin saberlo en todo este lío de la eutanasia. Jamás involucraría a alguien en algo tan delicado como quitarle la vida a otra persona, como médico mi labor siempre fue la de salvarlas bajo cualquier circunstancia. La Muerte fue la autora de la nota, y la puso en mis manos porque quería que la buscaras, la conocieras y así dejaras de temerle. Ella me contó que todo lo que te ha sucedido desde que saliste de Toronto estuvo planeado para liberarte y para brindarnos la oportunidad de despedirnos. Pasarán muchos años antes de que la vuelvas a ver, por eso me pidió que te dijera que sigas bailando la danza árabe y que le bailes a la vida que te espera. Y tu madre te manda a decir que le encanta Salvador, que Federico es el niño de sus ojos, y que tú aún no sabes las cosas bellas que tiene tu destino…

Fue lo último que alcancé a escuchar mientras veía que su cuerpo lo envolvía un torbellino de arena y viento, y se esfumaba dentro de una nube de luz, tan brillante que me cegó por completo.

CAPÍTULO XV
DE VUELTA AL PARAÍSO

Voy descendiendo despacio por un espiral junto a una constelación de estrellas, envuelta en una masa de aire ligera. La caída es placentera y liberadora, y me dejo llevar por la fuerza de gravedad del universo que me jala con suavidad al fondo o no sé a dónde. No siento miedo, ni angustia, solo siento que mi cuerpo cae, cae, cae…

Hasta que el roce de unas caricias detienen mi descenso y piso tierra. Percibo que alguien me está tocando las mejillas con las yemas de los dedos, trato de abrir los ojos pero mis pesados párpados no me lo permiten. Los dedos bajan y me recorren el cuello y los brazos, y sus delicadas caricias le mandan señales al cerebro y mi memoria comienza a despertar. Las dos manos envuelven una de las mías y la frota con movimientos sincronizados, y el calor de su tacto se va expandiendo por todo mi cuerpo y me va cargando de energía. Libera mi mano despacio, la voltea con la palma hacia arriba y siento como la humedad de unos labios bañan mi piel con besos cortos y tiernos, y ponen un nombre en mi boca, el cual pronuncio bajito:

—Salvador.

Con ansia de luz y de ver de nuevo su rostro, hago un esfuerzo sincronizado para abrir los ojos. Hasta que por fin, mis párpados aglutinados se despegan, y paso unos segundos descifrando dónde estoy.

El cuarto está medio iluminado por una luz opaca, lo primero que distingo en frente de mi es la pantalla apagada de un televisor empotrado a la pared, desvío levemente la mirada y vislumbro la espalda ancha de mi marido, con la cabeza recostada sobre mi mano derecha.

—Salvador, Salvador —lo llamo con más fuerza.

De inmediato levanta el rostro y con una expresión de asombro, como si estuviera frente a un verdadero milagro, me observa por unos instantes con las pupilas dilatadas; luego se inclina y me besa con ternura los labios. Las lágrimas se le escurren y me humedecen la piel:

—*Piccolina*—me llama, pero al tratar de continuar el llanto ahoga las palabras que intentan salir de su boca.

Permanecemos inmóviles escudriñándonos el uno al otro, contemplándonos en la mudez de un asombro que yo aún no soy capaz de comprender; hasta que Salvador deja escapar un sollozo que se mezcla con su voz, me confiesa que le duele mucho lo que me sucedió y que daría lo que fuera por haberme evitado pasar por esa pesadilla. Es entonces cuando recuerdo lo sucedido y descubro que, aunque no sé cómo, logré llegar hasta la orilla y salir con vida de esa monstruosa tormenta...

Mi antebrazo izquierdo está pinchado con unas largas agujas conectadas a unos cables por donde bajan goteando despacio sustancias de diferentes colores hasta mis venas; por el intenso color reconozco el contenido de una de las bolsas, es sangre. Alrededor de la cabeza siento unas vendas que me cubren hasta la frente. No tengo dolor físico, sino una gran modorra, como si me acabara de despertar de un sueño profundo en el que estuve sumida por años.

—Todo está bien ahora —me asegura con dulzura en su voz y la serenidad medianamente recuperada—. Solo tienes heridas, que no son tan profundas, y hematomas que con el tiempo sanarán. Los médicos dicen que tienes que guardar reposo absoluto por varios días, el descanso ayudará a que te recuperes más rápido, esa es la razón por la cual te han mantenido sedada.

—¿Cómo logré salir con vida de esa casa? —pregunto indagando en mi memoria una pista de algo.

—La nana Matilde te salvó la vida. Ella te rescató.

—¿Cómo? ¿Le pasó algo a la nana? ¿Dónde está? ¿Cómo logró sacarme de allí?

—No te agites que eso te hace daño. Ella está bien, se dobló un tobillo y tiene algunos rasguños y moretones, pero nada grave, está en esta misma clínica, pero hoy le dan de alta.

—Dime cómo logró sacarme de ese infierno —le insisto con determinación—. Lo último que recuerdo es que estaba amordazada en el cuartucho del patio, al lado del cadáver de una mujer, y que la loca nos iba a quemar a las dos juntas.

—Sofía, tienes que descansar —me dice con firmeza.

—Necesito ver a la nana. Por favor, llévame a su habitación —le imploro.

—Eso es imposible, yo no te puedo sacar de aquí y tienes prohibidas las visitas.

—¿Cuánto tiempo llevo hospitalizada? —pregunto toda desorientada.

—Dos días. Yo llegué ayer en la tarde, y desde entonces no me he movido de tu lado. A pesar de que ingresaste en condiciones críticas, te has ido recuperando muy rápido. Lo peor ya pasó.

—Voy a estar bien —le aseguro con la convicción de un guerrero que sabe que, con la ayuda de un ángel, acaba de ganarle una batalla a la maldad—. ¿Cómo está Federico? ¿Ya lo viste?

—Está muy bien en la casa de Leonor, la señora que le trabaja a ellos lo está cuidando, junto a sus primas. Yo no lo he visto, Juan David me buscó en el aeropuerto y me trajo directo hasta aquí.

Una enfermera entra en la habitación, enciende la luz central y nos saluda cortésmente. Se me acerca y revisa las sustancias intravenosas, me introduce un termómetro debajo de la lengua, me mide el pulso y nos informa que el médico vendrá a verme al terminar su consulta. Antes de salir, nos dice que me va a permitir una visita, pero que por favor, sea breve.

—Buenas tardes —dice Leonor en un tono sutil, mientras empuja una silla de rueda en donde va sentada la nana, y la coloca con cuidado a mi lado. Las dos están vestidas de un negro riguroso—. Esta señora dice que no se va de aquí sin antes verte.

—Mi niña, yo tenía, tenía que *ve* con mis ojos que está bien —dice con la voz estropajosa.

Leonor se acerca y me da un beso en la mejilla. Emana un profundo pesar. Hace una mueca torcida pretendiendo dibujar una sonrisa, pero las lágrimas le sabotean la actuación. La nana tampoco logra contenerse y llora desconsolada a mi lado. Me imagino que debo de lucir muy estropeada, para que todos lloren al verme.

—No se preocupen por mí, que lo que tengo es solo cuestión de tiempo —les digo para tranquilizarlas.

—Me alegra mucho verte despierta —confiesa mi hermana, tal vez queriendo decir VIVA.

—Leonor, *andiamo in* la cafetería —interviene Salvador, hablando en su mezcla particular entre italiano y español, que siempre usa en Venezuela—. Matilde y Sofía, *bisogno* un *tempo* a solas.

Se aproxima a la nana y le susurra algo en el oído que no logro escuchar. Toma a Leonor por un brazo y ambos salen de la habitación.

Le extiendo la mano y ella me la sujeta mirándome con una mezcla de alegría y pesar, y se inclina hacia mí. Cuando la tengo cerca le digo:

—Mil gracias por salvarme.

—No, mi niña, ustedes fueron los que, hace muchísimos años, me salvaron a mí.

Nos quedamos un rato en silencio, disfrutando la quietud de este medio abrazo, y al detallar los rasguños en sus brazos y su tobillo vendado, me asombro de comprobar la determinación con la que esta noble mujer me ama. Porque una cosa es pensar que uno puede dar o arriesgar la vida por alguien, y otra muy distinta es tener el coraje de hacerlo.

—Nana, ¿cómo supiste que estaba en la casa de doña Inés? ¿Cómo lograste sacarme de allí?

—Mi niña, a mí de repente se me prendió el bombillo, como si alguien me soplara lo que tenía que *hacé,* como una gata furiosa me fui al patio, saqué la escalera y, con el *vestío arremangao,* me trepé *pal* otro lado jalando una rama de la mata de mango de la casa de la bruja, pero esta se partió y me fui *pa* bajo. Al *caé* en el suelo sentí el dolor en el pie, pero no me importo, mi niña, ya nada ni nadie me iba a *pará* hasta que la hallara. Caminando en la oscurana llegué al cuartucho desde donde salía una podredumbre que me dio ganas de *vomitá*, pero tampoco me importó, yo lo que iba era a *buscala* y sabía que estaba ahí, esa fue el alma de su señora madre, que me guiaba porque yo sabía lo que tenía que *hacé*. Jalé la puerta, y la vi en el suelo al *lao* de la muerta, me hinché de la rabia y *cargá* la llevé al fondo del patio, le quité el trapo de la boca y las cuerdas, con el delantal le vendé la cabeza y me senté, con usted entre los brazos, a *esperá* que amaneciera. Al ratico, vi *vení* a la loca con un balde en una mano y un manojo de llaves en la otra, cuando vio que usted no estaba en el cuarto, se volteó *pa buscala*, yo la había *dejao* a la vista recostada a un árbol, y la esperaba *escondía*, cuando se agachó *pa agarrala,* le salí por detrás, y de un solo palazo en la cabeza la dejé tiesa en el suelo y le quité las llaves. Me entró una tembladera mientras las probaba *pa abrí* la reja y *comencé a gritá* pidiendo ayuda, y en ése momentico, como *mandao* del cielo, pasó el vecino don Manuel, quien se fue corriendo *pa* avisa en la casa. Al ratico llegaron toditicos, hasta la policía y una ambulancia, y a las dos nos trajeron *pa* acá. A mí me hicieron un pocotón de exámenes y ya me dijeron que me puedo ir *pa* la casa. Pero usted se tiene que *quedá* más tiempo, y yo ya no le cuento más *pa* que descanse.

Al terminar de narrar su peripecia, compruebo que esta mujer indomable me sacó de esa casa dos veces, y mi corazón se ensancha de infinita gratitud hacia este ángel que se cruzó en mi destino antes de que yo naciera, y quien con la fuerza inmensurable de su amor y sus poderosas alas, logró rescatarme del infierno y devolverme a la vida. Definitivamente, el amor salva y sana. El amor crea nuevas realidades. El amor transforma lo imposible en posible. El verdadero amor nos mueve hacia adelante y todo lo supera.

—Nana, mi eterna gratitud… —escucho que le digo, antes de que el sueño me venza.

Me despierta la voz de Salvador. A mi lado esta una figura masculina ataviada con una bata blanca tomándome el pulso. Me dice que es el doctor Castillo, y yo le sonrío porque siento un gran alivio al ver que he despertado en el mismo sitio. El médico es un hombre de mediana edad con un rostro dulce, que me transmite confianza de tan solo mirarlo. Con una pequeña linterna, me chequea las pupilas, mientras me asegura que estoy evolucionando muy bien, pero que aún tengo que permanecer hospitalizada. Me informa que no presento hematomas óseos, los cuales son los más serios, el agravio físico del que fui víctima rompió ciertos vasos sanguíneos ocasionando hematomas de piel. Me dice que pronto saldré de aquí, pero que por el momento, me seguirá manteniendo sedada para que el cerebro descanse y el cuerpo en general se recupere. Me embarga una sensación placentera de quietud. La prisa que ronronea sin tregua en mi interior se ha apaciguado, y con una voz pausada, le digo que haga conmigo lo que considere conveniente. El médico se despide prometiendo que volverá por la mañana, y nos quedamos a solas Salvador y yo.

—Sofía, tengo algo que decirte, la verdad, no quisiera darte esta noticia ahora, pero sé que debes saberlo cuanto antes. —Se queda en silencio, respira hondo y me mira con pesar—. Tu papá falleció ayer, a las cinco de la madrugada.

—Lo sé, nosotros ya nos despedimos —le confieso con naturalidad, pero después de medir la magnitud de mis palabras, rompo a llorar.

Cierro los ojos y lo primero que me llega a la memoria es el terror que sentí de estar encerrada al lado de ese cadáver sin ninguna posibilidad de salir de allí, recuerdo que cada respiro era más forzado que el otro, recuerdo que todo se fue desvaneciendo, hasta que perdí por completo el conocimiento. Pero el reencuentro con mi padre, y lo que hablamos, lo tengo impreso dentro de mi junto a la certeza de que nuestras almas se encontraron en la posibilidad infinita del universo, y finalmente nos despedimos.

—Papá se me apareció en un sueño mientras me debatía entre la vida y la muerte. Estaba sano, joven y feliz, y hablamos con el corazón en las manos. Fue una despedida muy hermosa —concluyo entre sollozos.

Salvador me abraza con delicadeza y me susurra en el oído:

—¿Recuerdas que en el aeropuerto te aseguré que tu padre no se iría a ningún lado sin antes despedirse de ti?

Sabía que de una u otra forma lo lograría, y cuando estés fuera de aquí me lo cuentas, quiero saber los detalles.

Toma mi rostro entre sus manos y me mira a los ojos.

—¿Cuándo es el entierro? —le pregunto.

—No te preocupes que podrás asistir. Eduardo arregló para que la funeraria guarde el cuerpo hasta que salgas de aquí.

Siento una punzada de culpabilidad al recordar que pensé que Eduardo estaba involucrado en lo de la eutanasia.

—Dame agua —le pido con la garganta seca.

Se separa de mí y me pasa una vaso con agua.

—¿Te contó la nana de cómo supo en donde te encontrabas? Lo otro que yo no entiendo es por qué esa mujer escribió la nota de la eutanasia y por qué tú te fuiste sola para allá.

—Ella no la escribió —le aseguro, sin mencionarle que fue la Muerte, ya que puedo provocarle un infarto. Hay cosas que simplemente no se pueden decir—, eso será un misterio que nunca descifraremos. La nana tuvo una fuerte intuición de que yo estaba en manos de doña Inés. Ahora, la verdadera razón por la cual yo fui hasta esa casa fue porque escuché a la mujer que tenía encerrada clamando ayuda.

—Pero esa mujer tenía días allí muerta.

—Sí, ya estaba muerta. Yo tengo momentos en los que alucino, y puedo escuchar y ver personas que están en otro plano espiritual —le confieso por primera vez, sin que me tiemble la voz—. Cuando te dije en el aeropuerto que había algo acerca de mí que tú no sabías, me refería a mis alucinaciones. He vivido ocultándoselo a todo el mundo por temor a que me tilden de loca, pero a partir de ahora lo voy a ver como un don.

Frunce el ceño y me mira consternado. Debe de estar pensando que la paliza me dejó trastornada.

—Entonces tu don ayudó a desenmascarar a

esa asesina y a encontrar el cuerpo de esa mujer —me dice, tal vez incrédulo, pero solidario con mi locura—. Dos policías estuvieron aquí esta tarde, quieren tomar tus declaraciones, pero por tener las visitas prohibidas quedaron en volver mañana y ver si el doctor Castillo les permite hablar contigo.

—¿Qué pasó con doña Inés?

—Está presa.

—Recuerdo que me dijo que ella no la asesinó, que la mujer murió de un infarto fulminante, pero supongo que la verdad se sabrá cuando le hagan la autopsia. Doña Inés, lo que necesita, es atención siquiátrica, donde la deben de encerrar es en un manicomio.

—Pero está claro que a ti sí trató de matarte. Así que, en donde sea, a esa mujer la tienen que encarcelar.

Saca del bolsillo de su pantalón el celular, el cual debe de haber vibrado porque no escuché que sonó.

—*Ciao* —contesta en italiano—, Carmelo, *¿come stai*?

Se me agita el corazón al escuchar el nombre de mi gran amigo. Intercambian unas cuantas palabras hasta que me pasa el teléfono.

—*Ciao* Carmelo —lo saludo y se me quiebra la voz al saberlo al otro lado de la línea.

—Bella, ayer Salvador me llamó y me lo contó todo —dice hablando en italiano—. Siento muchísimo la muerte de tu padre, y todo lo que te sucedió, me duele tanto saber que fuiste víctima de la maldad y la locura, que existe en todas partes del mundo, pero gracias a Dios, saliste con vida. En relación a tu padre, recuerda, Bella, lo que siempre te he dicho, fuiste muy afortunada de haber tenido un padre como él y estoy seguro de que te seguirá amando y protegiendo; ahora tienes otro gran ángel allá arriba. Todo va a estar bien, y este verano te prometo que voy a Toronto a visitarte, ya han pasado varios años sin verte y te extraño mucho.

—Yo también te extraño mucho —le digo entre

sollozos.

—Voy a colgar ahora, sé que debes descansar, pero quería escuchar tu voz. Bella, nos vemos muy pronto. Te quiero, amiga mía, te quiero mucho.

—Yo también te quiero mucho —musito entre el ahogo de mis lágrimas, las cuales brotan incontenibles por el torrente de emociones que me embarga.

Salvador se sienta en la orilla de la cama con mi desolación a cuesta, y me abraza. Yo me recuesto sobre su hombro a derramar mi sentir, y así me quedo, hasta que le empapo la camisa blanca... Y después de unos minutos, mi conciencia desahogada observa como mi alma melancólica danza un son acompasado de dolor y de agradecimiento: el dolor de la pérdida y la gratitud por una nueva oportunidad.

Toma de nuevo mi mano derecha, me la llena de besos y mirándome a los ojos me dice:

—*Amore mío*, muy pronto estarás de vuelta en nuestra casa, en nuestro paraíso.

—Ya lo estoy. Salvador, mil gracias a ti por estar aquí.

Me sonríe, yo me bebo el reguero de mis lágrimas y le sonrío también. Soy muy afortunada de estar de vuelta al paraíso, después de todo lo que me sucedió; pero soy aún más afortunada de estar rodeada de tanta gente buena con quien compartirlo. De abrir los ojos, y saber que tengo: unos padres que me acompañan desde otra dimensión, un marido a mi lado que me acaricia con ternura, una mujer que me ha salvado, unas hermanas que lloran mi mismo dolor, un amigo que me llama de lejos, un hijo que me necesita... En fin, afectos cotidianos que suenan tan simples, pero que son los que le dan las mejores razones a mi existir.

CAPÍTULO XVI
EL REGRESO

Acerco el rostro al espejo del tocador en el cuarto de baño. Aparto con los dedos los cabellos del flequillo que me corté con la intención de cubrir las cicatrices que tengo sobre la frente. Me empolvo la cara y me coloreo ligeramente los pómulos en un tono coral, me coloco máscara negra en las pestañas y un brillo bronce en los labios. Me voy hasta el dormitorio y observo mi cuerpo completo en el espejo colgado sobre la pared, me giro hacia un costado y hacia el otro. Siento una inmensa gratitud de verme sana y parada en una sola pieza. Llevo puesto un vestido de cóctel blanco marfil que me prestó Isabel, confeccionado en tela de organza y cae suelto a media pierna, y unas sandalias anacaradas de tacón alto.

Tomo un lapicero de una de las gavetas de la peinadora y reclinada al borde de la cama, termino de escribir una tarjeta que le hice a la enfermera, donde le expreso mi sincero agradecimiento por habernos ayudado en esos momentos tan duros. Por último, dentro del sobre, le pongo casi todo el efectivo que llevo en la billetera.

Mi hijo se acaba de despertar de la siesta. Apoya sus manitas sobre la baranda de la cuna y me mira con sus ojitos entrecerrados. Me le acerco y le extiendo los brazos. Él me sonríe y me deja ver su escueta dentadura, compuesta por dos dientes centrales en la encía inferior. Derretida de amor, lo saco y le lleno su carita de besos, los cuales recibe con placer. Entre risas y mimos, le cambio el pañal y lo visto con un trajecito blanco. Lo meto de nuevo en la cuna para terminar de alistarme. La nana aparece, justo a tiempo, con el biberón.

—Este sobre es para la enfermera —le anuncio y se lo entrego junto con una bolsa que le preparé con cosas en muy buen estado, que yacían en mi armario y que a ella le pueden ser muy útiles, como el bolso de cuero negro —. Isabel y Leonor también le tienen algo.

—Gracias, mi niña. Mañana la llamo *pa* que venga a *buscálo*. Déjelo todo en ese rincón —me dice y saca a Federico de la cuna —. Me lo llevo a la sala *pa dale* el tetero, allá hace más fresco.

Hoy es la boda de Verónica, y mañana Federico y yo volvemos a Toronto. Salvador se regresó hace diez días. Las aguas revueltas han vuelto a su cauce y todos hemos ido retomando nuestras vidas. Ya han pasado tres semanas desde el día que papá falleció. Verónica cambió de opinión, y en la funeraria me anunció que en lugar de casarse con su regio traje negro, había decidido que una manera de honrar la memoria de mi padre sería que todos los invitados a la boda, incluyendo la novia, asistiéramos vestidos de blanco; y en lugar de casarse por la noche, la cambió para la tarde; y se celebrará sin música bailable. Yo le aseguré que a él le encantaba la música, que eso no era necesario, pero insistió que ella no se iba a sentir bien bailando, cuando apenas habrían transcurrido dos semanas de haber sepultado a su padrino.

—Déjame vivir el duelo, a mí también me duele mucho su partida —me confesó con los ojos aguados.

Mi amiga tiene razón, todos necesitamos vivir el duelo, aunque cada quien lo asuma de una manera diferente.

La tarjeta sobre la peinadora vuelve a capturar mi atención. Isabel la diseñó como recuerdo de la última noche, que es la última misa de las nueve que le siguen al funeral, y Mariana escribió el texto. Yo la he leído muchas veces durante estos días de luto, y la vuelvo a leer y releer, porque las palabras de mi sobrina de tan solo quince años, a quien todo le parece *cool*, son un bálsamo para mi dolor. Este dolor mudo atrapado en mis entrañas, seco como el más árido de los desiertos, que rasga y araña como un felino enfurecido, que corta como el filo de una navaja. Este es el dolor del duelo, y no tengo más remedio que encararlo aunque sea tambaleando, sumergirme y bracear en sus aguas turbulentas; hasta que un día, llegue a un lugar donde su intensidad no me ahogue como ahora, porque ya me habré acostumbrado a convivir con él.

La leo de nuevo:

> *Querido abuelito pelón:*
> *Gracias por ser quien fuiste y serás. Gracias por enseñarme tantas cosas con tu inteligencia y sabiduría. Gracias porque estuviste siempre para mí, por todos los momentos que viví contigo. Gracias por acompañarme a mi primer baño de playa y enterrarme en la arena, por ayudarme a aprender a caminar y tomarme de la mano. Por jugar conmigo a la mano peluda. Por aconsejarme cuando lo necesitaba. Por darme fuerza en los momentos difíciles. Por cultivar las flores más bellas de nuestro jardín. Por construirnos una casa donde fuimos tan felices. Gracias por ser tan fuerte y llenar el gran vacío que dejó mi abuela y mantenernos unidos, por llenarnos en todo momento de alegría con tu maravilloso espíritu, por querernos tanto. Gracias por todo. Ahora estamos tranquilos porque sabemos que serás muy feliz, que estarás allá arriba reunido con tu esposa, mi abuela bella, caminando por senderos de flores y mariposas. O si no, sentados en una nube con Dios, viéndonos a todos. Ahora nunca nos sentiremos solos porque sabemos que*

tú y mi abuela estarán con nosotros, cuidándonos y guiándonos por la difícil tarea que es vivir. Son unos seres maravillosos y no sabes el gran orgullo que siento de ser tu nieta. Gracias por haber creado esta familia de la que formo parte. Ahora no queremos decir adiós, sino hasta luego o hasta siempre porque siempre estarás en nuestros corazones.
Te adoro con toda mi alma.
Tu nieta primogénita,
Mariana.

Leonor llama a la puerta y me dice que ya tenemos que irnos. Tomo mi bolso y apurada llego a la sala. Allí está mi familia en pleno: Federico, la nana Matilde, mis hermanas, mis cuñados y mis sobrinas, todos vestidos de blanco. Los observo a cada uno y el corazón se me encoge por la nostalgia de la despedida, la cual me está esperando a la vuelta de la esquina.

Dios, cuánto los amo, me digo a mí misma, y ese amor también incluye a mi cuñado Eduardo. En este viaje, mi cariño hacia él se incrementó por el simple hecho de entender que cada quien hace lo mejor que puede de acuerdo a su desarrollo espiritual, y lo más sano es aceptar a cada persona como es, valorar más sus virtudes en lugar de sus defectos, y no juzgar. Con ese pensamiento me le acerco y le doy un abrazo, él se queda paralizado por mi espontaneidad, y sin importarme su reacción le digo:

—Muchas gracias por todo lo que hiciste por mi padre, por Salvador y por mí.

—Lo hice con mucho gusto, para eso es la familia —me asegura devolviéndome el abrazo—. Por cierto, ayer hablé con el jefe de la Policía en relación al caso de doña Inés. En la autopsia médico-legal se comprobó que la mujer murió de un ataque cardíaco como ella declaró, pero doña Inés fue acusada por tentativa de homicidio hacia tu persona y también tiene cargos por haber ocultado el cadáver. Por el momento sigue en la cárcel, pero gracias a lo mucho que insististe en tus declaraciones a la policía, de que ella necesita ayuda siquiátrica, y por la manera como se desenvolvieron todos los hechos, van a comenzar a hacerle los exámenes siquiátricos, y de acuerdo a los resultados, su caso podría ser canalizado para enviarla a un manicomio por cárcel.

—No sé cuál de los dos sitios sea peor. Pero esa señora se edificó su propio infierno —confieso con tristeza al imaginar el horror que le espera.

—No toquemos ahora ese tema tan deprimente. Mejor nos vamos o llegaremos tarde a la boda —interviene Isabel.

Me siento en la parte trasera del coche junto a Mariana, le tomo la mano y de nuevo le confieso que me sorprendió con el escrito tan hermoso que le hizo a su abuelo. Ella con su voz aniñada me susurra en el oído que las apariencias engañan, y de inmediato me saca una sonrisa porque sé por dónde viene.

—Te quedo súper *cool*—le digo usando su mismo lenguaje.

Mariana me devuelve una sonrisa cómplice. Y es que hace tres meses, conversamos personalmente y me contó que tenía un novio, pero que no le dijera a nadie ya que sus padres aún no sabían, y que al único que le había contado era a su abuelo, que era la persona que más la comprendía. ¿Por qué lo escondes? ¿por qué no se lo dices a Isabel y a Eduardo?, le pregunté ejerciendo mi papel de tía, Mariana, batiendo su larga y sedosa melena dorada, me respondió que no lo estaba escondiendo, sino que todo era muy reciente para tener que aguantar la cantaleta de sus padres haciéndole cien preguntas y dándole mil consejos. Tratando de no caer en la tónica de tía fastidiosa, le pregunté lo más relajada posible, que quién era el muchacho.

—Tú no lo conoces, pero es súper *cool*.

—¿Y qué tiene de *cool*?

—Tía, tú hablas inglés, tú sabes lo que significa la palabra *cool*. Ahora imagínate súper *cool*.

Bueno, la verdad, esperaba una respuesta más razonada con un mejor argumento, pero en el fondo pensé que no se le podía pedir mucho a una joven mimada, a quien la vida le ha sonreído desde que fue gestada y quien obviamente se negaba a hablar del asunto. Sin embargo, reconozco que estuve tentada a darle un discurso acerca de la virginidad, de las relaciones sexuales con amor y con protección, de la píldora anticonceptiva, de las enfermedades venéreas... Pero al ver que sus diáfanos ojos azules seguían emanando, desde el fondo de su ser, una pureza palpable, preferí dejarle todo ese tema a mi hermana y tan solo me limité a preguntarle la edad del enamorado; cuando me dijo que estudiaba con ella, sentí un gran alivio y decidí cambiar el rumbo de la conversación: ¿ya sabes lo qué vas a estudiar al terminar el bachillerato?, le pregunté, pienso estudiar *business,* es una carrera súper *cool*, me respondió con su lenguaje monosilábico.

—Mariana, el inglés es *cool*, pero el español es un idioma muy rico para expresar pensamientos y sentimientos, por favor, trata de utilizarlo.

—Ay, no empieces como mi mamá. Tú siempre has sido una tía súper *cool*.

Dios mío, qué difícil es comunicarse con una adolescente, lo pensé sin atreverme a continuar la conversación.

Por eso me sorprendió el día del funeral, cuando la vi levantarse con un papel en la mano, al final de la misa repleta de gente. Pedirle permiso al cura para leerle a su abuelo unas palabras antes de que lo enterraran. Tomar el micrófono con un aplomo que se fue diluyendo mientras iba leyendo, porque sus sentimientos afloraron y era obvio cómo el amor brotaba de su ser con cada palabra que pronunciaba. Yo la escuchaba con una mezcla de sorpresa y admiración, y le atribuí al violín, que ha estudiado desde los tres años, su nutrida sensibilidad. Y la observaba, pensando que no solo había heredado la belleza de la madre, sino también la capacidad de expresar los sentimientos a través del arte de la escritura. Al terminar de leer recuperó la entereza, y tan estirada como su padre, caminó hasta el asiento. Entonces fui yo la que me levanté muy orgullosa de ser su tía, y me le acerqué para abrazarla, con la certeza de que fue el dolor de la pérdida de su abuelo lo que detonó su metamorfosis de niña a mujer.

—¿Cómo te va con tu novio? —le pregunto al ver que ya estamos por llegar.

—Ya no es mi novio, terminamos hace unos días. No es la persona que yo pensaba —me confiesa Mariana sin un rastro de tristeza.

Llegamos a la casa de los padres de Verónica. En el patio hay un toldo enorme bajo el cual se llevará a cabo la ceremonia y la recepción. El color blanco es omnipresente tanto en el decorado como en la vestimenta de todos los congregados. Al fondo está el altar, es una mesa rectangular con un mantel estampado aterciopelado, en cada costado hay un arreglo floral diseñado con hortensias y candelabros de plata de cinco brazos con velas espigadas. Hileras de sillas de forja, con un bonito diseño en el respaldar y cojines forrados a juego con la mantelería, están muy bien alineadas dando la cara hacia al altar. Cinco mesas redondas, vestidas con la misma decoración, están dispuestas en la parte central. Un grupo de violinistas toca una melodía que se cuela serena por el ambiente, y envuelve el lugar con la dulzura de sus notas.

La tía Josefina, el tío Leopoldo y Harry nos reciben muy amables, trajeados de un albo impoluto, y agradecen con efusividad nuestra presencia.

—Verónica te está esperando en su habitación. Anda que yo ubico al resto de la familia —me dice la tía Josefina, muy elegante con un sastre de dos piezas y un hermoso juego de collar y pendientes de perlas y brillantes.

Entro en la casa y me voy directo a verla. Llamo con los nudillos sobre la puerta y desde el interior escucho que pregunta:

—¿Quién es?

—La madrina de la boda. ¿Puedo pasar?

Me abre de inmediato. Está tan hermosa como un cisne de plumaje completamente blanco.

—Uau, ¡te ves preciosa! —exclamo emocionada.

La novia luce un vestido largo de caída natural sobre su cuerpo, diseñado con una combinación de *chiffon* y raso. En la parte de adelante tiene un pequeño escote en forma de V de donde salen unas tiras gruesas en raso, que se amarra en el cuello con un lazo y caen sobre la espalda descubierta. Su pelo endrino va recogido en un moño trenzado, salpicado con diminutas flores blancas. Aretes de perlas, como un par de racimos de uvas, cuelgan de sus orejas y sus pies van calzados con unas sandalias trenzadas de tacón mediano también blancas.

—Mi padrino hizo el milagro. De cisne negro pasé a coneja albar, o tal vez, a osa polar —bromea —. Pero estoy contenta con el resultado.

—Ni una cosa ni la otra. Te ves hermosa con tu vestido, y toda la decoración es espectacular. El ambiente esta envuelto de sobriedad y se palpa una energía muy positiva —afirmo sonriente, y muy feliz por ella.

—Antes que se me olvide, allá esta tu libro del cisne —me dice y señala con el dedo índice hacia la mesita de noche—, lo leí y es muy bueno. Lo buscas después que termine la recepción. Sofía, mil gracias por estar aquí, después de lo que has pasado. ¡A ti sí que te sucedió un evento tipo Cisne Negro!

—Todo ha sido muy fuerte pero la vida me dio otra oportunidad, y estoy inmensamente agradecida de que sea yo la que regresará a Canadá huérfana, y no mi hijo. Las cosas pueden ser peores de lo que parecen, pero cómo nos cuesta verlo y entenderlo. Este viaje me marcó la piel y trazó un nuevo camino para mí, el cual voy a recorrer con mucho entusiasmo, saboreando cada día que tenga entre mis manos.

—Yo también voy hacer lo mismo con esta nueva vida que hoy emprenderé. El pobre Harry no se imagina todos los saboreos que le esperan.

—¡Va a ser el hombre más feliz del mundo! —exclamo.

—Mira que a los dos nos hace falta esa felicidad, ya hemos pasado mucho tiempo solos.

—Se la merecen y estoy segura de que van a saber ser felices —le digo con convicción.

El tío Leopoldo llama a la puerta y nos avisa que ya son las tres de la tarde y la ceremonia tiene que comenzar. Verónica me entrega un ramo de rosas blancas y las dos nos abrazamos.

—¿Lista? —le pregunto.

—Por completo —afirma con el rostro resplandeciente.

Con una copa de espumante en la mano me siento en un banco de hierro forjado del jardín. Al frente está la carpa con toda la algarabía de la recepción festejando a los recién casados. La brisa me envuelve con su melancolía. El crepúsculo ya se desvaneció y la noche entró engalanada por un manto de estrellas que titiritan en la distancia y cubren el cielo de escarcha. La brisa sabe que muy pronto me iré y me pide que le termine de contar mi historia de amor.

—No ha terminado —le aseguro—, aún tenemos páginas en blanco por escribir. ¿Cuántas? No lo sé, pero eso no importa. Lo cierto es que tengo unas ganas inmensas de volver a reencontrarme con mi marido y seguir escribiendo esta historia de amor que decidimos protagonizar juntos. En relación a tu nostalgia, el único consejo que te puedo dar es que cada vez que veas en el cielo al majestuoso crepúsculo, disfrútalo al máximo y no malgastes el momento pensando en que pronto se desvanecerá. Vive su presencia al máximo y espera con alegría el nuevo día en el que él aparecerá ante ti. Y si no lo hace, atesora en lo más profundo de tu ser la gratitud por lo vivido.

Hasta pronto cálida brisa, hasta siempre mi Venezuela amada.

Ahora sí, estoy lista para el regreso.

CAPÍTULO XVII
VICTORIA

La primavera, tentadora y juguetona, se asomó a la puerta esta mañana vestida con un sol radiante y con su brillo y su aire fresco, coquetea al viejo invierno, quien parece que aún no cae en la cuenta de que a su estación le quedan los días contados, y a estas alturas debería estar empacando la maleta, irse despidiendo y dejarnos a todos con las ganas de extrañarlo e invocarlo para las añoradas «Navidades blancas». Por el contrario, el muy osado anoche nos lanzó una nevada, pero la primavera decidió ignorarlo, se levantó temprano y nos está mostrando un trocito de sus encantos. Eso hizo que a pesar de la nieve, la gente esté afuera, unos corriendo, otros montando en bicicleta, madres paseando sus niños en los cochecitos, declarando con su presencia en las calles que ya soportaron suficiente frío, y que ahora, son capaces de sacudir a patada limpia al testarudo invierno, y de jalar por los pelos a la primavera.

Mis pensamientos se remontan a la época en la cual vivía en Italia, y estaba reacia y llena de dudas de venirme a vivir a Canadá, a la que imaginaba siempre así como hoy: ¡tapiada de nieve! Pero seis años después esas dudas se han disipado, hasta el punto que el pasado mes, sujetando con orgullo una pequeña bandera, con su diseño fresco y ecológico de dos franjas rojas verticales en los extremos y una hoja de arce roja sobre el centro blanco, me juramenté, emocionada, ciudadana canadiense.

Me siento muy afortunada de formar parte de este gran país, que me acogió con los brazos abiertos, donde hice una nueva profesión como diseñadora de interiores, la cual ejerzo parte de mi tiempo. Donde he conocido a personas de diferentes lugares del mundo, a la mayoría de las cuales puedo contar entre mis amigos. Donde encontré una academia de danza árabe, en la cual comparto mi pasión por este baile junto a un grupo de encantadoras mujeres. Donde comencé, al lado de Federico, a incursionar en el mundo de la música y estoy tomando lecciones de piano. Y donde me convertí en madre; la tierra en donde mi marido y yo levantamos nuestro hogar, el cual cobija el amor que como familia nos profesamos.

—Gracias Salvador, por haberme traído a vivir en este hermoso país.

—Las gracias se las tienes que dar a tu valiente espíritu, que te llevó hasta Italia y luego te trajo hasta mí. Yo solo soy el hombre más afortunado. De verdad me alegra que te guste vivir aquí, a pesar del clima.

—No soy tan aficionada al invierno como lo eres tú, pero me gusta mucho ver el cambio de las estaciones. Cada una tiene su propio encanto y, si tengo que escoger una, me sigo quedando con la primavera. Salvador, la verdad es que contigo a mi lado, viviría en cualquier lugar del mundo. Lo importante es lo bien que nos complementamos el uno al otro…

Vuelven mis náuseas, que ya ha estas alturas deberían de haber pasado, y las muy inoportunas interrumpen nuestro emotivo diálogo.

—Por favor, no conduzcas tan rápido que estoy mareada —le suplico.

—*Piccolina,* estoy conduciendo a cincuenta kilómetros, no puedo ir más lento. Abre la ventana y respira aire fresco, eso te ayudará.

Hago lo que me dice, dejo que la brisa fría me

envuelva el rostro y aspiro a todo pulmón el aire puro, lo retengo por cinco segundos y lo suelto. Lo repito unas cuantas veces y, en efecto, el oxígeno me hace sentir mejor.

—Respirar profundo es terapéutico, gratis y está disponible en cualquier momento.

—Disfruta esta escena —me sugiere embelesado con la nieve—, presiento que estamos viendo la última nevada de este invierno, la cual desaparecerá muy pronto bajo este sol.

Acepto su sugerencia y detallo la belleza del paisaje que nos rodea. A pesar de que ya limpiaron las calles, la ciudad sigue empolvada de nieve fresca y las casas parecen dibujadas con algodón sobre una tela azul clara. Los señoriales pinos canadienses sostienen en sus mullidos brazos las múltiples formas que toman los copos de nieve al descender del cielo. Hilos de hielo contornan las ramas invertidas y desnudas de los azucarados árboles de arce. Al otro lado de la carretera, nos acompaña serenamente el hermano menor de los cinco Grandes Lagos de América del Norte, el lago Ontario, de agua dulce, azul y profunda.

Todo transcurre sumergido en el silencio porque las moléculas del agua congelada amortiguan el ruido de los carros y de la gente, y hacen imperceptible la bulla del entorno.

—¿Qué día es hoy? —le pregunto.

—13 de marzo. ¿También tengo que decirte el año? —inquiere con su encantadora sonrisa.

—No, eso sí creo saberlo, 2008, ¿correcto? —le digo en broma mientras acaricio su cabellera negra, que se ha comenzado a poblar con unas canas muy sensuales.

—¡Qué alivio! Por lo menos sabes el año en el que estamos viviendo —continúa bromeando.

—Recuerdo perfectamente que el 13 de marzo del año pasado, fue el día que caminé por el pasillo del aeropuerto de Toronto, para tomar un avión hacia Venezuela. Iba magullada por el dolor, la rabia y el miedo…

—Sofía —me interrumpe —, todo eso ya pasó. Fue un tiempo duro que no necesitas recordar.

—No temas que visite el pasado, porque lo agrio de esos recuerdos me hacen saborear con mayor gusto la dulzura del presente que estoy viviendo.

—Es que no quiero que nada empañe este momento —me confiesa.

—Nada lo empañará —le aseguro.

Salvador continúa conduciendo con su rostro apacible. En el asiento trasero, en su silla de seguridad, va sentado Federico, de dos años recién cumplidos. Miro al cielo y agradezco que los dos están a mi lado, incondicionales. Le agradezco también a mi padre y a mi madre, por haberme dado la vida y por haber sido mis mejores maestros, y siento que no solo la brisa me acaricia, ellos también lo hacen. Coloco mis manos sobre mi vientre de cuatro meses y medio de embarazo, y agradezco a Dios por el ser que se está formando dentro de mí, el cual no esperaba. A los cuarenta años dudaba poder quedar embarazada de nuevo de forma natural, así que este hijo es una gran sorpresa y fue concebido una noche, inolvidable, donde le bailé la danza árabe a mi marido.

De repente siento que se mueve y me regala su primera patadita…

—¡Se movió! ¡El bebé pateó! —grito eufórica.

Salvador extiende su mano y yo se la coloco donde sentí que se movió. Esperamos unos segundo con las manos juntas y ¡pum!, nos regala la segunda patadita. Me mira con los ojos muy abiertos, los cuales irradian su alegría de palparlo vivo; con suavidad me acaricia todo el vientre y le habla al bebé:

—Hola *bambina*, vamos en camino al hospital, que

a mami le van hacer un ultrasonido. Hoy nos confirmarán tu sexo, pero yo estoy seguro de que eres una niña.

Algo en mi interior me dice que está en lo cierto, pero no quiero asegurarlo para no herirle los sentimientos, en caso de que sea un varón. He leído que desde el momento de la concepción, el alma que se está formando en el vientre de la madre siente todas sus emociones, así que prefiero mantenerme imparcial.

—No importa qué sexo sea, su existencia ya es un regalo de Dios. Además, todo depende si se deja ver en el ultrasonido.

—Se va a dejar ver, y es una niña —reitera convencido—. Federico, di her-ma-ni-ta.

—He-ni-ta, he-ni-ta —repite obediente entre las lenguaradas de sus dos años.

Acostada en la camilla del hospital, la enfermera me coloca un gel frío en la barriga. Salvador y Federico están en la sala de espera y los harán entrar una vez que haya terminado de hacer todas las mediciones. Cierro los ojos y respiro hondo para relajarme, todo está bien, me repito con cierto temblor en el interior de mi cuerpo. La enfermera me da unas indicaciones y comienza el examen. Le hago saber que me gustaría saber el sexo y, concentrada en su trabajo, me asegura que si se deja ver con claridad me lo dirá, sin dejar lugar para continuar la conversación.

Después de transcurridos unos veinte minutos, los hacen pasar. Salvador entra con Federico en sus brazos, se para a mi lado y me toma la mano.

—¡Mami! —grita mi hijo, feliz de verme.

Mi marido le pregunta si todo está bien y la enfermera asegura que sí, y gira el monitor para dejarnos ver el milagro que se está formando en mi interior. Nos muestra sus manos, sus pies, el contorno de sus extremidades, su cabeza redonda y, nos hace escuchar los latidos de su corazón, que suenan fuertes y rítmicos.

Salvador me sonríe y se agacha para darme un beso, igual como lo hizo cuando vimos a Federico, por primera vez, en el ultrasonido. La diferencia es que en ese momento, el que estaba a su lado era mi padre, quien con la mirada radiante observó la semilla de amor que germinaba en mi interior.

—Es una niña —afirma la enfermera.

—¡ES NIÑA! —exclamamos Salvador y yo, en una misma voz.

Sin poder contenerme comienzo a llorar, dejando aflorar las lágrimas de felicidad. La frase de la Biblia del profeta Isaías, que citó el sacerdote el día de mi matrimonio esa soleada tarde veraniega, en aquella pequeña iglesia en Florencia, me llega a la mente con claridad: «Mis caminos no son tus caminos, mis planes no son tus planes, pero mis caminos y mis planes son más grandes que tus caminos y tus planes», a lo que el sacerdote agregó: «Todo lo que vivieron en el pasado estaba previsto para poder estar aquí esta tarde, nada se ha perdido». También recuerdo las sabias palabras de la nana Matilde, cuando me dijo en su lenguaje cortado que la vida es impredecible, pero todo tiene una razón de ser; como un rompecabezas, poco a poco se van poniendo las piezas hasta que armas la figura completa.

Durante este año aprendí que la vida es una oportunidad, con un pasaje de ida y vuelta. Un sendero pedregoso y empinado en el cual tenemos el libre albedrío para elegir con qué aptitud caminamos y cómo encaramos las situaciones que se nos presentan. Por eso decidí vivir cada momento al máximo, festejar mis triunfos. Y los momentos difíciles encararlos con coraje, y con un corazón abierto para albergar allí el aprendizaje que cada problema y dificultad traiga consigo. Decidí vivir sin permitirle al miedo que me paralice, porque las aguas siempre encuentran su cauce, y todo fluye si nos volvemos más flexibles. Decidí vivir el presente, llena de gratitud por tenerme a mi misma cada vez que el sol se alza en el horizonte, y agradecida de las personas que están a mi lado para compartirlo y disfrutarlo.

Y en cuanto al desapego..., es algo que todos, en cierta forma, entendemos, pero solo cuando enfrentamos la pérdida de un ser querido es cuando palpamos la magnitud de lo que esa palabra significa, y ¡sí!, se requiere mucha fortaleza para ponerlo en práctica, es duro entenderlo pero es sano aplicarlo. Venimos a este mundo solos y nos vamos solos, y quienes nos rodean compartirán nuestro camino dentro del marco temporal de la existencia. Por eso es sabio amarlos, pero sin apegarnos, porque nadie nos pertenece, y si logramos asimilar esta realidad alcanzaremos el nivel más elevado del amor: amar en libertad.

Y a la Muerte, ya no la temo como antes..., porque ahora tengo otra percepción de ella. La conozco y finalmente comprendí que llega con el propósito de liberar al ser humano cuando el alma está lista para partir. No representa un adiós, es un hasta luego a los que se van de este mundo antes que nosotros, porque su misión y su proceso de aprendizaje ya han terminado. Pero me quedo con la certeza de que en la metamorfosis de sus cuerpos, sus almas pasan a habitar en un espacio atemporal saturado de luz resplandeciente. Y atesoro la seguridad de que las personas que amamos siguen viviendo en nuestro interior, y no morirán mientras las recordemos sanamente.

Regresamos a nuestra pequeña casa al mediodía. El fresco olor a bosque que desprenden los pinos que la rodean nos da la bienvenida. En la entrada encuentro un sobre tamaño oficio, lo tomo del piso y leo para quién está dirigido; con expectación veo que es para mí, pero no dice quién es el remitente... Abro la puerta. Los rayos del sol entran a sus anchas por los cristales de las ventanas y derraman oro líquido sobre el mobiliario, avivando el ambiente con la potente energía de su luz. Me saco las botas y los calcetines, y mis pies descalzos quiebran el silencio al andar sobre la madera. Los cuadros colgados en las paredes, la mayoría pintados por Salvador, nos reciben con los brazos abiertos, y nuestras preciadas esculturas, colocadas sobre las pocas mesas, las cuales tienen más valor sentimental que monetario, nos esperan con su hermosura. Detallo la réplica de *El rapto de la sabina,* que Carmelo nos obsequió como regalo de boda y, como siempre, me saca una sonrisa.

Salvador sube las escaleras con Federico dormido en los brazos para acostarlo en su cuarto. Yo me voy directo a la cocina, tomo una tijera y abro el sobre. Me sorprende ver que es un manuscrito. Una nota escrita a mano prendida con un clip de metal a la portada dice: «Ya se me quitó el cansancio en los ojos, ahora los ocupo escribiendo en lugar de usarlos para ver la vida de los otros pasar. Gracias por haberme dado el empujón que necesitaba para hacer lo que amo. Te quiero. Tu hermana, Isabel».

Con el corazón palpitando de la emoción, arranco la nota y leo la primera página del manuscrito: «Detrás del espejo» Isabel Santo.

Sin salir del asombro, hojeo las ciento treinta y tres páginas de la novela corta escrita por mi hermana, la cual me dice que, para hacer un sueño realidad, solo tienes que proponértelo y trabajar con tenacidad en ello.

Tomo el teléfono y la llamo. Me atiende después de unos cuantos repiques.

—¡Te felicito! ¡Estoy muy orgullosa de ti! —le digo de saludo.

—Eres la primera persona que va a leer el manuscrito y quiero tu opinión.

—Esta misma noche comienzo a leerlo. Isabel, te viene una nueva sobrina, ¡Es una niña!

—¡Qué alegría! ¡Los felicito! Así que Federico se quedó como el rey de la familia Santo, es una noticia maravillosa.

—Sí, estamos muy felices —le confieso.

—Y no es para menos Sofía. Te informo que la casa de papá ayer se vendió, aceptamos la última oferta que recibimos, la que te había comentado. Eduardo y yo nos encargamos de revisar todos los detalles, y se hizo un buen negocio. Como lo especifica el testamento, la nana hereda como una hija más, y ella está de acuerdo en que por inversión se le compre un apartamento, pero seguirá viviendo con nosotras. La próxima semana se va conmigo para Caracas, y así estará, entre Barquisimeto y Caracas.

La noticia me pone algo nostálgica, ya que en esa casa nací, crecí, y sus paredes encierran preciadas memorias.

—¿Quién la compró? —pregunto sin poder recordar la oferta.

—Es una familia caraqueña, y la van a remodelar para poner un colegio.

—Qué lindo, ahora la casa se llenará de la energía de muchos niños.

—Así es. Te mando un beso y te paso a la nana para que tú misma le des la noticia.

—¡Nana! ¡Es una niña! —exclamo apenas escucho su voz al otro lado de la línea.

—Yo ya lo sabía —me contesta—, mi Dios es justo. Por cierto, ¿qué sabe de la niña Verónica?

—Está muy bien, en su octavo mes de embarazo, con todo listo para recibir a su añorada hija. El tío Leopoldo y la tía Josefina llegan a Irlanda en dos semanas y van a pasar seis meses con su nieta. Después que hable con Leonor, la llamo para darle la noticia.

—A la niña Leonor la tiene que llamar por la noche, ahora está dando clase en la universidad. Pero ya sabe, que *pa* allá vamos las tres, *pa* su alumbramiento.

—¡Aquí las esperamos! Nana, te quiero mucho y nos hablamos mañana.

—Descanse, mi niña, y coma bien. Hasta mañana.

Al colgar el teléfono, veo venir a mi marido. Ya se desprendió de la camisa, los zapatos y de los calcetines. Solo lleva puestos los pantalones vaqueros. Su piel yodada le cubre los pectorales, el torso y los brazos. Se detiene en frente de la chimenea de la sala, la llena de troncos de madera y la enciende. Luego toma un CD de la repisa y, con expresión fiestera, me lo muestra. Es una colección de boleros cantados en español que, a pesar de no entender la letra por completo, disfruta escuchar. Lo coloca, y la voz acaramelada de Luis Miguel, irrumpe en el silencio, interpretando la romántica canción *Contigo aprendí*, que dice algo así: «Contigo aprendí, a ver la luz del otro lado de la luna, contigo aprendí, que tu presencia no la cambio por ninguna, aprendí, que puede un beso ser más dulce y más profundo, que puedo irme mañana mismo de este mundo, las cosas buenas ya contigo las viví, y contigo aprendí que yo nací el día en que te conocí…».

Camina hacia mí mordiéndose el labio inferior y me mira con la picardía de alguien que ha tramando algo. Una sonrisa corta y sensual se le dibuja en la cara. Sus manos sujetan mi cintura abultada, me trae hacia él y me pregunta:

—¿Bailamos?

Le rodeo la espalda con mis brazos y meto el rostro en el regazo de su pecho ancho. Aspiro su olor, que desde que dejó de fumar hace casi dos años es una fragancia limpia a sándalo y varonil como la madera. Comenzamos a mover nuestros pies con pasos cortos, de un lado al otro, y con un suave vaivén nuestros cuerpos se enlazan siguiendo el ritmo sereno de la música. Separo la cara de su pecho y subo la mirada, sus ojos encuentran los míos, bien abiertos y expectantes, y así nos quedamos unos segundos, mirándonos. Navegando dentro del mundo interior del otro, cómodamente entrelazados, envueltos por la complicidad que forjan los años compartidos, las vivencias atesoradas y los errores perdonados. Nos quedamos unos minutos navegando seguros, en ese amor que crece, que se fortalece y que sigue haciéndonos sentir plenos, ya que es mucho más profundo que el alocado enamoramiento de cuando nos conocimos.

Salvador comienza despacio a rozar mis labios con besos cortos y tiernos, luego introduce su lengua en mi boca, y me da un beso largo y delicioso; le sigo el ritmo con mi lengua, hacía tiempo que no nos besábamos así. Estrecha mi cuerpo con más fuerza hacia el suyo, y por una reacción de coquetería femenina, trato de meter la barriga que nos separa, olvidándome por un instante de su volúmen por los meses de gestación; me río dentro de su boca por mi reacción, pero él lo ignora y continúa besándome apasionadamente. Sin perder el paso, nos desplazamos bailando hasta la chimenea, al lado del calor de las llamas, me desabotona la blusa mientras sus labios besan mi cuello, la deja caer sobre el piso y con la lengua sigue el recorrido hacia mis senos, y me desabrocha el sujetador. Dejamos de bailar y nos quedamos de pie mirándonos, sus dedos se enganchan sobre el elástico de los pantalones y los baja con delicadeza. Desvío la mirada hacia la chimenea y veo cómo la madera arde, lanzando chispas, crujiendo entre las llamas, y es así como me siento, ardiendo y chispeando emociones que van más allá de la química de nuestros cuerpos. Con delicadeza desliza hacia abajo mis bragas, yo lo ayudo sacando con los pies la ropa enrollada en los tobillos. Por un momento se separa de mí, y con la mirada centelleante, observa con detenimiento mi cuerpo desnudo.

—Te ves muy hermosa embarazada, y aquí mismo te voy hacer el amor —me anuncia.

Se desprende de sus vaqueros y me tumba con delicadeza sobre la alfombra, junto a la chimenea, y me recorre palmo a palmo con su boca. Su aliento entrecortado calienta mi piel, siento la sangre hirviendo y mi ego femenino se ensancha al sentirme tan deseada. Cierro los ojos y me lanzo por esta espiral de emociones, me dejo acariciar y lo acaricio, entregándolo todo y recibiéndolo todo. Amándonos sin prisa transcurre glorioso el tiempo, hasta que juntos, alcanzamos ese suspiro largo y delicioso, que alivia el cuerpo y al alma la llena de embeleso.

Nos quedamos tendidos sobre la alfombra, yo tengo el cuerpo ladeado con la cabeza recostada sobre su pecho y Salvador me rodea con sus brazos. El fuego de la chimenea ha bajado la intensidad, el CD ya dejó de sonar y el ambiente está tibio y silencioso. Mis ojos ceden a la pesadez de los párpados y comienzan a cerrarse.

—¿Qué nombre le pondremos a la niña? —me pregunta irrumpiendo en mi somnolencia.

El tema del nombre me espabila, y por un instante siento la necesidad de levantarme, pero me quedo quieta y me digo a mí misma que no tengo que correr a ningún lado. Por el contrario, me entrego al sosiego que me rodea. Lo que me ratifica que, día tras día, aprendo a vivir más en el presente. Lo único que tengo que hacer ahora es disfrutar de la felicidad que me embarga, y agradecer desde lo más profundo de mi ser el momento extraordinario que estoy viviendo.

—¿Tienes algún nombre en mente? —pregunta de nuevo mientras me soba la barriga.

—¿Qué te parece Victoria? —le pregunto y levanto el rostro para mirarlo a los ojos.

—Es un nombre muy bello —afirma —. ¿Te gustaría llamarla Victoria Sofía?

—La llamaremos solo Victoria porque su existencia, al igual que la de cada alma que nace y decide traer luz a este mundo, es simplemente una victoria.

—Y el nombre y el apellido, así como el tuyo, tendrían una aliteración.

—Es cierto, eso no lo había pensado —le confieso.

—Victoria Vaccaro, disfruta del nido amniótico de tu mamá, y continúa formándote sana y fuerte, que te espera la batalla de la vida, la cual ganarás si escoges desde temprano la infalible estrategia de prestar atención a tus elecciones —concluye.

—Y si eres lo suficientemente valiente y tenaz para levantarte las veces que sea necesario, y sostenerte con aplomo en los pies y humildad en el corazón —agrego.

Con las manos acaricio mi vientre abultado y la promesa que encierra. Aquí, dentro de mi ser, se está gestando una niña, que en unos pocos meses llegará al mundo para protagonizar su historia: única e irrepetible.

Y con los ojos húmedos de la emoción y en los labios un dulce sabor, pronuncio de nuevo su nombre:

—Victoria.

EPÍLOGO

La Muerte, elegante e imponente, con su belleza intacta, su inconfundible estela de incienso y su olor a naftalina, me anda rondando... Pero yo no le hago caso, y la verdad es que ni me agito ante sus continuas apariciones de un tiempo para acá. Será porque desde hace muchos años le perdí el miedo, y ahora me causa gracia observar que es ella quien anda muy angustiada por mi apatía ante su presencia y mi constante desobediencia.

Confieso que la vejez me ha puesto golosa de chocolate y de vida. Por eso cada vez que la veo venir, la espanto con la mano y le digo que estoy muy ocupada. Y es cierto, cada día hay algo que quiero hacer, un libro por leer, las lecciones de piano que retomé hace ya un buen tiempo. Más todos los proyectos en los que estoy involucrada para recaudar fondos a favor de la fundación que creé dieciséis años atrás, junto a mi amada hija Victoria Vaccaro, la exitosa diseñadora de modas, con el objeto de ayudar a personas que sufren de depresiones y alucinaciones. Mi hijo Federico, quien le siguió los pasos a su abuelo materno en el campo de la medicina, pero en la rama de la siquiatría, es el colaborador más activo de la fundación y me implica tanto en sus estudios como en sus conferencias, especialmente las que dicta en Venezuela, en las cuales yo hablo de mi experiencia de vivir con un pie en otro mundo, donde escucho murmullos y veo seres etéreos. Venezuela es el país que mis hijos aprendieron a amar por todo lo que les conté mientras crecían. Cuando eran niños, sus historias preferidas antes de dormir eran las que creaba en mi imaginación y les recitaba pintadas con los colores vivos de la selva amazónica, con gigantes del tamaño de los tepuyes, cocodrilos con trompas de elefantes que nadaban despreocupados por el río Orinoco y aves prehistóricas que volaban sobre el Salto Ángel. Después, la vieron con sus ojos de adultos y se enamoraron de ella y se comprometieron a ayudar a su gente. Sobre todo Federico, venezolano de corazón.

Admito que por andar entretenida y ocupada entre una cosa y otra, las horas se pasan muy rápido, y al final del día me siento sin energía y sin tiempo para asustarme, y mucho menos para preocuparme por la presencia de la Muerte, a quien a pesar de estimarla, decidí no hacerle caso. Aunque no es tan fácil ignorarla por completo, porque algunas veces se pone muy insistente. Entonces, con gentileza hablo con ella y le pongo una excusa, pues siempre tengo una en la punta de la lengua. Por ejemplo, hoy por la tarde estuvo aquí, y con su altivez agigantada me dijo que yo me estaba pasando y que me fuera preparando, que pronto vendría por mí; con mucha amabilidad le pedí que me dejara asistir a la boda de mi nieta Sofía, a quien Federico se empeñó en llamar con el mismo nombre y así continuar con esta saga genealógica. Y a quien, siguiendo la tradición familiar, tengo que colocarle el crucifijo de mamá el día de su boda. Mi sobrina Emilia, quien es la alegría personificada, y que por cierto, no se casó, porque prefirió recorrer el mundo entero como misionera, llegó ayer de Boston, en donde reside desde hace un año, y vino a visitarme esta mañana para entregármelo.

Isabel y Leonor decidieron no venir al matrimonio, con la excusa de que el viaje de Caracas a Toronto es muy pesado, y que sus hijas, junto a sus respectivas familias, asistirán en representación de ellas dos. Mi sobrina Mariana no tiene que viajar para asistir a la boda, ella también vive en Toronto desde hace muchos años. Aquí conoció a un joven canadiense en unas vacaciones de verano que pasó con nosotros y, al poco tiempo, se casaron. Verónica, sigue viviendo en Irlanda, y me salió con la misma cantaleta de lo pesado del viaje. Y pensar que ya son viudas y no tienen amarres, aunque confieso que en un rinconcito albergo la ilusión de que tal vez están planeando algo, lo que demuestra que no hay límite de edad para añorar sorpresas agradables.

—Mi nieta adorada se casa por la iglesia la próxima semana. Por favor, no voy a ser yo quien le agüe la fiesta. Mi nuera no me lo perdonaría, ni yo tampoco —le expliqué a la Muerte, con mi tono más convincente.

—Ay, Sofía, yo no tengo ni un pelo de tonta, es el Tiempo quien se ha puesto muy blandengue y condescendiente contigo —me dijo malhumorada.

Yo me hice la sorda ante sus comentarios, me di la media vuelta y me senté a tocar el piano, porque para mí el Tiempo ya dejó de existir, y lo único real es el presente que tengo ahora. Este momento maravilloso en el que mis dedos se deslizan por las teclas de este piano de cola, crean una melodía que me acaricia y hace danzar mi alma. Yo ya pasé muchos años corriendo tras la hora de un reloj, y detrás de muchas cosas, objetos que se fueron quedando obsoletos, y otros tantos que ya ni recuerdo. Somos títeres librando una carrera que no tiene el trofeo que nos muestran al principio. Esas son simples ilusiones que nos hacen correr desbocados tras el tesoro perdido, contaminando el hoy por el sueño de un mañana más brillante. Si pudiera empezar de nuevo, caminaría cada día como una acróbata sobre una cuerda floja, que logra estabilidad sin la ayuda de otros objetos, y con la práctica mantendría un equilibrio simétrico entre la lucha por los ideales y el disfrute del instante que atesoro.

Salvador y yo llegamos a celebrar las bodas de

oro. Vivimos cincuenta años felizmente casados, lo cual logramos no porque fuéramos unos seres superdotados, sino porque a pesar de que los dos fuimos cambiando a través de los años, supimos comprendernos, respetarnos y amarnos, en las diferentes etapas del camino. Pero la Muerte se lo llevó una noche invernal muy fría, de esas que entumen hasta los huesos, a principios de febrero del año pasado. Estaba en la cocina preparándome un té de manzanilla, cuando la vi llegar a la casa. En ese instante pensé que venía por mí. Yo era la que andaba muy enferma con una bronquitis, pero para mi asombro me pasó por un lado, me regaló una mirada compasiva, y con el rostro erguido se fue hasta el sofá en frente del televisor, en donde mi marido, como de costumbre, se había quedado dormido después de cenar.

—Juliana y Luigi, acérquense y denle la mano —dijo la Muerte con su tono autoritario, de pie junto a Salvador—. A este muchacho le va a encantar ver de nuevo a sus padres.

La taza de té se me cayó de las manos. Un grito se ahogó en mi garganta. El piso se tambaleó o tal vez fui yo que de la impresión perdió el equilibrio. Cuando logré llegar a su lado, lo encontré con la cabeza ligeramente inclinada y en los labios una suave sonrisa. El rostro sereno emanaba paz y la certeza de que estaba listo para emprender su vuelo.

Desvié la mirada hacia el ventanal y enmudecida contemplé la nieve apilada en el jardín. Mis lágrimas brotaron gota a gota. A mi edad hasta el dolor se digiere despacio. Comencé a hurgar en el pasado; la película de mi vida rodó en cámara lenta. Aparecieron imágenes de lugares, rostros de personas, pero las memorias de mi vida sin Salvador habitaban en un espacio muy remoto y eran muy difusas. Lo único que allí seguía intacto era el amor de mis padres, el de la nana Matilde y el de familiares y amigos que ya se marcharon de este mundo. Pero todo lo demás era de un débil marrón negruzco, incluso Venezuela estaba rodeada del halo grisáceo y difuso de lo que un día fue y ya no será, porque a pesar de que la llevaba en mi corazón, ya me había desacostumbrado a su ritmo y a la manera en que se vive en su regazo.

Acerqué mi rostro húmedo al cristal de la ventana, y me percaté de que estaba nevando. Copos de algodón caían sutiles y junto con el viento escoltarían el espíritu de Salvador. «Sabía que se iría acompañado de nieve en su estación preferida. Espero que cuando sea mi turno, me vaya bailando por un sendero de tulipanes», le susurré a la noche.

Volteé la mirada hacia mi marido dormido plácidamente en la eternidad y un escalofrío recorrió mi cuerpo. Yo no iba a saber cómo vivir sin él. En mi ensimismamiento, ni cuenta me di cuando la Muerte desapareció. Le hubiese contado del pacto que teníamos entre los dos: habíamos quedado que yo la iba a convencer para que me llevara a mí primero. Hasta esa pena él me la quería evitar. Pero ya era muy tarde para contar nada.

La casa se fue cargando de un aire denso. Imaginarme vivir sin Salvador me hizo sentir de nuevo extranjera en esta tierra helada, porque había olvidado por completo que a este mundo vine sola y me iría sola. Y cómo no olvidarlo, si Salvador se había convertido en la extensión de mis brazos, y mis piernas junto a las de él se movían más rápido. Él era quien balanceaba mi existencia, completando lo que me faltaba y podando lo que me sobraba.

Temblorosa lo abracé. Escondí mi rostro en su pecho mudo y lloré como una chiquilla. Las memorias más claras y hermosas de mi existencia las habíamos creado juntos: dos vidas que se fundieron en una. Un hogar que construimos sobre la base de la alegría, con pilares de optimismo, coraje y muchos sacrificios. Dos hijos que criamos con amor y dedicación, y a quienes les enseñamos, con nuestro ejemplo, que la clave del éxito está en perseguir la felicidad más que en perseguir lo material…

—¿Cómo voy a vivir sin ti? —le pregunté entre sollozos.

Me invadió el desasosiego y comenzó a faltarme el aire. Me separé de su cuerpo inerte y abrí la ventana de par en par. Un viento glacial entró a la casa y, con él, la voz inconfundible de mi padre, la cual me ha acompañado desde su partida:

—Aprenderás, hija, aprenderás, aprenderás, aprenderás...

Me quedé de pie. Entumecida escuché el eco de su voz retumbar en mis oídos una y otra vez, y sus palabras me parecieron un chiste malo, porque «aprender» a vivir sin mi marido era un verbo muy duro de conjugar para una vieja como yo. Ese aprendizaje no lo quería, no lo necesitaba. Ya de muerte había aprendido bastante: a los quince años aprendí a vivir sin mi madre, a los treinta y nueve años sin mi padre, a los cincuenta años sin Carmelo, a los sesenta años sin la nana Matilde, y en los últimos veinticinco años vi partir a mis cuñados, a muchos amigos y conocidos. En relación a la muerte ya tenía suficientes doctorados, y a los ochenta y cinco años, aunque fuese irracional, estaba negada a recibir el título de viuda. Yo lo que quería era aprender a tocar mejor el piano. Eso sí lo quería.

Me paré frente al lavabo y me enjugué las lágrimas, pero el eco me perseguía y sonaba como un disco pegado:

—Aprenderás, aprenderás, aprenderás...

Entonces fui yo la que a regañadientes comenzó a decirlo bajito. Luego con rabia, lo repetí varias veces y, mientras lo decía, la fortaleza fue renaciendo desde mis vísceras envejecidas. Y repitiendo en voz alta «aprenderé, aprenderé, aprenderé» me fui hasta mi habitación y me cambié el camisón por el primer vestido negro que encontré en el armario. Finalmente, al mirarme al espejo me solté a llorar de nuevo, pero de agradecimiento. Qué más le podía pedir a ese hombre estupendo que tanto me había amado. Ya su ciclo había culminado y se había ido feliz y en paz. Yo tenía que alegrarme por él. Ahora me tocaba continuar y demostrarme a mí misma que esta pila de años no me había mermado el coraje para seguir adelante. Mientras respirara tenía que seguir aprendiendo, sonriendo, amando, dando, y eso fue lo que decidí hacer en ese preciso momento. Tenía un compromiso con la vida y debía de honrarlo con dignidad hasta el final.

Recordé que la voluntad de Salvador, así como la mía, era que nuestros cuerpos fueran incinerados, uniesen las cenizas de ambos, y luego nuestros familiares las esparciesen en tres lugares que juntos escogimos por nuestra fascinación por el agua, y porque en sus orillas ha transcurrido nuestra existencia en la Tierra: lanzar una parte en el sereno lago Ontario; otra, en el romántico río Arno que cruza la Toscana; y por último, lanzarlas al mar Caribe, en el soberbio archipiélago de Los Roques, en donde pasamos muchas vacaciones.

La casa se fue llenando de armonía y quietud. El viento me trajo el olor a bosque de los pinos que a mi marido tanto le gustaba. Una fiesta extraordinaria se celebraba en ese momento y yo me la estaba perdiendo con tanto lloriqueo. Sequé mis lágrimas. Me terminé de vestir, y al ceñir el ancho cinturón negro a mi cuerpo, me fajé también el dolor y la tristeza.

Me fui hasta la sala y cerré la ventana. Me acerqué a Salvador, y llena de amor y gratitud le di a su cuerpo el último abrazo, a sus labios el último beso y a su espíritu le musité con dulzura:

—Te prometo que voy a estar bien. Ahora levanta el vuelo que te aguarda la inmensidad del universo. La eternidad es tuya como tuyo es todo mi amor. Hasta pronto *amore mío*.

Con las manos temblorosas y un nudo en la garganta, tomé el teléfono y llamé a Federico.

—Hijo, te necesito —le confesé con el mayor aplomo que encontré, aunque mi voz trémula anunciaba tempestad.

—Mamá, voy saliendo para allá —me dijo y colgó.

Ya ha pasado más de un año que falleció, pero Salvador no se ha ido del todo de aquí, o tal vez sea yo la que alucina con su presencia… Lo cierto es que cada noche lo veo venir: joven y apuesto, como el primer día que lo conocí. Se da una vuelta por nuestra casa, se acuesta a mi lado en nuestra cama y acaricia mis cabellos plateados. Yo lo abrazo y le aseguro que pronto nos reuniremos de nuevo, y así le voy dando largas a él también…

Pero qué puedo hacer, si a pesar de la gran pena que me causó su repentina desaparición física, y de mis diversas dolencias y achaques, aún siento que la vida me sigue fascinando, y a los ochenta y seis años disfruto cada segundo de la inmediatez de mi existencia. Pero la glotonería por ver más y más a mis hijos, a mis nietos, a la gente que me rodea, y todas las maravillas que hay en el mundo, me hacen planear y soñar hasta en el largo plazo.

Por eso le dije que sí a Victoria cuando me invitó a ir con ella y su familia el próximo mes a Milán, para la presentación de su nueva colección de moda. Luego iremos a mi querida Florencia, ciudad natal de mi marido y también de mi yerno, porque mi hija me heredó el gusto por todo lo hecho en Italia.

Degusto despacio el *soufflé* de vegetales que me trajo mi sobrina Emilia. Después de tan deliciosa cena, organizo la cocina y mientras lavo mi plato, recuerdo los desordenes gloriosos que aquí existieron. Esos que dejaban un rastro amplio de alegría como el de los papeles de regalo rasgados y tirados en el suelo la noche de Navidad. Esos que soltaban una estela de aliento como el de las copas sucias, algunas con restos de licor, amontonadas junto al fregadero después de una fiesta. El del mantel chispeado de migas de pan y bandejas embarradas de sobras de comida, después de una comilona con los amigos. Salvador quería arreglarlo todo rápido. En cambio, a mi me encantaba contemplarlo por unos minutos. Me recargaba con la energía que había esparcido la gente a su paso. Sus sonrisas y esencias quedaban colgadas como trenzas de serpentinas en cada rincón.

Abro las ventanas para airear la casa. Salgo al jardín a regar los tulipanes. Me quedo extasiada contemplando el firmamento. Hoy es una noche tibia de primavera. Un diluvio de estrellas tapiza el cielo y la luna, redonda y espesa, cuelga en lo alto. Es el marco perfecto para una escena de amor. Tomo la manguera y abro el agua que, al caer sobre la tierra, emula el sonido cálido de la lluvia. Al fondo, escucho los insectos entonando su canto nocturno. La brisa se pasea etérea entre las flores y los árboles. Aprecio todo lo vivo que hay a mi alrededor; un puñado de presencias apacibles que me acompañan.

En cuanto acabo de regar las plantas, me siento de nuevo a tocar el piano y, entre una canción y otra, saboreo un bombón de chocolate de la caja que mantengo en un costado de la silla rectangular. Veo venir a mi amado Salvador. Ha llegado más temprano que de costumbre y, en silencio, se acomoda a mi lado. Yo sigo tocando encantada de tenerlo tan cerca. Esta habitación, y toda la casa, están llenas de él, con los cuadros que pintó colgados en cada pared, inmortalizado por el arte. Así como mi hermana Isabel, quien resultó ser una excelente escritora y nos legó trece novelas extraordinarias. Una ráfaga de viento bambolea las cortinas y me trae el tónico aroma del mar. El de ese mar tan lejano y tan mío. Cierro los ojos, subo el rostro y aspiro, una y otra vez, todo su olor salino. En este deleite gasto unos cuantos segundos. Siento cómo el aire del océano me va llenando de vigor; hasta que los abro y vislumbro venir a mi amigo el Tiempo. Avanza con paso lento por el pasillo y en el rostro tiene trazada una vasta sonrisa. Está igual de apuesto e interesante.

—Hola. Hacía mucho que no te veía —le digo jovial como saludo.

—Solo vine a escucharte tocar el piano —me asegura y se queda parado frente a mí con una mano apoyada sobre el instrumento.

Animada, por tan grata audiencia, sigo tocando y comiendo bombones de chocolate.

—Sofía —me llama mi marido.

Ladeo la cara y lo miro fijamente a los ojos. Distingo en ellos cierta impaciencia y expectación, como si se estuviera preguntando cuándo se me irán a pasar el empeño de vivir y el amor empedernido por la vida.

—Salvador, mi alma está lista para partir en cualquier momento. Yo no estoy aferrada a nada, pero mientras sienta el corazón brioso dentro de mi pecho, mientras aún tenga el coraje de soñar y pueda ser útil a los demás, voy a seguir aquí. Viviendo. Además, *amore mío,* ¡tú más que nadie sabes cuánto me apasiona Italia! —le recuerdo, y le planto un beso en los labios. Él me demuestra su comprensión con una sonrisa. Yo le sonrío de vuelta y degusto otro bombón de chocolate.

Y así, endulzada y llena de esperanza, continúo tocando el piano. Y como una ola de verano que llega a la playa en una noche serena, viene hasta mí «la voz de los susurros», que no es otra que la voz del mundo: la de los caídos, la de los olvidados, la de los que se han ido, la que retumba dentro de nosotros defendiendo los sueños y clamando por sus derechos. La voz inconfundible de mi padre se eleva sobre los susurros y con su coro de sonidos graves musita:

—No existe el fin.

Me río sin levantar la mirada para no encarar al Tiempo, quien indulgente, se mantiene de pie, escuchándome.

Y, mientras presiono las teclas con fervor, la música se alza sobre los confines de este improvisado escenario. Sus notas me envuelven como a un regalo con papeles de seda multicolores y colman mi espíritu de inmensurable gozo.

En medio de esta gran función, repito en voz alta lo que yo ya sabía:

—No existe el fin...

AGRADECIMIENTOS

Comienzo agradeciéndole a Dios, por tantas bendiciones.

A mi familia, por inspirarme con su amor para escribir este primer libro: a mi esposo Michael Thomas Sachade, por la maravillosa aventura que emprendimos al unir nuestros caminos, por la estabilidad emocional y el apoyo incondicional que me brinda cada día. A mis hijos, Nicolás Alejandro y Sofía Fabiangela, por darme el coraje para hacer mis sueños realidad. A Kaitie, por la enriquecedora lección al contribuir en su crianza. A mis abuelos: Emma de Peraza, Nicolás Peraza, Angelina de Yépez, y Rafael Segundo Yépez, por los fuertes cimientos que me legaron. A mis padres: Fanny Yépez de Peraza y Gerardo Peraza Silva, por mostrarme con su ejemplo, lo trascendental. A mi otra mamá y mi ángel terrenal, Cecilia Fonseca, por sus alas de acero que nos cobijan a todos. A mis hermanos y cuñados, por mantenernos unidos apoyándonos en todo momento: Karly, Gerardo, Fanny, Marina, Juan, Lizbeth, Edgar y Miguelangel. A mis sobrinos, por colmarme de ternura: Karly, Gabriela, Katheryne, Gerardo, Victoria, Gustavo y Miguel. A Miriam Yépez, por su entrañable presencia. A mis suegros, Dorothee y Gerd Sachade, por quererme desde el primer momento que entré en sus vidas.

A quienes participaron, de una u otra forma, en el proceso de su creación: Martha Barrios, por las veces que leyó el manuscrito y me apoyó para seguir adelante. Karla Jiménez y su suegro Alfonso Palacios Echeverría, por sus valiosas recomendaciones cuando este proyecto apenas se gestaba. Al grupo de diligentes trabajadores de la tienda Apple de *Maple View Mall* en Burlington, Canadá, por haber rescatado el manuscrito, cuando por una falla tecnológica, lo perdí por completo. A Alejandra Corbacho, Sara Moreno y Núria Ostáriz, por toda su ayuda con el primer borrador. A mi sobrina Karly Cecilia O'mara, por permitirme incluir la carta que le escribió a su abuelo. A Alexandra Fajardo, por sus acertadas sugerencias. A Mónica Daza, por guiarme para crear mi *vision board* y por sus sabias palabras. A Inma Gabaldon, por su ojo crítico y certero. A Cecilia Toyotoshi, por su continuo apoyo y entusiasmo para publicar y promocionar el libro. A Lizette Espinosa, Jenny Casas, Gladys Ruíz de Somocurcio y Carlos Somocurcio por quienes conocí la editorial Mapalé. A Lucila Padilla y a Ingrid Climbor, por informarme del taller de Escritura creativa. A Martha Bátiz, mi profesora de la Universidad de Toronto, por su invaluable ayuda y por trasmitirme sus preciados conocimientos. A Tania Estrada, Jorge Pérez, Emilio Puertas y José Salgado, por sus opiniones y por compartir el gusto por las letras. A la directora de Mapalé, Silvia Alfaro, quien con su experiencia y profesionalismo me guió por el camino del mundo editorial. A Clara Alfaro por el excelente trabajo durante el proceso de edición.

A las extraordinarias mujeres que han estado a mi lado en diferentes etapas de mi vida, algunas cercanas, otras físicamente lejanas, pero su cariño y las vivencias compartidas están latentes dentro de mí: Marianellys Avendaño Noble, Isabel Cristina García, Carmen Laryssa Luna, Mary Crespo, Ana Cecilia Rodríguez, Marylinda Avendaño, Merialcy Sánchez, María Gabriela Socorro, Irene García, Annalisa Cellini, Andreina Hernandez, Jennifer Fuenmayor, Laura Bernabei, Carmen Perera, Nerza García, Chabela Jiménez, Stella Jiménez, María Alejandra Valle, Mimi Duque, Celia Apenela, Támara Gámez, Rossy Mar Trujillo, María Eugenia Grisolia, Margaret Bonner, Heidi Froehlich, Marianella Burallina, Aysegul Cihan, Rosalinda Moreno, Chimeg Ganbat, Isabel Cardozo, Beatriz García, Silvia Buendía, Carlota Paz, Renata Barreiro, Ianira Ponce, Rosa Huaychani, Rosario Graterol, Elsa Sánchez, Thao Choi, Karen Sueaquan, Sandra Rodriguez y Las divas de Oakville: Mónica Benedetti,

Lucero Rubio, Saelmy Castilla, Yury Wu, Luisa Donoso, Karla Maya, Yalith Kessous, Katia Paez, Danicie Powsey, Annie Char, Maria Navarro, Catalina Sendoya, Jessica Caceres, Claudia Lopez, Carla Bartolo, Celina Gutiérrez, Karin Arnold, Laura Veble, Pily Quintero, Lilian Gutierrez, Rosario Romero, Pamela Chang, Martha Jharna, y a las que ya mencioné en el párrafo anterior que forman parte de este grupo.

A mi amigo de siempre, Orlando Delgado Turbay, por su incondicionalidad que ha superado la barrera de la distancia, y por sus ocurrencias que tanto me hacen reír.

A mis amigos de infancia y juventud, por la fortuna de tener las mismas raíces: ser venezolanos, barquisimetanos y egresados del colegio San Vicente de Paúl, de la promoción de 1985 ¡Na Guará!

A los sacerdotes, el padre Chulalo de Barquisimeto y el padre Ambroise Tshiaba, por su amistad, por sus oraciones y por bendecir mis principales acontecimientos.

También quiero agradecer de manera muy especial, a cada lector de este libro. Mil gracias por su tiempo, y por permitirme con estas páginas entrar en sus vidas; y sí logré que cada uno de ustedes se estremeciera, amara, riera, aprendiera y disfrutara con mis personajes tanto como yo lo hice durante el proceso de su creación, habré alcanzado mi objetivo: el de servir a través de mis palabras.

Gracias infinitas por unirse a esta fascinante odisea.

Angelina Peraza

ÍNDICE

Títulos publicados por la Editorial Mapalé

Novelas

Letters to Elia, JP Melville 2015

El futuro ya no es lo que era antes, Carlos Somocurcio, 2010

Tres lotos en un mar de fuego, Camila Reimers, 2006

Hijos de Lava, Camila Reimers, 2005

Cuentos para niños

Un pequeño paseo por nuestro barrio y *Un día a la caza de champiñones,* JP Melville (Traducciones) 2016

A Day Out Mushroom Hunting y *Une journée à la chasse aux champignons,* JP Melville, 2015

A Little Walk in Our Neighbourhood y *Une petite promenade dans notre quartier,* JP Melville, 2015

Ensayos y reseñas de cine

Escritos: Cine, arte y literatura, Alfonso Alfaro, 2013

Una visión diferente, Alfonso Alfaro, 2007

Biografías

A través de mis recuerdos. Biografía de Magdalena Canjura de Morataya, Roxana Orué, 2014

Académicos

Ingeniería Sismológica, Andrés Alfaro, 2015

Revistas culturales

Mapalé Artes y Letras, 2004-2007

www.editorialmapale.com

Published in Canada by
Art and Literature Mapalé & Publishing Inc.
www.editorialmapale.com

MIX
Paper from
responsible sources
FSC® C100212
FSC
www.fsc.org

Printed in April 2016
by Gauvin Press,
Gatineau, Québec